Zu diesem Buch

Die Geschichte des Zauberkünstlers, Akrobaten und Erotomanen Jascha Masur, der im Polen des späten 19. Jahrhunderts von Ort zu Ort und von Abenteuer zu Abenteuer zieht, um seine magischen und artistischen Talente zu demonstrieren und Frauen zu betören. Es ist zugleich die Geschichte eines Mannes, der – «halb Jude, halb Goy – weder Jude noch Goy» – dem Glauben seiner Väter einen neuen Glauben entgegenzusetzen sucht, in dem es keinen Gott gibt, der sagt, was erlaubt ist und was verboten. Jascha Masur will nach seinem eigenen Gesetz leben und scheitert. Auf dem Höhepunkt seiner Karriere bei den staunenden Massen und den hingebungsvollen Frauen erfährt er, daß die Kluft zwischen dem jüdischen Glauben, den er in sich verdrängen, nicht aber abtöten konnte, und seinem auf Genuß und Erfolg ausgerichteten Leben unüberbrückbar ist. Was in einer Reihe von Ereignissen, unter denen der Selbstmord seiner Assistentin am schwersten wiegt, seine Schatten vorauswirft, wird zur unabweislichen Gewißheit, als er mit einer wohlhabenden, verwitweten Christin zu fliehen versucht. Sie verkörpert für ihn die ersehnte große Welt. Als er sich als Witwer ausgibt und das Geld für die Flucht stehlen will, stellen sich ihm die Gebote seines Glaubens als unüberwindliches Hindernis in den Weg und zwingen ihn zur folgenreichen Umkehr.

Ein großer Roman, geprägt von der feinen Ironie eines Autors, in dessen Werk jüdische Tradition und literarische Moderne sich begegnen.

Isaac Bashevis Singer, geboren am 14. Juli 1904 in Radzymin/Polen, wollte Rabbiner werden, wurde jedoch nach Abschluß seines Studiums an der Warschauer Universität Journalist. 1935 emigrierte er in die USA. 1978 erhielt er den Nobelpreis für Literatur. Bei Rowohlt erschienen von Singer ferner die Romane «Jakob der Knecht» und «Satan in Goraj», der Erzählungsband «Gimpel der Narr» sowie seine farbigen Erinnerungen «Mein Vater der Rabbi». Isaac Bashevis Singer lebt in New York.

Isaac Bashevis Singer

Der Zauberer von Lublin

Roman

Deutsch von
Susanna Rademacher

rororo

Rowohlt

Der vorliegenden Ausgabe liegt die amerikanische Buchfassung des ursprünglich jiddisch geschriebenen, von Elaine Gottlieb und Joseph Singer ins Englische übersetzten Romans *der kunzenmacher von lublin* zugrunde, die unter dem Titel *The Magician of Lublin* bei Farrar, Straus & Cudahy in New York erschien. Bei der deutschen Übersetzung wurde die an manchen Stellen umfangreichere jiddische Originalfassung herangezogen. Die Durchsicht dieses Originaltextes und seine Einarbeitung in die Übersetzung besorgte Otto F. Best, dem Verleger und Übersetzer zu großem Dank für seine sachkundige und gründliche Mitarbeit verpflichtet sind.

Veröffentlicht im Rowohlt Taschenbuch Verlag GmbH,
Reinbek bei Hamburg, August 1979

Umschlagentwurf Werner Rebhuhn
Satz Aldus (Linotron 404)
Gesamtherstellung Clausen & Bosse, Leck
Printed in Germany
580-ISBN 3 499 14436 0

Erstes Kapitel

1

Jascha Masur, der Zauberer von Lublin – wie man ihn überall nannte außer in seiner Heimatstadt –, war heute frühzeitig aufgewacht. Er blieb stets ein bis zwei Tage im Bett, wenn er von einer Reise zurückgekehrt war; sein müder Körper verlangte nach schwelgerisch ausgedehntem Schlaf. Esther, sein Weib, brachte ihm Milch und kleine Küchlein, einen Napf Grütze. Er aß und döste wieder ein. Der Papagei kreischte, der Affe Joktan schnatterte, die Kanarienvögel pfiffen und trillerten, aber Jascha beachtete sie nicht, sondern ermahnte Esther nur, die Pferde zu tränken. Er hätte sich solcherlei Anweisungen sparen können, denn sie vergaß nie, für die beiden Grauschimmelstuten Kara und Schiwa – die Jascha mit den Kosenamen Staub und Asche zu rufen pflegte – Wasser aus dem Ziehbrunnen zu holen.

Obwohl Jascha nur ein Zauberkünstler war, galt er als reicher Mann; er besaß ein Haus nebst Schuppen, Futtermieten, Ställen, Heuboden und einem Hof mit zwei Apfelbäumen, ja, sogar ein Garten gehörte dazu, in dem Esther ihr Gemüse zog. Nur Kinder hatte er nicht. Esther konnte nicht empfangen. Sonst war sie eine gute Ehefrau; sie konnte stricken, ein Hochzeitskleid nähen, Ingwerkuchen und Törtchen backen, ein Huhn vom Pips befreien, Schröpfköpfe oder Blutegel ansetzen, sogar einen Kranken zur Ader lassen. In jüngeren Jahren hatte sie allerhand Mittel gegen Unfruchtbarkeit ausprobiert, aber jetzt war es zu spät – sie ging auf die vierzig zu.

Wie alle Zauberkünstler stand Jascha bei der Gemeinde in geringem Ansehen. Er trug keinen Bart und ging nur zu Rosch ha-Schana und Jom Kippur, dem Neujahrs- und Versöhnungsfest, in die Synagoge, das heißt, wenn er dann gerade in Lublin war. Esther hingegen trug das übliche Kopftuch, hielt auf koschere Küche und achtete den Sabbat und alle Gesetze. Jascha pflegte am Sabbat schwatzend und Zigaretten rauchend mit den Musikanten zusammenzusitzen. Wenn ihm jemand ernst ins Gewissen redete und ihn auf den rechten Weg zu bringen versuchte, antwortete er: «Wann bist du im Himmel gewesen, und wie hat Gott ausgesehen?»

Es war riskant, mit ihm zu debattieren, denn er war kein Dummkopf; er konnte russisch und polnisch lesen und war auch in jüdischen Angelegenheiten wohlbeschlagen. Was für ein verwegener Mann! Einmal hatte er, um eine Wette zu gewinnen, eine ganze

Nacht auf dem Friedhof zugebracht. Er war ein berühmter Seiltänzer, konnte auf dem Drahtseil balancieren und Mauern hochklettern und vermochte jedes Schloß zu öffnen. Abraham Lejbusch, der Schlosser, hatte fünf Rubel gewettet, daß er ein Schloß machen könne, das Jascha nicht aufbringen würde. Monatelang hatte er daran gearbeitet, und dann hatte Jascha es mit einer Schusterahle aufgebrochen. Wenn Jascha Verbrecher geworden wäre, sagten sie in Lublin, wäre kein Haus mehr sicher.

Die zwei faulen Tage im Bett waren um, und heute erhob Jascha sich mit der Sonne. Er war ein kleiner Mann mit breiten Schultern und schmalen Hüften, hatte widerspenstiges flachsblondes Haar und wässerig blaue Augen, schmale Lippen, ein spitzes Kinn und eine kurze slavische Nase. Sein rechtes Auge war etwas größer als das linke, deswegen schien er immer in frechem Spott zu zwinkern. Er war jetzt vierzig Jahre alt, wirkte aber zehn Jahre jünger. Seine Zehen waren fast ebenso lang und beweglich wie seine Finger; er konnte damit Erbsen auspahlen und sogar seinen Namen mit einem Schnörkel schreiben. Er konnte seinen Körper nach allen Richtungen verbiegen – es hieß, er hätte dehnbare Knochen und knetbare Gelenke. In Lublin trat er selten auf, aber die wenigen, die ihn gesehen hatten, rühmten seine Kunstfertigkeit. Er konnte auf den Händen laufen, Feuer und Schwerter schlucken und Saltos machen wie ein Affe. Niemand konnte es mit seiner Geschicklichkeit aufnehmen. Er ließ sich nachts in einem Zimmer einsperren, das von außen mit einem Vorlegeschloß versperrt war, und am nächsten Morgen sah man ihn lässig über den Marktplatz schlendern, während das Schloß unversehrt vor der Tür hing. Sogar mit gefesselten Händen und Füßen brachte er das fertig. Manche behaupteten, er triebe schwarze Magie und besäße eine Tarnkappe, die ihn unsichtbar und dazu fähig machte, sich durch Mauerritzen zu quetschen; andere wieder sagten, er sei weiter nichts als ein meisterhafter Illusionist.

Nun stieg er aus dem Bett, ohne sich Wasser über die Hände zu gießen, wie sich's gehört hätte, oder seine Morgengebete zu sprechen. Er kleidete sich an: grüne Hosen, rote Hauspantoffeln und eine mit Silbermünzen verzierte schwarze Samtweste. Während des Anziehens erging er sich wie ein Schulbub in allerlei Possen und Kapriolen; er pfiff den Kanarienvögeln zu, hielt Joktan, dem Affen, eine Rede, unterhielt sich mit dem Hund Haman und der Katze Mestoze. Diese Tiere waren nur ein Teil seiner Menagerie. Außerdem hielt er sich im Hof einen Pfauhahn und eine Pfauhenne, ein Truthahnpärchen, ein Rudel Kaninchen und sogar eine Schlange, die jeden zweiten Tag mit einer lebendigen Maus gefüttert werden mußte.

Es war ein warmer Morgen, kurz vor Schawuot, dem Wochenfest. In Esthers Garten waren schon grüne Triebe zu sehen. Jascha öffnete die Stalltür und trat ein. Er atmete tief den Duft der Pferdeäpfel und klopfte den Stuten den Hals. Dann striegelte er sie und fütterte die anderen Tiere. Manchmal fehlte eines seiner Haustiere, wenn er von einer Reise zurückkam, aber diesmal waren keine Todesfälle zu verzeichnen.

In bester Laune schlenderte er planlos durch sein Anwesen. Im Hof grünte das Gras, und Massen von Blumen waren aufgeblüht – gelbe, weiße und gesprenkelte Knospen und federige Blüten, die jeder Windhauch verwehte. Gestrüpp und Disteln waren fast bis zum Dach des Aborthäuschens hochgeschossen. Schmetterlinge flatterten hin und her, und Bienen summten von Blume zu Blume. In jedem Blatt, in jedem Stengel hauste irgendein Lebewesen: ein Würmchen, ein Käfer, eine Mücke – winzige Geschöpfe, mit dem bloßen Auge kaum zu erkennen. Jascha erschienen sie stets aufs neue wie ein Wunder. Woher kommen sie? Wovon leben sie? Was tun sie des Nachts? Im Winter sterben sie, aber jeder Sommer bringt sie in Schwärmen wieder. Wie geht das zu? Wenn Jascha in der Schenke saß, spielte er den Atheisten, in Wirklichkeit aber glaubte er an Gott. Überall war Gottes Hand sichtbar. Jede Obstblüte, jeder Kieselstein, jedes Sandkörnchen verkündete Sein Dasein. Die taunassen Blätter der Apfelbäume funkelten im Morgenlicht wie kleine Kerzen. Jaschas Haus lag am Stadtrand, so daß er auf die großen Weizenfelder hinausblicken konnte: jetzt waren sie grün, aber in sechs Wochen würden sie goldgelb und reif zur Ernte sein. Wer hat das alles geschaffen? fragte Jascha sich. Vielleicht die Sonne? Dann müßte die Sonne Gott sein. Jascha hatte in einem frommen Buch gelesen, daß Abraham, ehe er sich zu Jahwe bekannte, die Sonne angebetet habe.

Nein, Jascha war kein Unwissender. Sein Vater war ein gelehrter Mann gewesen, und als Junge hatte Jascha sogar den Talmud studiert. Nach seines Vaters Tod hatte man ihm geraten, sein Studium fortzusetzen, aber statt dessen hatte er sich einem Wanderzirkus angeschlossen. Er war halb Jude, halb Goi – weder Jude noch Goi. Er hatte sich seine eigene Religion zurechtgemacht: es gab einen Schöpfer, der sich aber niemandem offenbarte und durch nichts zu erkennen gab, was erlaubt war oder verboten. Wer in Seinem Namen sprach, war ein Lügner.

2

Während Jascha sich im Hof vergnügte, bereitete Esther sein Frühstück: eine harte Semmel mit Butter und Quark, Lauch, Rettich und Gurke, dazu selbstgemahlenen und mit Milch aufgebrühten Kaffee.

Esther war eine kleine, dunkelhaarige Frau mit jugendlichem Gesicht, gerader Nase und schwarzen Augen, die sowohl Freude als auch Kummer spiegeln, zu manchen Zeiten sogar mutwillig blitzen konnten. Beim Lächeln schürzte sie schalkhaft die Oberlippe, so daß man ihre kleinen Zähne sah, und in ihren Wangen bildeten sich Grübchen. Da sie kinderlos war, verkehrte sie mehr mit den Mädchen als mit anderen verheirateten Frauen. Sie beschäftigte zwei Näherinnen, mit denen sie immer fröhlich war, aber wenn sie allein war, hieß es, weinte sie viel. Gott hatte ihren Schoß versiegelt, wie es im Pentateuch geschrieben steht, und man erzählte sich, sie gäbe viel von dem, was sie verdiente, für Quacksalber und Wunderdoktoren aus. Einmal hatte sie schluchzend gesagt, sie beneide selbst jene Mütter, deren Kinder auf dem Friedhof lagen.

Nun brachte sie Jascha das Frühstück. Sie setzte sich ihm gegenüber auf die Bank und sah ihn von der Seite her prüfend an – abschätzend, neugierig. Sie behelligte ihn nie mit Fragen, bevor er Zeit gehabt hatte, sich von der Reise zu erholen, aber heute sah sie an seinem Gesicht, daß er wieder bei Kräften war. Seine häufige Abwesenheit war nicht ohne Wirkung auf ihre Beziehung geblieben: sie hatten nicht die Vertrautheit eines lange verheirateten Paares. Esther plauderte mit ihm so, wie sie es mit irgendeinem Bekannten hätte tun können.

«Nun, was gibt's Neues draußen in der großen weiten Welt?»

«Es ist dieselbe alte Welt.»

«Und deine Zauberei?»

«Es ist dieselbe alte Zauberei.»

«Und die Mädchen? Hat sich da etwas verändert?»

«Was für Mädchen? Es gibt keine Mädchen.»

«Nein, nein. Natürlich nicht. Ich wollte nur, ich hätte zwanzig Silberstücke für jedes Mädchen, das du gehabt hast.»

«Was würdest du mit so viel Geld anfangen?» fragte er, ihr zuzwinkernd. Dann wandte er sich wieder seinem Essen zu, und während er kaute, starrte er über sie hinweg ins Weite. Sie wurde ihr Mißtrauen nie los, aber er gab nichts zu, sondern versicherte ihr nach jeder Reise, er glaube nur an einen Gott und eine Frau.

«Solche, die mit Weibern herumlaufen, können nicht auf dem Seil gehen. Denen fällt es schon schwer, am Boden zu kriechen. Das weißt du so gut wie ich», argumentierte er.

«Woher soll ich das wissen?» fragte sie. «Wenn du unterwegs bist, stehe ich nicht am Fußende deines Bettes.»

Sie sah ihn lächelnd an, halb zärtlich, halb grollend. Nein, man kann nicht auf ihn aufpassen wie andere Frauen auf ihre Männer – er ist mehr auf Reisen als zu Haus, kommt mit Frauen jeder Sorte zusammen, wandert weiter als ein Zigeuern. Er ist frei wie der Wind, aber Gott sein Dank, er kommt immer wieder zu ihr zurück und jedesmal mit einem Geschenk in der Hand. Aus seinen feurigen Küssen und Umarmungen könnte man schließen, er hätte während seiner Abwesenheit wie ein Heiliger gelebt, aber was weiß eine Frau von den männlichen Gelüsten? Esther hat es oft bedauert, daß sie einen Zauberkünstler geheiratet hat und nicht einen Schneider oder Schuster, der den ganzen Tag zu Hause ist, auf den man ständig ein Auge haben kann. Aber sie liebt Jascha nun einmal. Er ist ihr Sohn und Gatte in einem. Jeder Tag mit ihm ist ein Feiertag.

Esther wandte den Blick nicht von ihm, während er sein Frühstück verzehrte. Irgendwie macht er alles anders als gewöhnliche Leute. Beim Essen kann er plötzlich eine Pause machen, als wäre er tief in Gedanken, und dann fängt er wieder an zu kauen. Und dann seine wunderliche Angewohnheit, mit einem Faden zu spielen und müßig Knoten zu knüpfen, aber so geschickt, daß die Knoten den gleichen Abstand voneinander haben. Eshter blickt ihm oft in die Augen, um herauszufinden, was sich dahinter verbirgt, aber das läßt ihn so gleichgültig, daß sie sich geschlagen geben muß. Er verschweigt viel, spricht selten im Ernst, läßt sich keinen Verdruß anmerken. Selbst wenn er krank ist, läuft er fieberglühend herum, und Esther ist um nichts klüger. Sie erkundigt sich häufig nach seinen Vorstellungen, die ihn in ganz Polen berühmt gemacht haben, aber er tut ihre Fragen entweder mit einer kurzen Erwiderung ab oder weicht mit einem Scherz aus. Sie können eben noch ganz vertraulich geplaudert haben – doch schon im nächsten Augenblick ist er weit weg von ihr, und sie wird es nie müde, an jedem seiner Worte, an jeder Bewegung und Geste herumzurätseln. Selbst wenn er sprudelnd munter ist und wie ein Schulbub plappert, hat alles, was er sagt, eine Bedeutung, die Esther manchmal erst versteht, wenn er abgereist und wieder unterwegs ist.

Sie sind jetzt zwanzig Jahre verheiratet, aber noch immer ist er mit ihr genauso verspielt wie am ersten Tag nach der Hochzeit. Er zupft an ihrem Tüchlein, zwickt sie in die Nase, ruft sie mit lächerlichen Kosenamen wie Jerambola, Katzenpfötchen oder Gänsebauch – die hat er von den Musikanten. Am Tag ist er so und nachts ein anderer. Eben hat er noch übermütig wie ein Hähnchen gekräht, wie ein Schwein gequiekt, wie ein Pferd gewiehert, und gleich darauf versinkt er in unerklärliche Schwermut. Wenn er zu Hause ist, sitzt er meist in seinem Zimmer und bastelt an seinen Requisiten – Schlösser und Ketten, Seile, Feilen und Zangen, alle möglichen und unmöglichen Sachen. Wer seine Kunststücke gesehen hat, rühmt seine mühelose Eleganz, aber Esther weiß, wie viele Tage und Nächte ihn die Vervollkommnung seiner Ausrüstung gekostet hat. Sie hat es mit angesehen, wie er der Krähe das Sprechen beigebracht, den Affen Joktan das Pfeiferauchen gelehrt hat. Immer lebt sie in der Angst, daß er sich überanstrengen, von einem der Tiere gebissen werden oder bei seinem Drahtseilakt abstürzen könnte. Für Esther ist er wirklich ein Hexenmeister. Selbst nachts im Bett macht er wunderliche Geräusche – schnalzt mit der Zunge oder knackt mit den Zehen. Er hat richtige Katzenaugen und kann im Finstern sehen; er weiß verlorene Gegenstände wiederzufinden und kann sogar ihre Gedanken lesen. Einmal, als sie sich mit einer der Näherinnen gezankt hatte, ist Jascha spätabends heimgekommen, und er hatte noch keine drei Worte mit ihr gesprochen, da hat er schon gewußt, daß es an diesem Tag Streit gegeben hat. Ein andermal hatte sie ihren Trauring verloren und überall danach gesucht, bevor sie es ihm gesagt hat. Da hat er sie bei der Hand genommen und zum Wasserschaff geführt, und da, ganz unten, hat der Ring gelegen. Sie hat sich längst damit abgefunden, daß sie nie hinter all seine Kompliziertheiten kommen wird. Er besitzt verborgene Kräfte und mehr Geheimnisse, als der glückbringende Granatapfel, den man zu Rosch ha-Schana verspeist, Kerne hat.

3

Um die Mittagsstunde war kaum ein Gast in Bejles Schenke. Bejle selbst machte im Hinterzimmer ein Schläfchen und wurde am Buffet von ihrer kleinen Dienstmagd Zipe vertreten. Der Boden war mit frischen Sägespänen bestreut, und auf der Theke standen Platten mit Gänsebraten, Kalbsfuß in Gelee, gehacktem Hering, Eierküchlein und Brezeln. Jascha setzte sich zu Schmuel, dem Musikaten, an den Tisch. Schmuel war ein großer Mann mit buschigem schwarzem Haar, schwarzen Augen, Backenbart und dünnem Schnurrbärtchen. Er kleidete sich nach russischer Manier: Satinbluse, ein mit Troddeln besetzter Gürtel und hohe Stiefel. Mehrere Jahre lang hatte Schmuel bei einem Adligen in Schitomir gearbeitet, aber nachdem er mit der Frau des Verwalters ein Techtelmechtel angefangen hatte, war seines Bleibens nicht länger gewesen. Er galt als der vorzüglichste Geiger von Lublin und spielte bei allen vornehmeren Hochzeiten. Jetzt aber, zwischen Pessach und Schawuot, fanden keine Hochzeiten statt. Schmuel hatte einen Krug Bier vor sich und saß an die Wand gelehnt, das eine Auge nach oben verdreht, das andere auf das Getränk gerichtet, als kämpfte er innerlich mit dem Entschluß zu trinken. Auf dem Tisch lag eine Semmel, und auf der Semmel saß eine grüngoldene Fliege, die anscheinend auch zu keinem Entschluß kommen konnte: Sollte sie wegfliegen oder nicht?

Jascha hatte sein Bier noch nicht gekostet; der Schaum schien ihn zu faszinieren. Bläschen für Bläschen zerplatzte er in dem randvollen Glas, bis es nur noch dreiviertelvoll war. «Schwindel, Schwindel – Schaum, Schaum», murmelte er. Schmuel hatte sich gerade mit einem seiner amourösen Abenteuer gebrüstet; jetzt, da die eine Geschichte zu Ende und die andere noch nicht angefangen war, saßen die Männer einander in nachdenklichem Schweigen gegenüber. Jascha hörte Schmuels Geschichten gern; er hätte auch mit dergleichen aufwarten können, aber in das Vergnügen an Schmuels Erzählung mischte sich ein ungutes Gefühl, ein nagender Zweifel. Nehmen wir an, er sagt die Wahrheit, dachte Jascha, wer betrügt dann wen? Laut sagte er: «Das klingt mir nicht wie ein großer Triumph. Du hast einen Soldaten gefangengenommen, der sich ergeben wollte.»

«Tja, aber du mußt sie im richtigen Augenblick erwischen. In Lublin ist das nicht so leicht, wie du denkst. Du siehst ein Mädel. Sie will dich, du willst sie – das Problem ist: wie kommt die Katze über den Zaun? Sagen wir, du siehst sie bei einer Hochzeit; danach geht sie mit ihrem Mann nach Hause, und du weißt nicht einmal, wo sie wohnt. Und selbst wenn du es weißt, was nützt es? Da ist die Mutter, die Schwiegermutter, die Schwestern und die Schwägerinnen. Du, Jascha, hast solche Probleme nicht. Wenn du zum Stadttor hinaus bist, gehört dir die Welt.»

«Na schön, komm doch mit.»

«Du würdest mich mitnehmen?»

«Noch mehr als das: ich würde deine Auslagen bezahlen.»

«Ja, und was würde Jentel sagen? Wenn ein Mann Kinder hat, ist es mit der Freiheit aus. Du wirst's nicht glauben, Brüderchen, aber die Kinder würden mir fehlen. Ich brauch nur ein paar Tage verreist zu sein, und schon bin ich halb verrückt. Kannst du das verstehen?»

«Ich? Ich verstehe alles.»

«Du kannst machen, was du willst – du hängst an ihnen. Als wärst du mit einem Strick festgebunden.»

«Was würdest du machen, wenn deine Frau sich so aufführte wie die, von der du erzählt hast?»

Schmuels Miene wurde plötzlich ernst. «Glaub mir, ich würde sie erwürgen.» Und er hob den Krug an die Lippen und trank ihn leer.

Nun ja, er ist nicht anders als jeder andere, dachte Jascha, während er sein Bier schlürfte. Wir sind alle hinter den Weibern her. Aber wie soll man damit fertigwerden?

Schon eine ganze Zeit steckte Jascha nun in diesem Dilemma. Es ließ ihm Tag und Nacht keine Ruhe. Natürlich war er von eh und je ein Spintisierer gewesen, zu Phantastereien und abenteuerlichen Spekulationen geneigt, aber seitdem es Emilia gab, war es mit seiner Seelenruhe ganz aus. Er hatte sich zu einem richtigen Philosophen entwickelt. Statt sein Bier herunterzuschlucken, rollte er jetzt das bittere Naß zwischen Zunge und Gaumen hin und her. Gewiß, er hatte sich die Hörner abgestoßen, hatte sich unzählige Male gebunden und wieder losgemacht, aber letzten Endes war ihm seine Ehe immer heilig geblieben. Er hatte nie verheimlicht, daß er eine Frau hat, und immer hatte er deutlich zu verstehen gegeben, daß er nichts tun würde, was diese Beziehung gefährden könnte. Emilia aber hatte verlangt, daß er alles opfert: sein Heim, seine Religion – und noch mehr als das. So oder so mußte er zu einer großen Summe Geldes kommen. Aber wie sollte er das anstellen – und dabei ehrlich bleiben?

Nein, ich muß damit Schluß machen, sagte er sich, und je eher, desto besser.

Schmuel zwirbelte seinen Schnurrbart und befeuchtete ihn mit Speichel, um die Enden hübsch spitz zu bekommen. «Wie geht's Magda?» fragte er.

Jascha erwachte aus seiner Träumerei. «Wie soll's ihr gehen? Immer dasselbe.»

«Lebt ihre Mutter noch?»

«Ja.»

«Hast du dem Mädel was beigebracht?»

«Ja, allerhand.»

«Zum Beispiel?»

«Sie kann mit den Füßen ein Faß kreisen lassen und Purzelbäume schlagen.»

«Ist das alles?»

«Ja.»

«Jemand hat mir eine Zeitung aus Warschau gezeigt, da machen sie ja mächtig viel her von dir. So ein Getue! Sie sagen, du bist ebenso gut wie der Zauberer von Napoleon III. Alles Fingerfertigkeit, Jascha, was? Du bist wirklich ein Meisterschwindler.»

Schmuels Worte wurmten Jascha; er sprach nicht gern über seine Zauberei, und nachdem er ein Weilchen mit sich gekämpft hatte, beschloß er, überhaupt nicht zu antworten. Aber dann sagte er doch: «Ich schwindle nicht.»

«Nein, natürlich nicht. Du schluckst das Schwert wirklich.»

«Ja, natürlich.»

«Das kannst du deiner Großmama erzählen.»

«Du dicker Einfaltspinsel, wie kann man das Auge beschwindeln? Da hast du irgendwo das Wort ‹Schwindel› gehört, und jetzt plapperst du es nach wie ein Papagei. Hast du überhaupt eine Ahnung, was du da sagst? Das Schwert wird in den Hals gesteckt und nicht in die Westentasche, verstehst du?»

«Du steckst die Klinge wirklich in den Hals?»

«Ja, erst in den Hals und dann in den Magen.»

«Und bleibst dabei lebendig?»

«Bisher, ja.»

«Und das soll ich glauben? Nein, Jascha, das kannst du nicht verlangen.»

«Wer schert sich schon darum, was du glaubst?» sagte Jascha, plötzlich der ganzen Sache überdrüssig. Dieser Schmuel ist weiter nichts als ein großmäuliger Narr, der zu keinem eigenen Gedanken imstande ist. Sie sehen's mit eigenen Augen und glauben's doch nicht, dachte Jascha. Und was Schmuels Frau Jentel anging, auf die wußte er was, wenn der dicke Holzkopf das wüßte, er würde wahnsinnig. Nun, jeder mußte irgendwas für sich behalten. Jeder Mensch hatte seine Geheimnisse. Wenn die Welt je erführe, was in ihm, Jascha, vorging – sie hätten ihn längst ins Irrenhaus gesperrt.

4

Die Dämmerung brach ein. Außerhalb der Stadt war noch ein wenig Tageslicht, aber in den engen Straßen, zwischen den hohen Gebäuden, war es schon dunkel. In den Läden wurden Öllampen und Kerzen angezündet. Bärtige Juden in langem Kaftan und klobigen Stiefeln gingen auf ihrem Weg zum Abendgebet durch die Straßen. Der Mond ging auf, eine schmale Sichel, der Mond des Sommermonats Siwan. Auf den Straßen standen noch Pfützen, Überbleibsel des Frühlingsregens, obwohl die Sonne den ganzen Tag über auf die Stadt niedergebrannt hatte. Hier und da flossen die Gossen über von übelriechendem Wasser; die Luft roch nach Pferde- und Kuhmist und nach euterfrischer Milch. Rauch stieg aus den Schornsteinen auf; die Hausfrauen waren bei der Bereitung des Abendessens: Grütze mit Suppe, Grütze mit Schmorfleisch, Grütze mit Pilzen. Jascha verabschiedete sich von Schmuel und machte sich auf den Heimweg. Draußen, jenseits von Lublin, war die Welt in Aufruhr. Täglich waren die polnischen Zeitungen voll von Krieg, Revolution, Krise. Überall wurden die Juden aus ihren Dörfern vertrieben. Viele wanderten nach Amerika aus. Aber hier in Lublin spürte man nur die Beständigkeit einer alten festgegründeten Gemeinde. Manche Synagogen der Stadt stammten noch aus dem 17. Jahrhundert, der Zeit des für seine Judenmetzeleien berüchtigten Kosakenhetmans Chmielnicki. Auf dem Friedhof lagen Rabbis neben Kommentatoren, Rechtskundige neben Heiligen, jeder unter seinem Grabmal. Hier herrschten noch die alten Bräuche: die Frauen trieben Handel, und die Männer studierten die Thora.

Obwohl es bis zum Wochenfest noch ein paar Tage hin war, hatten die Schulbuben schon die Fenster mit allen möglichen Mustern und Ausschneidefiguren dekoriert, oder auch mit Vögeln, die aus Teig und Eierschalen modelliert waren, und die Leute hatten grüne Zweige vom Lande geholt zu Ehren des Feiertages, des Tages, an dem auf dem Berg Sinai die Thora gegeben worden war.

Jascha blieb vor einem der Bethäuser stehen und warf einen Blick hinein. Die Andächtigen waren zum Abendgottesdienst versammelt. Er hörte ihr friedliches Gemurmel: sie sprachen das Schemone Esre, das Gebet der Achtzehn Segenssprüche. Fromme Juden, die ihrem Schöpfer das ganze Jahr hindurch dienten, schlugen sich an die Brust und schrien: «Wir haben gesündigt, wir haben das Gesetz übertreten.» Manche erhoben die Hände, andere die Augen – zum Himmel.

Ein alter Mann im Kaftan mit einem hohen Hut über zwei Schädelkäppchen, eines über dem anderen, raufte sich den weißen Bart und stöhnte leise vor sich hin. Die flackernde Gedächtniskerze in der Menora, dem Leuchter für die Jahrzeitlichter Verstorbener, warf tanzende Schatten an die Wände. Jascha blieb ein Weilchen an der offenen Tür stehen und atmete den Wachs- und Talggeruch, in den sich ein muffiger Dunst mischte, an den er sich aus der Kindheit erinnerte. Die Juden – eine ganze jüdische Gemeinde – sprachen zu einem Gott, den niemand sah. Obgleich Er sie nur mit Seuche und Hungersnot, Armut und Pogromen beschenkte, nannten sie Ihn gnädig und barmherzig und rühmten sich, Sein auserwähltes Volk zu sein. Jascha beneidete sie oft um ihren unerschütterlichen Glauben.

Nach einer Weile setzte er seinen Weg fort. Die Straßenlaternen waren angezündet, aber das machte wenig aus. Sie erhellten kaum ihre eigene Dunkelheit. Warum die Läden noch offen waren, verstand man nicht recht, denn Käufer waren nirgends zu sehen. Die

Ladnerinnen saßen, den geschorenen Schädel mit einem Tuch bedeckt, in ihrem Laden, stopften die Strümpfe der Männer oder nähten Schürzchen und Hemdchen für die Enkelkinder. Jascha kannte sie alle. Da sie mit vierzehn oder fünfzehn geheiratet hatten, waren sie als Dreißigjährige bereits Großmütter. Das Alter, dem sie vorzeitig Einlaß gewährt, hatte ihre Gesichter mit Runzeln überzogen, ihre Zähne gestohlen und sie milde und liebreich gemacht.

Obgleich Jascha wie sein Vater und Großvater hier geboren war, blieb er ein Fremdling – nicht nur weil er sein Judentum abgeworfen hatte, sondern weil er überall fremd war, hier und in Warschau, unter den Juden wie unter den Gojim. Sie alle waren irgendwo ansässig und heimisch geworden – während er ewig auf der Wanderschaft war. Sie hatten Kinder und Enkel – für ihn gab es das nicht. Sie hatten ihren Gott, ihre Heiligen, ihre Ältesten – er hatte nur Zweifel. Der Tod bedeutete für sie das Paradies, für ihn jedoch nur Furcht und Schrecken. Was kommt nach diesem Leben? Gibt es so etwas wie eine Seele? Und was wird aus ihr, wenn sie den Körper verlassen hat? Seit früher Kindheit hatte er den Geschichten von Dibbukim und Geistern, Werwölfen und Schreckgespenstern gelauscht. Er hatte selbst Dinge erlebt, die durch kein Naturgesetz zu erklären sind, aber was bedeutete das alles? Er war immer verwirrter und in sich gekehrter geworden. Die Gewalten und Leidenschaften, die in seinem Innern tobten, machten ihn krank vor Entsetzen.

Plötzlich stand in der Dunkelheit Emilias Gesicht vor ihm: schmal, mit olivfarbener Haut und schwarzen jüdischen Augen, mit der slavisch aufgestülpten Nase, den Grübchen in den Wangen, der hohen Stirn unter dem straff zurückgekämmten Haar, die Oberlippe von dunklem Flaum beschattet. Sie lächelte, scheu und lüstern zugleich, und betrachtete ihn mit damenhafter und doch schwesterlicher Neugier. Er wollte die Hand ausstrecken, um sie zu berühren. War das nur seine lebhafte Phantasie oder eine echte Vision? Ihr Bild glitt zurück wie ein Heiligenbild in einer Prozession. Er konnte Einzelheiten ihrer Frisur erkennen, die Spitze an ihrem Halsausschnitt, die Ohrringe in ihren Ohren. Es drängte ihn, sie beim Namen zu rufen. Keine seiner früheren Liebesaffären war mit dieser zu vergleichen. Im Schlafen und Wachen hungerte er nach ihr. Nun, da er seine Müdigkeit überwunden hatte, konnte er es kaum erwarten, daß das Wochenfest vorüber und er wieder bei ihr in Warschau war. Esther hatte seine Begierde nicht stillen können, obwohl er es versucht hatte.

Jemand rempelte ihn an. Es war Chaskel, der Wasserträger, mit zwei Eimern Wasser an seiner Schultertrage. Wie aus dem Boden gewachsen stand er plötzlich da. Sein roter Bart glitzerte im Lichtschimmer, der aus irgendeinem Fenster fiel.

«Chaskel, bist du's?»

«Ist es nicht zu spät zum Wassertragen?»

«Ich brauche Geld für die Feiertage.»

Jascha kramte in seiner Tasche und fand ein Zwanziggroschenstück. «Hier, Chaskel.»

Chaskel warf sich in die Brust. «Was denkst du von mir? Ich nehme keine Almosen.»

«Das ist kein Almosen, es ist für deinen Jungen, er soll sich dafür ein Butterküchlein kaufen.»

«Dann werd ich's nehmen – danke.»

Für einen Augenblick lagen Chaskels schmutzige Finger in Jaschas Hand.

Als Jascha zu seinem Haus kam, blickte er durchs Fenster in die Werkstatt. Die Näherinnen arbeiteten an einer Brautaussteuer. Ihre mit Fingerhüten besteckten Finger flogen hurtig hin und her. Das von der Lampe beschienene rote Haar des eines Mädchens schien in Flammen zu stehen. Esther stand am Herd und legte frisches Tannenreisig auf den Dreifuß, auf dem das Abendessen kochte. Mitten im Zimmer stand, mit Lappen und einem Kissen zugedeckt, ein mit Teig gefüllter Backtrog; Esther war dabei, eine Portion Butterküchlein für das Wochenfest zu backen. Kann ich sie verlassen? dachte Jascha. In all diesen Jahren ist sie meine einzige Stütze gewesen. Ohne ihre treue Liebe wäre ich längst verweht wie ein Blatt im Sturmwind . . .

Er ging nicht gleich in sein Zimmer, sondern durch den Korridor auf den Hof, um nach den Stuten zu sehen. Der Hof war wie ein Stückchen Land inmitten der großen Stadt. Das Gras war betaut, die Äpfel grün und noch unreif, aber sie dufteten schon. Der Himmel wirkte hier niedriger und dichter ausgestirnt. Als Jascha hinaustrat, löste sich ein Stern vom Himmel und stürzte, einen feurigen Schweif hinter sich, in den Weltenraum. Die Luft roch halb süß, halb herb, und die Nacht war belebt von raschelnden, gärenden Geräuschen. Das Zirpen der Heimchen schwoll dann und wann zu lautem Klingen an; Feldmäuse huschten hin und her. Die Maulwürfe hatten Erdhaufen aufgeworfen, und im Geäst der Bäume, im Schuppen und in den Dachtraufen hatten die Vögel ihre Nester gebaut. Auf dem Heuboden schliefen die Hühner, nachdem sie sich, wie jeden Abend, leise gackernd um den umstrittenen Platz im Vorbau gezankt hatten. Jascha atmete tief. Seltsam, daß jeder dieser Sterne größer ist als die Erde und Millionen Meilen weit weg. Wenn man einen Tausende von Meilen langen Tunnel durch die Erde grübe, würde man in Amerika herauskommen . . . Er öffnete die Stalltür. Die Pferde standen geheimnisvoll in der Dunkelheit. In ihren Augen mit den großen Pupillen blitzten goldene oder feurige Pünktchen. Jascha fiel ein, was sein Vater – gesegnet sei sein Andenken – ihm gesagt hatte: daß Tiere die Mächte des Bösen sehen könnten. Kara schlug schwirrend mit dem Schweif und scharrte den Boden, und Jascha spürte den starken Strom der Liebe des Tieres zu seinem Herrn.

5

Zum Wochenfest waren alle Tempel, Bethäuser und chassidischen Betstuben überfüllt. Selbst Esther setzte den Hut auf, den sie sich zur Hochzeit gemacht hatte, nahm ihr goldgepreßtes Gebetbuch und machte sich auf den Weg zur Frauensynagoge. Jascha dagegen blieb daheim. Warum Gott anrufen, wenn er doch nicht antwortet? Er vertiefte sich in ein dickes polnisches Buch über Naturwissenschaft, das er sich in Warschau gekauft hatte. Hier war alles erklärt: das Gesetz der Schwerkraft, daß jeder Magnet einen Nord- und einen Südpol hat, daß Gleiches sich abstößt und Entgegengesetztes sich anzieht. Alles stand in diesem Buch: warum ein Schiff schwimmt, wie die hydraulische Presse funktioniert, warum der Blitzableiter den Blitz anzieht, wieso der Dampf die Lokomotive bewegt. Solche Dinge zu wissen, war für Jascha nicht nur interessant, sondern auch beruflich wichtig. Jahrelang hatte er seinen Seilakt gemacht, ohne zu wissen, daß er nur deswegen nicht herunterfiel, weil er es verstand, seinen Schwerpunkt genau über dem Seil in der Schwebe zu halten. Dennoch blieben nach der Lektüre dieses erleuchtenden Buches noch viele Fragen unbeantwortet. Warum zieht die Erde den Stein an? Wie erklärt man sich die Schwerkraft? Und warum wird Eisen von einem Magneten angezogen und Kupfer nicht? Was ist Elektrizität? Und von wo ist das alles gekommen – Himmel und Erde, Sonne, Mond und Sterne? Das Buch erwähnte die Kant-Laplacesche Theorie des Sonnensystems, aber irgendwie klang das unglaubhaft. Emilia hatte ihm ein von einem Theologieprofessor verfaßtes Buch über die christliche Religion geschenkt, doch die Geschichten von der unbefleckten Empfängnis und der Dreieinigkeit – Vater, Sohn und Heiliger Geist – kamen Jascha noch unwahrscheinlicher vor als die Wunder, die angeblich von den chassidischen Rabbis vollbracht wurden. Wie kann sie das glauben? fragte er sich. Nein, sie tut nur so. Alle tun nur so. Die ganze Welt spielt Komödie, weil jeder sich geniert, zu sagen: Ich weiß es nicht.

Er ging auf und ab. Allein im Haus zu sein, während die anderen im Tempel waren, wirkte immer anregend auf seine Denkfähigkeit. Wie war er zu dem geworden, der er jetzt war? Sein Vater, ein unbemittelter Eisenwarenhändler, war ein frommer Jude gewesen. Seine Mutter war gestorben, als er sieben Jahre alt war, der Vater hatte nicht wieder geheiratet, und so hatte der Junge sich selbst großziehen müssen. Er hatte die Cheder-Schule, die jüdische Grundschule, besucht, das heißt, einen Tag war er hingegangen, und drei Tage hatte er geschwänzt. Im Laden seines Vaters hatte es Schlösser und Schlüssel in Hülle und Fülle gegeben, auf die war Jascha immer neugierig gewesen. Er hatte so lange an einem Schloß herumgespielt und -gefummelt, bis es ohne Schlüssel aufging. Wenn Zauberkünstler aus Warschau oder anderen großen Städten nach Lublin kamen, war Jascha ihnen von einer Straße zur anderen nachgelaufen; er hatte ihnen genau zugesehen und später versucht, ihre Kunststücke nachzumachen. Wenn jemand ein Kartenkunststück machte, hatte er hinterher so lange mit den Karten herumgespielt, bis er es auch konnte. Einmal hatte er einen Seiltänzer gesehen, und gleich hatte er zu Hause probiert, auf einem Seil zu balancieren. Wenn er hinuntergefallen war, hatte er's eben noch einmal probiert. Er war über Dachfirste geklettert, in tiefem Wasser geschwommen und vom Balkon gesprungen in das alte Matratzenstroh, das vor Pessach weggeworfen wird, doch irgendwie war er dabei nie zu Schaden gekommen. Er hatte beim Beten geschwindelt und den Sabbat entweiht, dabei aber immer an seinen Schutzengel geglaubt, der über ihn wachte und ihn vor Gefahren beschützte. Obwohl er als Ungläubiger, Gauner und Wildling berüchtigt war, hatte Esther, ein ehrbares Mädchen, sich in ihn verliebt. Er war mit einem Zirkus, mit einem Bärentreiber, sogar mit einer polnischen Wandertruppe herumgezogen, die ihre Vorstellungen in Spritzenhäusern gab, aber Esther hatte geduldig auf ihn gewartet und ihm all seine Fehltritte verziehen. Nur ihretwegen besaß er Haus und Hof. Das Bewußtsein, daß Esther ihn erwartete, hatte seinen Ehrgeiz befeuert, in seinem Beruf vorwärtszukommen, sich um Engagements am Warschauer Zirkus und an den Sommertheatern der Provinz zu bemühen, in ganz Polen berühmt zu werden. Jetzt war er kein Straßenschausteller mehr, der mit der Ziehharmonika und einem Affen herumzieht – er war ein anerkannter Artist. Die Zeitungen sangen sein Lob, nannten ihn einen Meister, ein großes Talent; adlige Herren und vornehme Damen kamen hinter die Bühne, um ihn zu begrüßen. Alle sagten, wenn er in Westeuropa lebte, wäre er inzwischen weltberühmt.

Die Jahre waren verronnen – wo waren sie geblieben? Zuweilen fühlte er sich wie damals, als er ein Junge war, und dann wieder war ihm, als wäre er hundert Jahre alt. Er hatte sich selbst Polnisch, Russisch, Grammatik und Rechnen beigebracht; er hatte Lehrbücher über Algebra und Physik, über Geographie, Chemie und Geschichte gelesen. Sein Kopf war vollgestopft mit Tatsachen, Daten, Kenntnissen. Er behielt alles, vergaß nichts. Er erkannte den Charakter eines Menschen mit einem Blick. Jemand brauchte bloß den Mund aufzumachen, und schon wußte Jascha, was er sagen würde. Er konnte mit verbundenen Augen lesen und verstand viel von Mesmerismus, Magnetismus und Hypnotik. Aber was zwischen Emilia – einer Professorenwitwe von hoher Geburt – und ihm vorgegangen war, das war etwas anderes. Nicht er hatte sie magnetisiert, sondern sie ihn. Obgleich so viele Meilen zwischen ihnen lagen, war sie Tag und Nacht bei ihm. Er fühlte ihren Blick, hörte ihre Stimme, atmete ihren Duft. Er lebte in einer Anspannung wie während eines Seilaktes. Sobald er schlafen ging, kam sie zu ihm – im Geiste, aber voll von sprühendem Leben. Sie flüsterte süße Nichtigkeiten, sie küßte und umarmte ihn, sie überschüttete ihn mit Zärtlichkeit, und seltsamerweise war ihre Tochter Halina stets dabei.

Die Tür ging auf, und Esther kam herein, in der einen Hand das Gebetbuch, mit der anderen die Schleppe ihres mit Biesen und Litzen garnierten Seidenkleides raffend. Ihr Federhut erinnerte Jascha an den ersten Sabbat nach ihrer Hochzeit, als Esther, die Jungvermählte, in den Tempel geführt worden war. Jetzt blitzten ihre Augen vor Freude – sie war in der gehobenen Stimmung, die sich einstellt, wenn man in einer Gemeinschaft an einer feierlichen Handlung teilgenommen hat.

«Frohen Feiertag!»

«Das wünsche ich dir, Esther!»

Er umarmte sie, und sie errötete wie eine Braut. Durch die langen Trennungszeiten bestand zwischen ihnen noch immer die Spannung einer jungen Ehe.

«Was gibt es Neues im Tempel?»

«Bei den Männern oder bei den Frauen?»

«Bei den Frauen.»

Esther lachte.

«Frauen sind sich immer gleich. Ein bißchen beten und ein bißchen klatschen. Du hättest die Akdamot-Hymne hören müssen. Es war herrlich. Wie deine schönste Oper!»

Sie begab sich unverzüglich an die Bereitung des Festtagsmahles. Wie Jascha auch darüber denken mochte, sie war entschlossen, wie die anderen ein gut jüdisches Haus zu führen. Sie stellte eine Karaffe Wein und den Weihebecher auf den Tisch, dazu die beiden Kruken mit Salz und Honig, sie brachte den Weißbrotzopf und das Brotmesser mit dem Perlmuttgriff. Jascha sprach den Segen über den Wein, denn das wagte er ihr nicht abzuschlagen. Daß sie nur zu zweit waren, erinnerte Esther wieder an ihr Unglück. Hätten sie Kinder gehabt – alles wäre anders. Sie lächelte traurig und wischte mit dem Zipfel ihrer gestickten Schürze eine Träne fort. Sie servierte den Fisch, die Milchnudeln, die Kreplach mit Käse und Zimt und als Nachtisch Butterkuchen und Kaffee. Jascha war zu den Feiertagen immer daheim; es war die einzige Zeit, die sie zusammen waren. Während des Essens sah Esther ihren Mann an. Wer ist er? Warum liebe ich ihn? Sie wußte, daß er ein sündhaftes Leben führte. Sie ließ nicht merken, wieviel sie wußte; nur der lebendige Gott konnte wissen, wie tief Jascha gesunken war. Aber sie konnte ihm nicht böse sein. Alle redeten schlecht über ihn und bedauerten sie, und dennoch war er ihr lieber als jeder noch so erhabene Mann, selbst als ein Rabbi.

Nach der Mahlzeit zog das Paar sich ins Schlafzimmer zurück. Für gewöhnlich pflegen Eheleute am Tage nicht beieinander zu liegen, aber sie widersprach nicht, als er hinausging und die Fensterladen schloß. Sobald er den Arm um sie legte, war sie erregt wie ein junges Mädchen – denn eine Frau, die niemals schwanger war, bleibt für immer jungfräulich.

Zweites Kapitel

1

Das Wochenfest war vorüber, und Jascha ging an seine Reisevorbereitungen. In der letzten Nacht vor seiner Abreise sagte er etwas, was Esther tief erschreckte.

«Wie wäre dir zumute, wenn ich nie wiederkäme?» fragte er sie. «Was würdest du tun, wenn ich unterwegs stürbe?»

Esther verschloß ihm den Mund mit der Hand und flehte ihn an, nie wieder so etwas zu sagen, aber er fuhr beharrlich fort: «So etwas kann vorkommen, weißt du. Erst kürzlich bin ich auf einen Rathausturm geklettert, dabei hätte ich leicht ausrutschen können.» Er erwähnte auch sein Testament und ermahnte sie, ihn nicht zu lange zu betrauern, falls ihm etwas zustoßen sollte. Dann zeigte er ihr ein Versteck, wo er einige hundert Rubel in Golddukaten aufbewahrte. Auf Esthers Protest, er verdürbe die letzten paar Stunden vor ihrem nächsten Wiedersehen zum Neujahrs- und Versöhnungsfest, den sogenannten Ehrfurchtsvollen Tagen, erwiderte er: «Wenn ich mich nun in eine andere verliebt hätte und dich verlassen wollte – was würdest du dazu sagen?»

«Was? Hast du dich in eine andere verliebt?»

«Ach was, lächerlich.»

«Sag mir lieber die Wahrheit.»

Er küßte sie und schwor ihr ewige Liebe. Solche Szenen zwischen ihnen waren nichts Neues. Er liebte es, sie mit allerlei ungewissen Möglichkeiten zu necken und mit verwirrenden Fragen zu quälen. Wie lange würde sie auf ihn warten, wenn er ins Gefängnis käme? Oder wenn er nach Amerika ginge? Oder wenn er sich die Schwindsucht zuzöge und in eine Heilanstalt müßte? Esther antwortete immer dasselbe: Sie könne keinen anderen lieben; ohne ihn wäre das Leben für sie zu Ende. Aber immer wieder stellte er mit ihr solche Verhöre an. Jetzt fragte er: «Was wäre nun, wenn ich ein Asket würde und mich, um zu büßen, in eine Zelle ohne Tür einmauern ließe wie dieser litauische Heilige? Würdest du mir treu bleiben? Würdest du mir das Essen durch einen Mauerschlitz hereinschieben?»

Esther sagte: «Wenn man Buße tun will, braucht man sich nicht in eine Zelle einzumauern.»

«Das hängt davon ab, welche Art Leidenschaft man bekämpfen will», gab er zurück.

«Dann würde ich mich mit dir einmauern lassen», sagte sie.

Das Gespräch endete mit neuen Zärtlichkeiten, Liebkosungen und Beteuerungen unsterblicher Liebe. Als Esther dann einschlief, hatte sie einen quälenden Alptraum, und am nächsten Tag fastete sie bis zum Mittag. Sie sprach leise ein Gebet, das sie in einem Gebetbuch gefunden hatte: «Allmächtiger Gott, ich bin in Deiner Hand, und meine Träume sind in Deiner Hand . . .» Außerdem steckte sie sechs Groschen in die Almosenbüchse des Wundertäters Reb Mayer. Sie nahm Jascha das heilige Versprechen ab, sie nie wieder mit solch müßigem Gerede zu plagen, denn was konnte der Mensch von der Zukunft wissen? Alles war im Himmel vorausbestimmt.

Die Feiertage waren vorüber. Jascha spannte den Wagen an und traf die letzten Vorbereitungen für die Abfahrt. Den Affen, die Krähe und den Papagei nahm er mit. Esther weinte so viel, daß ihre Augen anschwollen. Sie hatte einseitige Kopfschmerzen, und auf der linken Brust fühlte sie einen Druck wie von einem Gewicht. Obwohl sie sonst nie trank, leerte sie in den ersten Tagen nach seiner Abreise ein Gläschen Cherry Brandy nach dem anderen, um nicht in Trübsinn zu versinken. Die Näherinnen hatten unter ihrem Kummer zu leiden: an jedem Stich hatte sie etwas auszusetzen. Seltsamerweise waren auch die Mädchen bedrückt, wenn Jascha wieder fort war – es war, als brächte er Glück ins Haus.

Es war ein Samstagabend, als er aufbrach. Esther ging den weiten Weg bis zur Landstraße neben seinem Wagen her. Sie wäre noch weiter mitgegangen, aber er trieb sie scherzend mit der Peitsche zurück. Er wollte nicht, daß sie allzu weit allein durch die Dunkelheit ging. Er küßte sie zum letztenmal, dann ließ er sie stehen – mit tränenüberströmtem Gesicht und ausgestreckten Armen. Seit Jahren hatten sie sich so getrennt, aber diesmal wurde ihnen der Abschied schwerer denn je.

Er schnalzte mit der Zunge, und die Pferde fielen in Trab. Es war eine milde Nacht, ein Dreiviertelmond stand am Himmel. Jaschas Augen trübten sich; nach einer Weile ließ er die Zügel locker. Der Mond wanderte mit ihm, übergoß die Felder mit strahlendem Licht und ließ die grünen Spitzen des Weizens wie helles Silber glänzen. Jede Vogelscheuche, jeder Pfad, jede Kornblume am Wegrand war zu erkennen. Der Tau fiel wie Mehl aus einem himmlischen Sieb. Auf den Feldern brodelte es, als würden unsichtbare Körner in eine unsichtbare Mühle geschüttet. Selbst die Pferde wandten hin und wieder den Kopf. Man glaubte fast zu hören, wie die Wurzeln Nahrung aus der Erde sogen, wie die Halme wuchsen, wie die unterirdischen Bäche rieselten. Dann und wann glitt ein Schatten wie von einem Märchenvogel über die Felder. Zuweilen war ein summender

Ton zu hören, weder Menschen- noch Tierlaut, sondern wie von einem irgendwo im Raum schwebenden Ungeheuer. Jascha atmete tief und griff nach seiner Pistole, die er zum Schutz gegen Straßenräuber bei sich trug. Die Straße führte nach Piask. Dort, vor der Stadt, wohnte Magdas Mutter, die Witwe eines Hufschmiedes, und in der Stadt selbst hatte er eine Anzahl Bekannte: eine berüchtigte Diebesbande und außerdem eine von ihrem Mann verlassene Frau namens Sewtel, mit der er eine Liebschaft hatte.

Bald war die Schmiede zu erkennen, eine verrußte Kate mit einem Dach, das sich senkte und zerfiel wie ein verlassenes Nest, mit windschiefen Mauern und einer schwarzen Fensterhöhle. Einst hatte Magdas Vater, Adam Sbarski, hier Äxte und Pflugscharen geschmiedet. Als Sohn eines im Aufstand von 1831 zugrunde gegangenen Schlachtschitzen hatte er Magda auf eine Klosterschule in Lublin geschickt, und später war er einer Seuche zum Opfer gefallen. Magda war seit acht Jahren Jaschas Gehilfin. Als Akrobatin hatte sie kurzgeschnittenes Haar, und während der Vorstellung, wenn sie ihre Saltos machte, mit den Füßen ein Faß kreisen ließ oder Jascha die Jonglierrequisiten zureichte, trug sie einen ärmellosen Trikot. Sie hatten zusammen eine Wohnung in der Warschauer Altstadt, und bei den Stadtbehörden war sie als sein Dienstmädchen angemeldet.

Die Pferde mußten die Schmiede erkannt haben, denn sie liefen jetzt schneller. Der Weg führte durch Buchweizen- und Kartoffelfelder, vorüber an einem Wegkreuz mit der Jungfrau Maria, die das Jesuskind in den Armen hielt. Im Mondschein wirkte das Standbild seltsam lebendig. Auf einem Hügel lag der katholische Friedhof, von einem niedrigen Zaun umgeben. Jascha blickte scharf hinüber. Dort lagen jene, die ewige Ruhe gefunden hatten. Jascha suchte auf Friedhöfen immer nach irgendwelchen Hinweisen auf das Leben nach dem Tode. Er hatte alle möglichen Geschichten gehört von Flämmchen, die zwischen den Gräbern flackern, von Schatten und Gespenstern. Jaschas eigener Großvater sollte noch wochen- und monatelang nach seinem Tode seinen Kindern und sogar Fremden erschienen sein. Einmal, hieß es, habe er sogar bei seiner Tochter ans Fenster geklopft. Jetzt aber konnte Jascha nichts entdecken. Die Birken schienen sich wie versteinerte Gestalten zueinander zu neigen, und ihre Blätter rauschten, obgleich kein Wind ging, als hätten sie ein eigenes Leben. Die Grabsteine starrten einander an wie Wesen, die ihr letztes Wort gesprochen haben und für immer verstummt sind.

2

Mutter und Tochter Sbarski hatten Jascha erwartet und waren noch nicht schlafen gegangen. Elsbieta Sbarska, die Witwe des Schmiedes, war eine beleibte Frau, massig wie ein Heuhaufen. Sie trug das weiße Haar am Hinterkopf aufgesteckt und hatte ein zwar verfettetes, aber ausgesprochen gütiges Gesicht. Jetzt saß sie am Tisch und legte eine Patience. Obwohl sie früh verwaist war und weder lesen noch schreiben gelernt hatte, wiesen ihre Kartenkenntnisse unmißverständlich auf aristokratische Abkunft hin. Sie mußte einmal schön gewesen sein, und noch jetzt fiel ihr regelmäßiger Gesichtsschnitt auf: eine feine, leicht aufgestülpte Nase, ein wohlgeformter, schmaler Mund, der keine Zahnlücke aufwies, und lebhaft strahlende Augen. Freilich hatte sie ein mächtiges Doppelkinn und einen Kropf, der fast bis auf die Brust hinunterhing, einen balkonartigen Busen und außergewöhnlich dicke, schwere Arme; ihr Oberkörper war ein hier und da ausgebuckelter, mit Fleisch gestopfter Sack. Sie hatte schlimme Füße und mußte selbst im Hause am Stock gehen. Während sie die fleckigen, verbogenen Spielkarten auslegte, murmelte sie vor sich hin: «Wieder das Pik-As! Ein schlechtes Zeichen. Irgendwas steht ins Haus, Kinder, irgendwas steht ins Haus . . .»

«Was soll denn ins Haus stehen, Mutter? Sei nicht so abergläubisch!» rief Magda.

Magda hatte schon ihre Habseligkeiten in eine messingbeschlagene Truhe gepackt, die Jascha ihr geschenkt hatte. Sie war Ende zwanzig, wirkte aber jünger, und das Publikum hielt sie für höchstens achtzehn. Es war schwer zu glauben, daß dieses schmächtige, flachbrüstige, knochige, dunkle Geschöpf Elsbietas Kind war. Sie hatte graugrüne Augen, eine Stubsnase und volle Lippen, die immer ein wenig schmollend geschürzt waren – kußbereit oder wie ein zum Weinen verzogener Kindermund. Ihr Hals war lang und dünn, ihr Haar aschblond, ihre hohen Backenknochen schimmerten rosig in dem zu Pickeln neigenden Gesicht. In der Klosterschule hatte man ihr den Spitznamen «Frosch» gegeben. Sie war ein kratzbürstiges, in sich gekehrtes, undurchschaubares Schulmädchen gewesen, bekannt für alberne Possen und schon damals für eine ungewöhnliche körperliche Behendigkeit. Sie war auf Bäume geklettert, hatte mühelos die neuesten Tänze gelernt und sich abends, nachdem das Licht gelöscht war, durchs Fenster aus dem Schlafsaal gestohlen, um später auf demselben Wege zurückzukommen. Die Klosterschule war für Magda noch heute eine Hölle. Das Lernen war ihr schwergefallen, die Mitschülerinnen hatten sie damit aufgezogen, daß ihr Vater Schmied war, und auch die Lehrerinnen hatten sie feindselig behandelt. Sie hatte mehrmals auszureißen versucht, sich häufig mit ihren Mitschülerinnen gezankt, und einmal hatte sie, nachdem sie bestraft worden war, einer Nonne ins Gesicht gespuckt. Nach dem Tode ihres Vaters war sie ohne Abschlußzeugnis von der Schule abgegangen und bald danach Jaschas Gehilfin geworden.

Früher hatten die Leute gesagt, Magdas Hautunreinheit würde vergehen, wenn sie erst einen Mann hätte, aber nun war sie seit Jahren Jaschas Geliebte, und ihre Haut war so unrein wie eh und je. Magda machte kein Geheimnis daraus, daß sie mit ihrem Brotgeber ein Verhältnis hatte. Wenn Jascha bei den Sbarskis übernachtete, schlief sie immer mit ihm in dem breiten Alkovenbett, und die Mutter brachte dem Paar sogar morgens Tee mit Milch ans Bett. Elsbieta nannte Jascha «mein Sohn», während Magdas jüngerer Bruder Bolek eine Zeitlang Jascha gehaßt und ihm Rache geschworen, sich aber schließlich mit der Situation abgefunden hatte. Jascha unterstützte die Familie und schenkte Bolek Geld für seine Zechgelage und Karten- oder Dominospiele. Jedesmal, wenn Bolek betrunken nach Hause kam, drohte er, sich an dem verdammten Juden, der den Namen Sbarski entehrt habe, zu rächen; dann schlug Elsbieta sich mit den Fäusten an den Kopf, und Magda sagte: «Wenn du ihm auch nur ein Haar krümmst, bringe ich dich und mich um! Du gehst mit mir ins Grab. Das schwöre ich beim Andenken unseres Vaters . . .»

Und sie warf den Kopf zurück und zischte und spuckte ihn an wie eine Katze einen Hund.

Die Familie war tief gesunken. Magda zog mit einem Zauberkünstler – einem Zigeuner, wie Bolek sagte – herum, und Bolek war Fuhrmann für die Diebe von Piask. Er fuhr für sie zu den Händlern, die Diebesbeute kauften, und oft verbrachte er die Nacht unter Halsabschneidern. Elsbieta hingegen war ein Vielfraß und infolgedessen so fett geworden, daß sie kaum noch durch die Tür ging. Vom frühen Morgen bis zum letzten «Vaterunser» vor dem Schlafengehen naschte sie ununterbrochen: Würstchen mit Sauerkraut, Schmalzgebackenes, fetttriefende, mit Zwiebeln gebratene Eier oder mit Fleisch oder Grütze gefüllte Pasteten. Das Gehen fiel ihr so schwer, daß sie nicht einmal sonntags zur Kirche ging. Die Kinder mußten sich ihr fortwährendes Gejammer anhören: «Wir sind von aller Welt verlassen, ja, das sind wir! Seit euer Vater – Friede seiner Seele! – das Zeitliche gesegnet hat, sind wir nur noch Dreck . . . Niemand liegt etwas an uns . . .»

Die Nachbarn sagten, Elsbieta habe Magda für Bolek aufgeopfert. Sie liebte ihn blind und abgöttisch, ließ ihm jede Laune durchgehen, entschuldigte all seine Ausschweifungen und lieferte ihm ihren letzten Groschen aus. Sie ging zwar nicht mehr zur Kirche, betete aber noch zum Herrn Jesus, stiftete Kerzen für die Heiligen und knickste, Gebete murmelnd, vor jedem Heiligenbild. Elsbieta war ständig von der Furcht verfolgt, daß ihrem Wohltäter Jascha etwas zustoßen oder daß er, Gott behüte, das Interesse an Magda verlieren könnte. Daß die Familie existieren konnte, war nur seiner Freigebigkeit zu verdanken. Sie, Elsbieta, war nur noch ein elender Scherben mit ihren arthritischen Gliedmaßen, dem schmerzgeplagten Rückgrat, den Krampfadern in den Beinen und dem steinharten Klumpen in der Brust, der sich – Gott sei davor! – hoffentlich nicht ausbreiten würde wie bei ihrer Mutter, Gott hab sie selig . . .

Bolek war vormittags nach Piask gegangen, und niemand konnte sagen, ob er vielleicht die Nacht mit diesem Pack – so nannte Elsbieta die Diebesbande – verbringen würde. Außerdem hatte er eine Liebste in der Stadt. So wartete Elsbieta an diesem Abend sowohl auf Jascha als auch auf Bolek, und die Karten sollten ihr nicht nur die Zukunft prophezeien, sondern auch sagen, wer von beiden zuerst kommen würde – und um welche Zeit. Jede Karte hatte ihre Bedeutung für sie, und bei jedem Mischen des Spiels schienen die Könige, Königinnen und Buben einen anderen Ausdruck anzunehmen. Die gedruckten Bildchen waren für sie voller Leben, Wissen und Geheimnis. Als sie ihren Hund Burek anschlagen und das Knirschen der Wagenräder hörte, schlug sie dankbar das Kreuz. Gelobt sei Jesus Christus, er ist da, unser Goldjunge aus Lublin, unser Wohltäter. Sie wußte, daß er in Lublin eine Frau hatte und mit der Gaunerbande in Piask auf gutem Fuß stand, aber diese Gedanken schob sie von sich – was hatte es für einen Zweck? Kann man nicht hinüber, muß man eben hinunter. Sie war eine verarmte Witwe, ihre Kinder waren Waisen – und wer konnte einen Mann ergründen? Immer noch besser, als wenn Magda in die Fabrik gemußt hätte – da hätte sie schwer arbeiten müssen und sich die Lunge aus dem Leibe gehustet – oder gar in ein Bordell. Jedesmal, wenn Elsbieta Jaschas Wagen vorfahren hörte, hatte sie das Gefühl, durch ihre Gebete an den Heiland die Mächte des Bösen, die sich gegen sie verschworen hatten, zu Fall gebracht zu haben. Sie klatschte in die Hände und sah ihre Tochter triumphierend an, und obwohl diese die Stolze und Gleichgültige spielte, wußte die Mutter sehr wohl, daß ihr das Herz höher schlug. Für Magda war Jascha Liebhaber und Vater zugleich. Und welcher andere Mann hätte wohl so einen vertrockneten Knirps mit den steckendürren Beinen und dem flachen Busen auch nur angesehen?

Elsbieta schob unter Seufzen und Stöhnen ihren Stuhl zurück und bemühte sich aufzustehen. Magda ließ noch ein Weilchen vergehen, dann aber stürzte sie hinaus, um Jascha mit offenen Armen entgegenzulaufen: «Liebster!» . . .

Jascha sprang vom Bock, nahm sie in die Arme und küßte sie. Ihre Haut glühte, als hätte sie Fieber. Burek schwänzelte sogleich um den Gast herum. Der Papagei schimpfte aus seinem Käfig, der Affe kreischte, die Krähe krächzte und schwatzte. Elsbieta wartete, bis Jascha ihre Tochter begrüßt hatte, dann erst erschien sie auf der Schwelle. Unförmig und plump wie ein Schneemann stand sie dort und wartete geduldig, bis er kam und ihr wie ein Kavalier die Hand küßte. Die Begrüßungszeremonie war jedesmal die gleiche: sie schloß ihn in die Arme, gab ihm einen Kuß auf die Stirn und sagte: «Ein Gast im Haus – Gott im Haus . . .»

Und dann weinte sie und tupfte sich mit der Schürze die Augen.

3

Elsbieta freute sich nicht nur Magdas wegen auf Jaschas Besuche, sondern auch im eigenen Interesse, denn er brachte ihr stets aus Lublin etwas mit: feine Wurst oder Leber, Halvah oder Honigkuchen aus der Konditorei. Aber mehr noch als diese Leckerbissen sehnte sie seine Unterhaltung herbei. Bolek weigerte sich, ihr zuzuhören, trotz all ihrer Opfer- und Dienstbereitschaft. Sobald sie mit einer Geschichte anfing, unterbrach er sie rücksichtslos: «So ist's recht, Mama, lüg nur weiter, lüg nur weiter.»

Angesichts solcher Unverschämtheit blieben Elsbieta die Worte im Halse stecken. Sie mußte husten und lief puterrot an, als sollte sie gleich der Schlag treffen. Schlucksend und nach Luft ringend mußte sie es zulassen, daß Bolek, dieser gemeine Rohling, ihr Wasser holte und sie auf Nacken und Rücken klopfte, damit der Kloß in ihrer Kehle sich löste.

Magda dagegen gab kaum eine Antwort. Man konnte drei Stunden lang auf sie einreden und ihr die ungewöhnlichsten Vorfälle berichten, ohne daß sie mit der Wimper zuckte. Nur bei Jascha, dem Juden, dem Zauberkünstler, durfte Elsbieta aus sich herausgehen, er ermutigte sie zum Reden und behandelte sie überhaupt so, wie es einer Schwiegermutter zukommt – nicht einer verhaßten, sondern einer geliebten Schwiegermutter. Der arme Junge war selbst in jungen Jahren verwaist, und Elsbieta war wie eine Mutter zu ihm. Insgeheim war sie der Überzeugung, Magda habe es nur ihr zu verdanken, daß Jascha ihr all die Jahre hindurch treu geblieben war. Sie, Elsbieta, kochte ihm seine Lieblingsgerichte, gab ihm praktische Ratschläge, warnte ihn vor etwaigen Feinden und deutete sogar seine Träume. Sie hatte ihm einen winzigkleinen Elefanten geschenkt, ein

Erbstück aus dem Besitz ihrer Großmutter, den trug er bei seinem Seilakt oder anderen gefährlichen Kunststücken stets unterm Latz.

Obgleich Jascha jedesmal bei seiner Ankunft behauptete, er hätte überhaupt keinen Hunger, tischte Elsbieta ihm eine Mahlzeit auf. Alles war schon vorbereitet: das frisch gewaschene Tischtuch, das Feuerholz für den Herd, die Porzellantasse, aus der er trank, der große, blaugemusterte Teller, von dem er aß. Nichts fehlte, sogar eine Serviette lag bereit. Elsbieta war als ausgezeichnete Hausfrau bekannt. Gewiß, ihr Mann war nur ein Hufschmied gewesen, aber ihr Großvater, der Pan Czapinski, hatte ein Gut mit vierhundert Bauern besessen und war mit adligen Herren wie den Radziwills auf die Jagd gegangen.

Elsbieta hatte schon zu Abend gegessen, aber bei Jaschas Ankunft erwachte ihr Appetit von neuem. Nach der ersten herzlichen Begrüßung zogen Jascha und Magda sich in den Alkoven zurück, und Elsbieta begab sich an die Zubereitung des Essens. Ihre Müdigkeit war wunderbarerweise wie weggeblasen, und die bleierne Schwere, die sie für gewöhnlich abends in den Beinen spürte, verflog wie durch einen Zauber. Im Handumdrehen hatte sie das Feuer angeschürt, und nun kochte und briet sie mit erstaunlich flinken Bewegungen. Sie stieß einen beglückten Seufzer aus: War es zu verwundern, daß Magda ihn vergötterte? Selbst ihr, Elsbieta, hauchte er neues Leben ein.

Der Abend nahm seinen üblichen Verlauf. Jascha versicherte, daß er nicht hungrig wäre, aber schon stand das Essen vor ihm, dessen Duft sich durchs ganze Zimmer verbreitete. Heute waren es Blintzes, mit Weißkäse und Weichselkirschen gefüllt und mit Zucker und Zimt bestreut. Eine Flasche Cherry Brandy stand auf dem Tisch, außerdem der süße Likör, den Jascha bei einem früheren Besuch aus Warschau mitgebracht hatte. Sobald er das Essen gekostet hatte, verlangte er nach mehr. Magda, die an Magenschrumpfung und Verstopfung litt, entwickelte plötzlich einen gesunden Appetit. Der Hund strich schwanzwedelnd um Jaschas Knie herum. Nach dem Kaffee mit Schmalzküchlein begann Elsbieta Erinnerungen auszukramen: wie zärtlich ihr Mann sie geliebt habe, wie er sie in den Armen herumgetragen habe, wie einmal die Kutsche des Zaren vor der Schmiede gehalten habe, weil ein Pferd das Hufeisen verloren hatte, und wie der Zar höchstpersönlich in ihrer Kate gewartet und von ihr, Elsbieta, ein Glas Wodka angenommen habe. Ihr größtes Abenteuer hatte sie während des Aufstandes von 1863 erlebt, als sie verurteilte Aufständische bei sich versteckt und die polnischen Truppen vor den anrückenden Kosaken gewarnt hatte. Dank ihrer Beredsamkeit und ihrer Tränen war eine adlige Dame davor bewahrt worden, von russischen Soldaten ausgepeitscht zu werden. Obwohl Magda damals noch ein Kind gewesen war, wandte Elsbieta sich immer wieder Bestätigung heischend an sie: «Weißt du nicht mehr, Magda? Der General hat dich auf den Schoß genommen, er hatte Hosen mit roten Streifen an, und du hast auf seinen Knien gesessen und mit seinen Orden gespielt. Das weißt du nicht mehr? Ach, diese Kinder – ein Gedächtnis wie ein Sieb . . . Iß nur, mein Goldjunge, nimm noch eine Blintze. Das schadet dir nichts. Meine Großmama Sofie – möge sie unsere Fürbitterin im Himmel sein – pflegte zu sagen: ‹Im Darm ist viel Platz.›»

Eine Geschichte führte zur anderen. Elsbieta hatte unzählige Krankheiten durchgemacht. Man hatte ihr die eine Brust aufgeschnitten und mit einer Nadel wieder zusammengenäht. Sie machte die Bluse auf und zeigte die Narbe. Einmal wäre sie beinahe gestorben – der Priester hatte ihr schon die letzte Ölung gegeben, und der Sarg war schon angemessen. Sie hatte wie eine Tote dagelegen und Engel, Geister und Visionen gesehen. Da war ihr plötzlich ihr verstorbener Vater erschienen, der hatte alle Erscheinungen fortgejagt und gebrüllt: «Meine Tochter hat kleine Kinder. Sie muß am Leben bleiben! . . .» Und in diesem Augenblick war ihr der Schweiß ausgebrochen – Schweißtropfen so groß wie Bohnen!

Die Uhr mit den hölzernen Gewichten zeigte schon Mitternacht, aber Elsbieta kam jetzt erst richtig in Fahrt. Sie hatte noch Dutzende von Geschichten auf Lager. Jascha hörte höflich zu, stellte die passenden Fragen und nickte in angemessenen Abständen. Die von ihr beschriebenen Wunder und Vorahnungen hatten eine sonderbare Ähnlichkeit mit denjenigen, die sich die Juden in Lublin erzählten. Magda begann zu gähnen und errötete.

«Letztes Mal hast du die Geschichte ganz anders erzählt, Mama.»

«Was sagst du, Kind? Was fällt dir ein? Willst du mich vor meinem Goldjungen Lügen strafen? Deine Mutter ist zwar eine arme Witwe ohne Geld und ohne Ehre, aber eine Lügnerin – niemals!»

«Du hast es vergessen, Mutter.»

«Ich vergesse nichts. Ich sehe mein ganzes Leben vor mir wie einen Wandteppich.» Und dann fing sie eine neue Geschichte an, die Geschichte von der großen Kälte. Der Winter hatte in jenem Jahr so früh angefangen, daß die Juden zum Laubhüttenfest nicht einmal ihre Lauben benutzen konnten, weil die Stürme das Rohr von den Dächern geblasen hatten. Reißende Gießbäche hatten die Schleusentore an der Mühle zerstört, den Damm durchbrochen und ein halbes Dorf überflutet. Später hatte es so hohe Schneeverwehungen gegeben, daß die Leute darin versunken waren wie im Moor und man ihre Leichen erst im nächsten Frühjahr gefunden hatte. Hungrige

Wölfe hatten die Wälder verlassen und die Dörfer überfallen, wo sie kleine Kinder aus der Wiege gerissen hatten. Der Frost war so streng gewesen, daß die Eichenstämme geborsten waren. Als Elsbieta so weit gekommen war, kam Bolek hereingetorkelt, ein mittelgroßer junger Mann mit heiserer Stimme, einem pockennarbigen, roten Gesicht, blaßblauen Augen, blondem Haar und einer Stülpnase mit übergroßen, bulldoggähnlichen Nasenlöchern. Er trug einen gestickten Spenzer und eine Reithose, hohe Stiefel und einen mit einer Feder geschmückten Hut – von Kopf bis Fuß ein Jäger! Ein Papyrossi hing in seinem Mundwinkel. Pfeifend und wie ein Betrunkener über die Schwelle stolpernd kam er ins Zimmer. Als er Jaschas ansichtig wurde, lachte er zunächst, dann setzte er eine ernste, ja, grimmige Miene auf.

«Soso – da bist du ja wieder.»

«Gebt euch einen Kuß, ihr Schwäger!» flötete Elsbieta. «Schließlich seid ihr verwandt . . . Solange Jascha mit Magda zusammen ist, ist er für dich wie ein Bruder, Bolek – sogar noch näher.»

«Hör doch auf, Mama.»

«Was will ich denn schließlich? Weiter nichts als Frieden. Der Priester hat einmal in der Predigt gesagt, Friede ist wie der Tau, der vom Himmel fällt und die Felder speist. Das war damals, als der Bischof von Tschenstochau zu uns kam. Ich weiß es noch wie heute – er hatte ein rotes Samtkäppchen auf dem Kopf.»

Und Elsbieta versagte die Stimme. Ihre Tränen hatten wieder zu fließen begonnen.

4

Jascha hatte es eilig, nach Warschau zu kommen, aber ein bis zwei Tage mußte er schon bleiben. An diesem Abend zog er sich bald nach Boleks Ankunft für die Nacht in den Alkoven zurück. Elsbieta hatte die Matratze mit neuem Stroh gestopft und Kopfkissen und Bettdecke frisch überzogen. Magda ließ ihn eine Weile warten. Sie mußte sich erst waschen und kämmen. Die Mutter seifte sie ab, dann zog sie ihr ein langes Nachthemd mit Spitze an Saum und Ausschnitt an. Jascha lag, über sich selbst erstaunt, ruhig im Bett. «Das alles tue ich nur, weil ich mich so schrecklich langweile», sagte er zu sich. Er lauschte gespannt: Mutter und Tochter schienen über irgend etwas zu streiten. Elsbieta versah ihre Tochter gern mit guten Ratschlägen, bevor diese zu ihrem Liebhaber ging. So empfahl sie ihr etwa, sich ein mit Lavendel gefülltes Riechkissen umzubinden. Bolek schnarchte, auf der Ofenbank ausgestreckt. Komisch, dachte

Jascha, mein Leben ist ein ununterbrochener Balanceakt auf dem Seil, nur ein paar Zoll von der Katastrophe getrennt. Eine falsche Bewegung – und Bolek stößt mir ein Messer ins Herz.

Jascha döste ein und träumte, daß er flöge. Er erhob sich vom Boden und schwang sich höher und höher in die Luft. Wieso hatte er das nicht früher probiert – es war so leicht, so leicht. Diesen Traum hatte er fast jede Nacht, und jedesmal wachte er mit dem Gefühl auf, ihm sei Einblick in so etwas wie eine verzerrte Wirklichkeit gewährt worden. Oft fragte er sich, ob es ein Traum oder einfach eine Fortsetzung seiner Gedanken gewesen sei. Seit Jahren faszinierte ihn die Idee, ein Paar Flügel anzulegen und zu fliegen. Warum soll der Mensch nicht können, was ein Vogel kann? Die Flügel müßten entsprechend groß und aus Seide gefertigt sein – so wie die Seide, aus der Ballons gemacht werden. Sie müßten an Rippen festgenäht sein und sich zusammenfalten und aufspannen lassen wie ein Schirm. Und wenn Flügel nicht genügen, könnte man, um die Tragkraft zu erhöhen, zwischen den Beinen eine Art Flughaut anbringen, wie die Fledermäuse sie haben. Natürlich ist der Mensch schwerer als ein Vogel, aber Adler und Habichte sind auch nicht ausgesprochen leicht, und die können sogar im Fluge ein Lamm aufheben und mitnehmen. Wenn Jascha nicht an Emilia dachte, beschäftigte er sich ununterbrochen mit diesem Problem. Er hatte Schubladen voller Pläne und Diagramme, Stöße von Ausschnitten aus Zeitungen und Zeitschriften. Gewiß, viele, die das Fliegen versucht haben, sind dabei umgekommen, aber geflogen sind sie, das steht fest, wenn auch nicht lange. Wenn das Material kräftig genug und das Gestänge elastisch genug ist, müßte ein leichter, wendiger und beweglicher Mensch es schaffen. Welch eine Sensation in der ganzen Welt, wenn er, Jascha, über die Dächer von Warschau oder, noch besser, über die Boulevards von Rom, Paris oder London dahinfliegen würde!

Er mußte wieder eingeschlafen sein, denn als Magda ins Bett kam, fuhr er erschrocken hoch, obwohl er mit offenen Augen dagelegen hatte. Sie hatte nie ihre Schüchternheit abgelegt und kam noch heute wie ein scheues Jungfräulein mit einem gleichsam entschuldigenden Lächeln zu ihm. Knochig und eiskalt in ihrem zu weiten Nachthemd, das Haar noch feucht vom Kämmen, lag sie neben ihm. Er strich über ihre abgemagerten Rippen.

«Was ist mit dir? Ißt du nichts?»

«Doch, ich esse.»

«Für dich wäre es leicht, zu fliegen. Du wiegst ja kaum mehr als eine Gans.»

Auf ihren Reisen stellte sich rasch die alte Vertrautheit wieder ein, aber jetzt hatte die lange Trennung – die Wochen, die er fern von ihr bei seiner Frau verbracht hatte – sie entfremdet. Sie mußten einander erst wieder kennenlernen – es war wie eine Hochzeitsnacht. Sie kehrte ihm den Rücken zu, und erst nachdem er sie eine Weile stumm umworben hatte, wandte sie sich zu ihm um. Sie schämte sich noch immer vor ihrer Mutter und ihrem Bruder. Wenn er zu laut sprach, verschloß sie ihm mit der Hand den Mund. Er zog sie an sich, und sie flatterte in seinen Armen wie ein Hühnchen. Ihr leises Geflüster war kaum zu verstehen. Warum ist er so lange fortgeblieben? Sie hat es wirklich mit der Angst bekommen und geglaubt, er würde nie wiederkommen. Mutter ist herumgegangen und hat wie ein Wasserfall geredet, die ewigen Klagen und Sorgen, daß er sie, Magda, verlassen könnte. Dann Bolek mit diesem Diebsgesindel – es ist eine Schande, eine Schande. Er wird noch im Gefängnis enden. Außerdem trinkt er zuviel. Betrinkt sich und geht herum und sucht Händel. Und was hat Jascha die ganze Zeit in Lublin getrieben? Die Tage sind so langsam vergangen, zäh wie Sirup.

Es war erstaunlich, wie leidenschaftlich dieses scheue Mädchen werden konnte, als hätte sie einen Dibbuk in sich. Sie überschüttete Jascha mit Küssen, gab sich ihm hin auf jede Art, die er sie gelehrt hatte, aber alles stumm, damit Mutter und Bruder nicht aufwachten. Es war wie ein geheimer Ritus vor einem Götzen der Nacht. Obwohl Magda in der Schule ein tadelloses Polnisch gelernt hatte, plapperte sie jetzt in kaum verständlichem, bäuerlichem Kauderwelsch und gebrauchte seltsame geschraubte Redewendungen, von Generationen von Bauern ererbt.

Er sagte: «Wenn ich dich einmal verlassen sollte, denk immer daran, daß ich wiederkomme. Bleib mir treu.»

«Ja, Geliebter, bis in den Tod!»

«Ich werde dir Flügel machen, und du wirst fliegen.»

«Ja, mein Gebieter . . . Ich fliege schon jetzt.»

5

In Piask war Markttag. Bolek war gleich nach dem Frühstück nach Lublin gefahren. Jascha machte sich zu Fuß auf den Weg nach Piask unter dem Vorwand, er hätte in den Gewölben Einkäufe zu machen. Elsbieta versuchte ihn zurückzuhalten – sie wollte ihn gern zum Mittagessen dabei haben –, aber Magda wies sie mit einem Kopfschütteln zurecht. Sie mischte sich nie in seine Angelegenheiten. Er küßte sie, und sie sagte demütig: «Vergiß den Heimweg nicht.»

Der Markt war schon seit Tagesanbruch im Gange, aber noch immer waren verspätete Bauern auf der Landstraße zu sehen. Einer brachte eine dürre Kuh zum Metzger, andere ein Schwein oder eine Ziege. Frauen mit Holzgestellen unter den Kopftüchern – das Zeichen des Ehestandes – trugen ihre Waren in mit Leinentüchern bedeckten Schüsseln, Kruken und Körben zur Stadt. Sie riefen Jascha lachend an. Anscheinend erinnerten sie sich an ihn von der Tournee durch die Dörfer, die er vor Jahren gemacht hatte. Ein Wagen mit einem ländlichen Brautpaar und einer Musikkapelle kam des Weges; die Pferde waren mit grünen Zweigen und Blumengirlanden geschmückt, und die Musikanten schabten auf ihren kleinen Fiedeln und sangen eine schmachtende Melodie. Auf einem anderen Wagen saß, zusammengepfercht wie die Gänse, eine Schar Bauernmädchen, die sangen ein Lied, in dem den Männern Rache geschworen wurde:

Schwarz bin ich, o schwarz,
Und werd mich noch mehr schwärzen,
Ach, du mein Schlingel, du,
Es wird dich bald schon schmerzen.

Weiß bin ich, o weiß,
Und werd mich noch mehr weißen,
Da wirst du schaun, du Schlingel,
Dich an den Locken reißen.

Sewtel, eine verlassene Witwe, wohnte im Diebsviertel auf einem Hügel hinter den Schlachthäusern. Ihr Mann Lejbusch Lekech war vor geraumer Zeit aus dem Gefängnis von Janow ausgebrochen, und niemand wußte, wo er sich zur Zeit aufhielt. Manche meinten, er wäre nach Amerika geflüchtet, andere glaubten, er hielte sich irgendwo in der russischen Wildnis versteckt. Seit vielen Monaten hatte man kein Wort von ihm gehört. Die Diebe, die ihre eigene Bruderschaft mit Ältesten und Satzungen hatten, gaben Sewtel jede Woche zwei Gulden, wie es üblich war, wenn der Hausherr im Gefängnis saß; aber es wurde immer wahrscheinlicher, daß Lejbusch sich für immer davongemacht hatte. Das Paar hatte keine Kinder. Sewtel stammte nicht aus Piask, sondern aus einem Ort am anderen Weichselufer. Für gewöhnlich befleißigten die Frauen von Dieben, die im Gefängnis saßen, sich eines ehrbaren Lebenswandels; Sewtel dagegen machte sich dadurch verdächtig, daß sie auch an Werktagen Schmuck trug, mit unbedecktem Kopf ging und am Sabbat kochte. Jetzt konnte ihr jeden Tag die Unterstützung gesperrt werden.

Jascha wußte das alles und hatte sich trotzdem mit der Frau eingelassen; er ging durch Hintergassen zu ihr und hinterließ beim Fortgehen ein Dreirubelstück. Heute brachte er ihr ein Geschenk aus Warschau mit – eine Korallenkette. Es war der helle Wahnsinn. Er hatte eine Frau, er hatte Magda, er verzehrte sich vor Sehnsucht nach Emilia – was suchte er hier auf diesem Misthaufen? Schon mehrmals hatte er mit ihr brechen wollen, aber immer, wenn er nach Piask kam, zog es ihn wieder zu ihr. Jetzt eilte er zu ihrem Haus, ängstlich und begierig wie ein Schulbub, der zum erstenmal mit einer Frau schlafen wird. Er ging nicht durch die Lublina, sondern hintenherum durch die Schulgasse. Trotz der fortgeschrittenen Jahreszeit waren die Straßen hier noch schlammig und aufgeweicht, aber in Sewtels Haus war alles reinlich – Vorhänge an den Fenstern, eine Lampe mit ausgefranstem Papierschirm, auf dem Bett ein Kissen, der Fußboden frisch gescheuert und mit Sand bestreut wie am Freitagabend vor dem Anzünden der Lichter. Sewtel stand mitten im Zimmer – eine jugendlich wirkende Frau mit lockigem Haar und schwarzen Zigeuneraugen, auf der linken Wange ein Schönheitspflästerchen und um den Hals eine Kette aus Glasperlen. Sie lächelte ihn, ihre weißen Zähne entblößend, verschmitzt an und sagte in ihrer Mundart vom anderen Weichselufer: «Ich habe geglaubt, du würdest bestimmt nicht kommen!»

«Wenn ich es sage, dann komme ich», erwiderte Jascha fremd und streng.

«Ein unerwarteter Gast!»

Alles war für ihn demütigend, die Begrüßungsküsse, das Überreichen des Geschenks, das Sitzen und Warten, während sie den mit Zichorie gebrühten Kaffee holte; aber so wie die Diebe nicht anders konnten als Geld stehlen, so mußte er sich Liebe stehlen. Sie verriegelte die Tür, um Störungen zu vermeiden, und verstopfte das Schlüsselloch mit Papier. Sie war ebenso zum Trödeln aufgelegt, wie er es eilig hatte. Immer wieder warf er vielsagende Blicke auf das Bett, aber sie schloß den Kattunvorhang und gab ihm damit deutlich zu verstehen, daß es noch nicht so weit sei.

«Was geht in der Welt vor?» fragte sie.

«Das weiß ich selber nicht.»

«Woher soll ich es wissen, wenn nicht du? Wir sitzen immer am selben Platz, aber du streifst herum, frei wie der Vogel.»

Sie setzte sich neben ihn auf die Bank, ihr rundes Knie an das seine gedrückt, und zog den Rock hoch, so daß er den Rand ihrer schwarzen Strümpfe mit den roten Strumpfbändern sehen konnte.

«Ich sehe dich so selten», klagte sie, «daß ich es von einem- zum andernmal vergesse.»

«Hast du etwas von deinem Mann gehört?»

«Der ist weg – wie ein Stein im Meer.» Und sie lächelte – demütig, anmaßend, trügerisch.

Er mußte sie ausreden lassen, denn gegen eine geschwätzige Frau kann man nichts machen. Selbst wenn sie sich beklagte, schossen die Worte aus ihrem Mund – glatt und rund wie Erbsen aus einem Blasrohr. Was für eine Zukunft hat sie hier in Piask? Lejbusch wird nie zurückkommen. Auf der anderen Seite des Ozeans ist er so gut wie in der anderen Welt. Praktisch ist sie schon verwitwet. Jetzt geben sie ihr noch das Almosen von zwei Gulden die Woche, aber wie lange noch? Die Hälfte der Bruderschaft sitzt hinter Gittern, und ihre Kasse ist leer. Und was kann sie schon für die paar Kröten kaufen? Wasser für Kascha. Sie hat in allen Läden Schulden und überhaupt nichts anzuziehen. Alle Frauen sind ihre Feinde. Sie klatschen so viel über sie, daß sie ständig mit roten Ohren herumläuft. Im Sommer läßt es sich noch ertragen, aber wenn erst die Regenzeit kommt, wird sie den Verstand verlieren. Während Sewtel ihr Unglück schilderte, spielte sie unentwegt mit dem Verschluß ihrer Halskette. Plötzlich erschien auf ihrer rechten Wange ein Grübchen.

«Ach, Jaschale, nimm mich mit.»

«Ich kann nicht, das weißt du doch.»

«Warum nicht? Du hast Wagen und Pferde.»

«Was würde Magda sagen? Was würden deine Nachbarn sagen?»

«Die reden sowieso über mich. Was diese Polackin kann, das kann ich auch. Vielleicht sogar ein bißchen besser.»

«Kannst du einen Salto machen?»

«Wenn ich's nicht kann, werde ich's lernen.»

Es war alles müßiges Geschwätz. Sie war für eine Akrobatin viel zu stämmig, hatte zu kurze Beine, zu breite Hüften, einen zu üppigen Busen.

Sie kann nur Dienstmagd werden – oder das andere, dachte Jascha. Obgleich er sie bestimmt nicht liebte, wurde er für einen Augenblick eifersüchtig. Was mag sie in all den Wochen treiben, wenn ich unterwegs bin? dachte er. Nun gut, heute bin ich zum letztenmal hier. Ich tue es ja nur, weil ich mich so langweile und für ein Weilchen vergessen will – so versuchte er sein Verhalten vor sich selbst zu rechtfertigen. Wie ein Trinker, der seinen Kummer in Alkohol ertränkt, dachte er. Er hatte nie begriffen, wie andere Leute es fertigbrachten, ihr ganzes Leben lang an einem Ort und mit einer Frau zu leben, ohne trübsinnig zu werden. Er, Jascha, stand immer kurz davor, in Schwermut zu versinken. Er zog plötzlich drei Silberrubel aus der Tasche und legte sie mit kindischer Feierlichkeit auf ihr entblößtes Bein – einen aufs Knie, den nächsten ein Stückchen höher, den dritten auf ihren Schenkel. Sewtel sah neugierig lächelnd zu.

«Das hilft mir auch nichts.»

«Schaden wird es wohl auch nichts.»

Er redete mir ihr in demselben derben Ton wie sie mit ihm. Es war bezeichnend für ihn, daß er sich jedem Stand und Charakter anpassen konnte – eine Eigenschaft, die ihm in der Ausübung des Magnetismus sehr zustatten kam. Sewtel sammelte bedächtig die Geldstükke ein und legte sie in einen Mörser auf der Kommode.

«Nun, jedenfalls vielen Dank.»

«Ich bin in Eile.»

«Warum so hastig? Ich sehne mich nach dir. Wochenlang höre ich kein Wort von dir. Wie ist es dir ergangen, Jaschale? Schließlich sind wir doch auch gute Freunde.»

«Ja. ja . . .»

«Was bist du so nachdenklich? Ich weiß – bestimmt hast du ein neues Mädchen! Erzähle, Jascha, erzähle. Ich bin keine von den Eifersüchtigen. Ich weiß, wie's in der Welt zugeht. Aber für dich sind die Frauen wie Blumen für eine Biene. Immer wieder eine neue. Einmal geschnuppert, einmal geleckt, und sst! fliegst du wieder weg. Oh, ich beneide dich! Ich würde mein letztes Paar Hosen dafür geben, wenn ich ein Mann sein könnte!»

6

«Ja, da ist eine neue», sagte Jascha. Er mußte zu jemandem darüber sprechen, und vor Sewtel konnte er das ebenso ungehemmt tun wie vor sich selbst. Er fürchtete weder ihre Eifersucht noch ihren Zorn. Sie war ihm ergeben wie ein Bauernmädchen dem Gutsherrn. Ihre Augen leuchteten auf. Auf ihrem Gesicht erschien das süßsaure Lächeln eines Menschen, dem Unrecht geschieht und der sich daran weidet.

«Hab ich's nicht gewußt? Wer ist es denn?»

«Eine Professorenwitwe.»

«Eine Witwe, heh? Soso.»

«Gar nicht soso.»

«Bist du in sie verliebt?»

«Ja, ein bißchen.»

«Wenn ein Mann ‹ein bißchen› sagt, meint er ziemlich viel. Wie ist sie denn – jung? Hübsch?»

«Nicht so jung. Sie hat eine vierzehnjährige Tochter.»

«Welche liebst du denn, die Mutter oder die Tochter?»

«Beide.»

Sewtels Kehlkopf bewegte sich, als müßte sie etwas herunterschlucken.

«Du kannst nicht beide haben, mein Teurer.»

«Fürs erste würde ich mit der Mutter zufrieden sein.»

«Was ist ein Professor – ein Doktor?»

«Er hat an der Universität Mathematik unterrichtet.»

«Was ist Mathematik?»

«Rechnen.»

Sie dachte ein Weilchen darüber nach. «Ich hab's gewußt, ich hab's genau gewußt. Mir kannst du nichts vormachen. Ich brauche einen Mann nur anzusehen, und ich weiß alles. Was willst du tun – sie heiraten?»

«Aber ich habe doch schon eine Frau.»

«Was spielt das bei dir schon für eine Rolle? Wie hast du sie kennengelernt?»

«Sie war im Theater, und jemand hat uns bekanntgemacht. Nein, ich habe Gedanken gelesen und ihr gesagt, daß sie eine Witwe ist und alles übrige.»

«Woher wußtest du das?»

«Das ist mein Geheimnis.»

«Gut, und dann?»

«Sie hat sich in mich verliebt. Sie will alles im Stich lassen und mit mir ins Ausland gehen.»

«Einfach so?»

«Sie will mich heiraten.»

«Einen Juden?»

«Sie versucht ein bißchen, mich zu bekehren ...»

«Nur ein bißchen, hehe? – Was willst du im Ausland?»

Jaschas Miene wurde plötzlich bitter. «Was habe ich denn hier? Seit fünfundzwanzig Jahren mache ich jetzt meine Nummer, und immer noch bin ich ein armer Teufel. Wie lange kann ich noch meinen Seilakt machen? Höchstens zehn Jahre. Alle rühmen mich, aber keiner will zahlen. In anderen Ländern wissen sie so jemand wie mich zu schätzen. Da braucht man nur eine Handvoll Kunststücke zu können, und schon ist man reich und berühmt. Man kommt an Königshöfe und reist in einer eleganten Kutsche. Selbst hier, in Polen, würden sie mich ganz anders behandeln, wenn ich in Westeuropa einen Namen hätte. Verstehst du, was ich sagen will? Hier wird nach ihrer Pfeife getanzt. Hier wird alles nachgemacht, was aus dem Ausland kommt. Ein Opernsänger kann wie eine Eule krächzen, aber wenn er in Italien gesungen hat, ruft alles ‹Bravo!›»

«Ja, aber du würdest Christ werden müssen.»

«Was ist schon dabei? Man bekreuzigt sich, und sie besprengen einen mit Wasser. Woher weiß ich, welcher Gott der richtige ist! Noch keiner ist oben im Himmel gewesen. Ich gehe sowieso nicht beten.»

«Wenn du erst katholisch bist, wirst du schon in die Kirche gehen.»

«In der Kirche gucken sie nicht nach. Ich bin Zauberkünstler, kein Priester. – Weißt du schon von der neuesten Mode? Man macht alle Lichter aus, und dann ruft man die Geister der Toten herbei. Man sitzt um einen Tisch und legt die Hände darauf, und dann hebt sich der Tisch. Alle Zeitungen sind voll davon.»

«Richtige Geister?»

«Sei nicht albern. Das macht alles der Zauberer. Er streckt den Fuß aus und hebt den Tisch an. Er knackt mit dem großen Zeh, und das bedeutet eine Botschaft von den Geistern. Die reichsten Leute kommen zu diesen Seancen, besonders die Frauen. Sagen wir, irgendwelchen Leuten ist der Sohn gestorben, und sie wollen sich mit ihm in Verbindung setzen. Dann geben sie dem Zauberer Geld, und er beschwört den Geist des Sohnes.»

Sewtel machte große Augen. «Wirklich?»

«Dummchen.»

«Vielleicht ist es schwarze Magie?»

«Die wissen nichts von schwarzer Magie.»

«Ich hab gehört, in Lublin gibt es einen Mann, der zeigt einem die Toten in einem schwarzen Spiegel. Sie sagen, da könnte ich Lejbusch sehen.»

«Warum gehst du dann nicht hin? Sie werden dir ein Bild zeigen und sagen, es wäre Lejbusch.»

«Na ja, aber jedenfalls zeigen sie einem etwas.»

«Dummes Zeug», sagte Jascha, erstaunt darüber, daß er sich mit einer Frau wie Sewtel über dergleichen unterhielt. «Ich kann dir im Spiegel zeigen, wen du willst, sogar deine Großmutter.»

«Es gibt keinen Gott, meinst du das?»

«Natürlich gibt es einen, aber gesprochen hat noch niemand mit Ihm. Wie sollte Gott denn sprechen? Wenn Er jiddisch spräche, würden die Gojim Ihn nicht verstehen; wenn Er französisch spräche, würden die Engländer sich beschweren. Die Thora behauptet, Er spräche hebräisch, aber ich bin nicht dabeigewesen und hab's nicht gehört. Und die Geister, die gibt es auch, aber kein Zauberkünstler kann sie heraufbeschwören.»

«Und wie ist es mit der Seele? Ach, ich habe Angst.»

«Angst – wovor?»

«Wenn ich mich abends niederlege, kann ich kein Auge zutun: all die Toten ziehen an mir vorüber. Ich sehe, wie sie Mama ins Grab legen. Ganz weiß ist sie . . . Zu was leben wir überhaupt? Ich sehne mich so nach dir, Jaschale! Ich will dir ja keine Ratschläge geben, aber diese Goiete wird dich in die Hölle bringen.»

Jascha fuhr hoch. «Wieso? Sie liebt mich.»

«Das nutzt nichts. Du kannst machen, was du willst, aber du mußt Jude bleiben. Was soll aus deiner Frau werden?»

«Was wird aus ihr, wenn ich verrecke? Der Mann stirbt, und vier Wochen drauf steht Frauchen wieder unterm Traubaldachin. Sewtel, mit dir kann ich offen reden. Zwischen uns gibt es keine Geheimnisse. Ich möchte noch einmal neu anfangen.»

«Und wo bleibe ich?»

«Wenn ich erst reich bin, werde ich dich auch nicht vergessen.»

«Nein, du wirst mich nicht vergessen. Wenn du zu dieser Tür hinaus bist, wirst du mich schon vergessen haben. Glaub nicht, daß ich eifersüchtig bin. Wie ich dich zum erstenmal gesehen habe, hab ich gezittert und gebebt. Ich hätte dir die Füße gewaschen und das Waschwasser getrunken. Aber als ich dich besser kannte, hab ich mir gesagt: ‹Sewtel, das ist Verschwendung – all diese Zitterei.› Ich bin keine gebildete Frau und weiß nicht viel, aber ich habe einen Kopf auf dem Hals. Ich denke viel, und dann kommen mir alle möglichen Ideen. Manchmal, wenn der Wind so im Schornstein heult, werde ich ganz schwermütig. Ich möchte fort, irgendwohin in die weite Welt. Manchmal denke ich sogar, der Lejbusch hat ganz recht gehabt. Hilf mir hier wegzukommen, Jaschale, wenn du das nicht tust, will ich lieber sterben. Ich will nicht in Piask verkommen, hörst du? Ich will nicht von den Dieben auf dem Friedhof besucht werden. Du wirst's nicht glauben, Jaschale, aber neulich hab ich sogar an Selbstmord gedacht.»

«Warum ausgerechnet das?»

«Einfach weil ich müde war und einen Strick zur Hand hatte. Ich hab einen Haken am Deckenbalken gesehen – da, den Haken neben der Lampe. Ich bin auf den Schemel gestiegen, und alles paßte aufs Haar. Und dann mußte ich lachen.»

«Worüber?»

«Über gar nichts. Man braucht nur den Strick festzuziehen, und alles ist vorbei . . . Jaschale, nimm mich mit nach Warschau.»

«Was wird aus den Möbeln?»

«Ich werde alles verkaufen. Soll jemand einen Rewach machen.»

«Was willst du in Warschau anfangen?»

«Keine Angst, ich werd dir nicht auf der Tasche liegen. Ich werd weggehen wie diese Bettlerin im ‹Ma'asse-Buch›. Ich werde vor irgendeiner Tür stehen bleiben und sagen: ‹Hier bleibe ich.› Es gibt überall Wäsche zu waschen und Körbe zu tragen.»

Drittes Kapitel

1

Jascha hatte eigentlich zum Abendessen wieder bei Elsbieta sein wollen, aber Sewtel ließ ihn nicht fort. Sie kochte ihm ein Lieblingsgericht: breite Nudeln mit Käse und Zimt. Sobald Sewtel den Türriegel zurückgeschoben und die Bettvorhänge zugezogen hatte, stellte sich ein Besucher nach dem anderen ein. Die Weiber der Diebe kamen, um vorzuzeigen, was sie auf dem Markt billig eingekauft und was die Männer ihnen geschenkt hatten. Die älteren unter ihnen gingen in ausgetretenen Pantoffeln, schlampigen Kleidern und schmuddeligen Kopftüchern. Sie grinsten Jascha mit zahnlosen Mündern an und kokettierten mit ihrer Häßlichkeit. Die jüngeren Ehefrauen hatten sich herausgeputzt und mit billigem Schmuck behängt. Obwohl Sewtel ihr Verhältnis mit Jascha angeblich geheimhielt, prahlte sie vor den Prahlerinnen mit seinem Geschenk, der Korallenkette. Manche Frauen probierten sie an, schmunzelten und zwinkerten vielsagend. Es war auf dem Hügel nicht üblich, ein unzüchtiges Leben zu führen. Die Weiber hielten ihren im Gefängnis sitzenden Männern jahrelang, bis zu deren Entlassung, die Treue. Aber Sewtel war keine von ihnen und wurde geringer geachtet als eine Zigeunerin. Außerdem hatte ihr Mann sie sitzenlassen. Und Jascha, der Zauberkünstler, stand im Ruf eines Wüstlings. Die Frauen drehten die Köpfe hin und her, tuschelten miteinander und warfen Jascha schmachtende Blicke zu. Allen war es bekannt, welche Zauberkräfte er besaß, und die Diebe behaupteten, wenn er sich ihrer Bruderschaft anschlösse, würde sein Weg mit Gold gepflastert sein. Die allgemeine Ansicht auf dem Hügel ging dahin, es sei immer noch besser, mit einem Dieb verheiratet zu sein als mit so einem wie Jascha, der mit einer Goiete herumreiste, nur an Feiertagen nach Hause kam und seiner Frau nichts als Schmach und Schande bereitete.

Nach und nach kamen auch die Männer dazu. Chaim-Lejb, ein untersetzter, breitschultriger Mann, bei dem alles gelb war – Bart, Gesicht und Augen –, kam herein, um einen Warschauer Papyrossi zu schnorren, und Jascha schenkte ihm das ganze Päckchen. Sewtel stellte ihm eine Flasche Schnaps und einen Teller Brezeln hin. Er gehörte zur alten Garde, war aber nun verbraucht und nutzlos. Es gab kein Gefängnis, in dem er nicht einmal gesessen hatte. Seine Rippen waren eingeschlagen, und seinen Bruder Baruch Klott, den Pferdedieb, hatten die Bauern einmal bei lebendigem Leibe in einem Kessel gesotten. Chaim-Lejb paffte nachdenklich den Warschauer Papyrossi, trank ein Glas Wodka und fragte: «Was tut sich in Warschau? Wie steht's in dem alten Pawiak-Gefängnis?»

Blind Mechl, ein großer, ungeschlachter Mensch mit den Schultern eines Riesen, einem Stiernacken, einer Narbe auf der Stirn und einer zerfetzten Augenhöhle, brachte ein in Papier gewickeltes Päckchen mit. Jascha wußte schon, was es enthielt: ein Vorhängeschloß, das er aufmachen sollte. Mechl war selbst Fachmann im Aufbrechen von Schlössern. Er war, bevor er sich dem Einbrechergewerbe zuwandte, Schlossergeselle gewesen und hatte stets ein Brecheisen bei sich. Seit Jahren war Mechl um die Konstruktion eines Schlosses bemüht, das Jascha nicht aufbrechen könnte. Jetzt saß er schüchtern am Tisch und wartete geduldig darauf, daß das Gespräch auf Schlösser käme. Bisher hatte er Jascha nicht hineinlegen können, denn wie kunstvoll und kompliziert das Schloß auch sein mochte, Jascha hatte es jedesmal binnen weniger Minuten gesprengt, oft nur mit Hilfe eines Nagels oder einer Haarnadel. Aber Mechl gab nicht auf, sondern blieb bei seiner Wette, er würde einen «Peter» konstruieren, den selbst der Engel Gabriel nicht «knacken» konnte. Bei jedem Besuch in Lublin hatte er Beratungen mit dem Schlosser Abraham Lejbusch und mit anderen Schmieden und Mechanikern. Mechls Zimmer glich einem Werkzeuglager mit Hämmern, Feilen und Metallsägen, Brecheisen aller Art, Haken, Bohrern, Zangen und Lötkolben, und seine Frau, die Schwarze Bejle, behauptete, er sei von seinen Werkzeugen wie besessen. Jascha begrüßte ihn lächelnd und zwinkerte ihm zu. So wie Mechl davon überzeugt war, daß Jascha zum Schluß ein langes Gesicht machen würde, so zweifelte Jascha nicht daran, daß eine unerklärliche Macht ihm helfen würde, mit einer Drehung hier und einer Wendung da den Mechanismus wie durch ein Wunder zu öffnen.

Schließlich waren sie alle versammelt: Mendele Bejlik, Josele Dejtsch, Lejserl Kratzmich und der derzeitige Anführer Berisch Wisoker, ein sehr kleiner Bursche mit verschlagenen Augen, einem spitzen Kahlkopf, scharfer Nase und spitzem Kinn und langen Affenarmen. Berisch Wisoker stammte wie Sewtel aus Groß-Polen. Er kleidete sich stutzerhaft in farbige Hosen, gelbe Schuhe, Samtwesten und gestickte Hemden. Seinen Federhut setzte er nie ab, und an den Stiefeln hatte er besonders hohe Hacken, um größer zu erscheinen. Berischs Geschicklichkeit ging so weit, daß er einem Taschendieb die Uhr stehlen konnte. Er sprach russisch, polnisch und deutsch, stand mit den Behörden auf gutem Fuß und war tatsächlich weniger Dieb als Gauner und Mittelsmann. Vor Jahren hatte er im Gefängnis gesessen, nicht wegen Diebstahl, sondern weil er bei einem Kartenspiel, dem sogenannten «Kettchen», einen adligen Herrn betrogen hatte. Er war auf die Karten ebenso scharf wie Blind Mechl auf seine Schlösser. Aber mit Jascha, der ihm immer neue, verblüffende Tricks zeigte, konnte er es nicht aufnehmen. Auch jetzt hatte er mehrere Kartenspiele in der Tasche, teils gezinkte, teils ungezinkte. Er war bekannt dafür, daß er nicht stillsitzen konnte. Während die anderen ruhig um den Tisch saßen, zappelte er wie ein Tier im Käfig oder wie ein Wolf, der sich in den Schwanz beißen will. Er legte den Kopf schief und sprach in näselndem Ton aus dem Mundwinkel. «Wann wirst du einer von uns werden, heh?» fragte er Jascha. «Komm in unsere Bruderschaft – schlag ein.»

«Um im Kittchen zu verfaulen?»

«Wenn du gewitzt bist, kannst du den Rahm abschöpfen.»

«Man kann nicht schlau genug sein», rief Blind Mechl. «Jeder kann geschnappt werden.»

«Man muß bloß wissen, woher der Wind weht», schoß Berisch Wisoker zurück.

Jascha sagte sich, daß es höchste Zeit zum Aufbruch sei. Elsbieta würde schon warten und vor Ungeduld zerspringen, und auch Magda erwartete ihn. Bolek, der ihn verachtete, suchte nur nach einem solchen Vorwand, ihn umzubringen. Aber so einfach weggehen konnte Jascha auch nicht. Er kannte diese Leute von Kindheit an. Sie hatten seinen Aufstieg vom Gehilfen eines Bärentreibers zum Artisten im polnischen Theater verfolgt. Die Männer begrüßten ihn mit einem Schlag auf den Rücken, die Frauen machten ihm schöne Augen. Sie kamen zu ihm wie zu einem Rabbiner, und er verteilte Zigarren und Papyrossi. Und mit einigen von ihnen hatte er einmal eine Liebschaft gehabt, und obwohl sie jetzt ehrbare Ehefrauen und Mütter waren, warfen sie ihm kokette Blicke zu und lächelten vielsagend in Erinnerung an vergangene Zeiten. Was Sewtel betraf, so hatte er anfangs ihr Verhältnis sehr diskret behandelt, aber dann hatte sie selbst es überall ausposaunt. Für so eine Schlampe war ein Liebhaber etwas zum Renommieren.

Erst klatschten sie über die neuesten Ereignisse. Was gibt es Neues in der Welt? Wann wird es wieder zum Krieg mit den Türken kommen? Und was wollen eigentlich diese Aufständischen, die Bomben werfen, Attentate auf den Zaren verüben und zum Streik gegen die Eisenbahn aufrufen? Was hört man aus dem Lande Israel? Wer sind diese Ketzer, die Sümpfe trockenlegen und kolonisieren? Jascha gab über alles Auskunft. Er las nicht nur alle Warschauer Zeitungen, sondern auch die *Israelita*, und warf sogar gelegentlich einen Blick in die hebräische Zeitung, obwohl er die modernen Ausdrücke nicht verstand. Hier in Piask hocken sie wie die Kröten auf einem Baumstumpf, während draußen in der Welt ein Ereignis das andere jagt. Preußen ist ein mächtiger Staat geworden. Die Franzosen haben Teile von Afrika annektiert – da, wo die Schwarzen wohnen. In England werden Schiffe gebaut, die in zehn Tagen den Ozean überqueren. In Amerika gibt es Eisenbahnen, die über die Dächer weg fahren, und ein Gebäude, das dreißig Stockwerke hoch ist. Selbst Warschau wird jedes Jahr größer und schöner. Die hölzernen Gehsteige werden abgerissen, in den Häusern wird Wasserleitung gelegt, und die jüdischen Kinder dürfen das russische Gymnasium besuchen und an ausländischen Universitäten studieren.

Die Diebe hörten zu und kratzten sich den Kopf. Die Frauen hatten gerötete Gesichter und warfen einander Blicke zu. Jascha erzählte ihnen von der Schwarzen Hand in Amerika – einer Erpresserbande, die einem Millionär ein Briefchen geschickt hatte, unterzeichnet mit einer schwarzen Hand, und darin stand: Wenn du nicht soundsoviel Dollars schickst, kriegst du eine Kugel in den Kopf. Wenn so ein Millionär das Lösegeld nicht zahlt, geht er unweigerlich hops, und wenn er eine Leibwache von tausend Mann hat.

Berisch Wisoker unterbrach ihn plötzlich: «Das könnte man hier auch machen.»

«Und an wen willst du den Brief schicken – an Trejtel den Wasserträger?»

Die Diebe lachten schallend und zündeten ihre erloschenen Papyrossi wieder an.

2

Blind Mechl hielt es nicht länger aus: «Jascha, ich möchte dir was sagen.»

Jascha zwinkerte ihm zu. «Ich weiß, ich weiß, zeig her das Ding.»

Mechl wickelte bedächtig sein Päckchen aus und brachte ein riesiges Schloß, komplett mit Krampen und allem Drum und Dran, zum Vorschein. Jascha setzte sofort eine hoffärtige Miene auf. Er machte sich an die Untersuchung des Schlosses – schieläugig, halb verdutzt und halb spöttisch, kurzum mit all den Faxen, die sowohl eine Schenke voller Bauern als auch das Publikum in der Alhambra, dem Warschauer Sommertheater, zuverlässig zum Lachen brachten. Binnen einer Sekunde war er ein anderer Mensch geworden. Er gab zischende Geräusche von sich und wackelte kunstvoll mit Nase und Ohren. Die Frauen kicherten.

«Wo hast du denn diesen Apparat ausgegraben?»

«Zeig lieber, was du kannst», gab Blind Mechl halb ärgerlich zurück.

«So ein versiegelter Nachttopf – den bringt nicht einmal Gott persönlich auf», witzelte Jascha. «Wenn so ein Peter wie der mal zusammengesetzt ist, dann ist es aus. Aber wenn ihr mir die Augen verbindet, werd ich ihn blind knacken. Wie wär's mit einer Wette, heh? Wenn ich nun zehn Rubel setze gegen einen von dir?»

«Gemacht.»

«Riba Fisch, Geld auf'n Tisch», brüllte Chaim-Lejb.

«Geld brauchen wir nicht. Ich traue ihm.»

«Kinder, verbindet mir die Augen», sagte Jascha, «aber so, daß ich wirklich nichts sehen kann.»

«Ich werde dir die Augen mit meiner Schürze verbinden», sagte die Kleine Malka, eine rothaarige Frau, deren Mann im Janower Gefängnis seine Strafe absaß. Sie legte die Schürze ab und verband Jascha, hinter ihm stehend, die Augen. Dabei kitzelte sie ihn mit dem Zeigefinger hinter den Ohren. Jascha schwieg dazu.

«Was hat er nur in diesen Mechanismus reingetan?» überlegte er. Er war zuversichtlich wie immer, aber ein Mißlingen war trotzdem möglich. Einmal hatte ein Schlosser für ihn ein Schloß gemacht, das war mit keinem Schlüssel oder Dietrich aufzubringen, weil alle Innenteile zusammengeschweißt gewesen waren. Malka faltete die Alpakaschürze mehrmals zusammen und verknotete sie mit ihren kleinen, aber kräftigen Händen; trotzdem blieb – wie gewöhnlich – zwischen Augen und Nasenrücken ein kleiner Spalt, durch den man sehen konnte. Aber Jascha hatte das gar nicht nötig. Er zog ein scharf zugespitztes Stück dicken Draht aus der Tasche – seinen Dietrich für alle Schlösser. Er zeigte ihn den Umsitzenden, dann wandte er sich wieder dem Schloß zu. Er beklopfte es von außen wie ein Arzt den Brustkorb des Patienten. Er fand mit verbundenen Augen das Schlüsselloch und steckte die Spitze des Drahtes hinein. Immer tiefer führte er den Draht, bis in die Eingeweide des Schlosses, wo er eine Weile sondierte und bohrte. Er staunte über seine eigene Geschicklichkeit. Dieses Stück Draht enthüllte ihm alle Geheimnisse, alle Kniffe, die die Lubliner Fachleute in dieses Schloß hineingebracht hatten. So kompliziert es erschien, so lächerlich einfach war es auch – wie die Rätsel, mit denen die Schulbuben einander in der Schule anführen. Wenn man eines errät, hat man die Lösung für alle. Jascha hätte das Schloß sofort aufmachen können, aber um Blind Mechl nicht zu beschämen spielte er ein bißchen Theater.

«Ich muß schon sagen, das ist wirklich eine harte Nuß!» brummte er. «Was habt ihr da bloß für einen Bienenstock eingebaut? So viele Zähne und Haken, eine richtige Maschine!» Er stieß den Draht mit offensichtlicher Anstrengung noch tiefer. Er hob die Schultern, als wollte er sagen: «Ich habe keine Ahnung, was da drin sein kann!» Die Zuschauer wurden mäuschenstill, man hörte nur Chaim-Lejb durch seine von Polypen verstopfte, gebrochene Nase schnaufen. Einige Frauen begannen zu tuscheln und zu kichern – ein Zeichen der zunehmenden Spannung. Nun brachte Jascha seine in unzähligen Vorstellungen bewährte Bemerkung: «Ein Schloß ist wie eine Frau. Früher oder später muß es nachgeben.»

Unter den Frauen erhob sich Gelächter.

«Nicht alle Frauen sind gleich.»

«Es ist eine Frage der Geduld.»

«Sei nicht so selbstsicher», sagte Blind Mechl, schon voller Vorfreude.

«Hetz mich nicht, Mechl. Du hast ein halbes Jahr an dem Ding gebastelt. Du hast den Vater mit der Mutter hineingesteckt. Schließlich bin ich kein Moses.»

«Es gibt nicht nach, heh?»

«Es wird, es wird. Man muß nur aufs Bauchknöpfchen drücken.»

Und in diesem Augenblick sprang das Schloß auf. Gelächter, Beifall und allgemeines Hallo folgten.

«Malka, nimm mir die Binde ab», sagte Jascha.

Mit zitternden Fingern nahm Malka die Schürze ab. Das Schloß lag gleichsam hilflos und geschändet auf dem Tisch. Alle Augen blitzten vor Vergnügen, nur Blind Mechls einziges Augen blieb stockernst.

«Du bist ein Hexenmeister, so wahr ich Mechl heiße!»

«Klar, ich habe in Babylon die schwarze Magie gelernt. Ich kann dich und Malka auf der Stelle in Kaninchen verwandeln.»

«Warum gerade mich? Mein Mann braucht eine Frau, kein Kaninchen.»

«Warum kein Kaninchen? Da könntest du durchs Gitter in seine Zelle hüpfen.»

Plötzlich wurde es Jascha bewußt, mit welch niedrigem Gesindel er hier zusammensaß, und er schämte sich. Wenn Emilia wüßte, mit was für Leuten er umging! Für sie war er ein Meister, ein gottbegnadeter Künstler. Wenn sie in ihrem Salon saßen, sprachen sie über Religion und Philosophie, über die Unsterblichkeit der Seele, und er zitierte weise Sprüche aus dem Talmud. Dort diskutierten sie über Kopernikus und Galilei – und hier machte er sich mit den Dieben von Piask gemein. Aber so war es nun einmal: immer wurde ihm eine andere Rolle aufgedrängt. Er war ein Sammelsurium von einander widersprechenden Persönlichkeiten – fromm und ketzerisch, gut und böse, falsch und aufrichtig. Er konnte viele Frauen zugleich lieben. Da trug er sich nun mit dem Gedanken, seine Religion aufzugeben, und doch – wenn er irgendwo ein herausgerissenes Blatt aus einem heiligen Buch fand, hob er es auf und führte es an die Lippen. Die Menschen waren wie Schlösser, jedes mit seinem besonderen Schlüssel. Man mußte schon so einer wie er sein, um alle Menschenseelen aufschließen zu können.

«Na schön, hier hast du deinen Adler!»

Blind Mechl holte tief aus seiner Geldbörse einen Silberrubel. Einen Augenblick erwog Jascha, das Geld zurückzuweisen, aber das wäre für Mechl ein Schlag ins Gesicht gewesen, vor allem jetzt, da die Bruderschaft kaum Butter aufs Brot hatte. Die Diebe waren sehr empfindlich, was ihre Ehre anging, und wären möglicherweise mit dem Messer auf ihn losgegangen, wenn er den Rubel zurückgewiesen hätte. Jascha nahm das Geldstück und wog es in die Handfläche.

«Leicht verdientes Geld.»

«Man sollte dir jede einzelne Fingerspitze küssen!» dröhnte Blind Mechl mit seiner tiefen Riesenstimme, die unmittelbar aus seinem dicken Bauch zu kommen schien.

«Es ist eine Gottesgabe», sagte die Kleine Malka. Sewtels Augen blitzten triumphierend, ihre Wangen röteten sich, und ihre Lippen warfen ihm Küsse und stumme Liebesworte zu. Jascha wußte, daß sie alle, ob Männer oder Frauen, ihn vergötterten, daß er für die Leute von Piask das große Licht war. Chaim-Lejbs Gesicht war gelb wie der messingne Samowar, den Sewtel auf den Tisch gestellt hatte.

«Wenn du zu uns kämest, die Welt würde dir gehören.»

«Ich glaube noch an das achte Gebot.»

«Hört euch das an! Er tut wie ein Heiliger!» rief Berisch Wisoker speichelnd. «Gestohlen wird überall. Was haben die Preußen seinerzeit gemacht? Sich ein Stück aus Frankreich herausgeschnitten und obendrein noch eine Milliarde Mark verlangt. Sie haben das Letzte aus Frankreich herausgepreßt. Nennst du das nicht stehlen?»

«Krieg ist Krieg», sagte Chaim-Lejb.

«Wer kann, der grabscht sich was. So ist es immer gewesen. Den Kleinen henkt man, dem Großen schenkt man . . . Wie wär's mit einem Kartenspiel?»

«Ihr wollt spielen?» witzelte Jascha.

«Hast du einen neuen Hokuspokus aus Warschau mitgebracht?» fragte Berisch Wisoker. «Komm, mach uns was vor!»

«Sind wir hier im Theater?»

Und Jascha nahm das Kartenspiel, das Berisch Wisoker ihm reichte, und begann seltsam schnell zu mischen. Die Karten flogen nur so durch die Luft, sie sprangen wie die Fische im Netz, Plötzlich eine Handbewegung – und das Spiel fächerte sich auseinander wie eine Harmonika.

Viertes Kapitel

1

Wie friedlich war es, wieder allein mit Magda im Wagen zu sitzen! Der Sommer entfaltete seine volle Pracht. Die Felder färbten sich goldgelb, in den Gärten reifte das Obst. Berauschende Erddüfte stiegen auf und luden zu Müßiggang und himmlischer Ruhe ein. «Oh, Herr der Welt, Du bist der Zauberer, nicht ich!» flüsterte Jascha. «Daß Du aus diesem Fleck schwarzer Erde all diese Pflanzen, Blumen und Farben hervorbringen kannst!»

Aber wie ist das alles gekommen? Woher wissen die Roggenhalme, daß sie Körner tragen sollen? Woher weiß der Weizen, wie er sich fortpflanzt? Nein – sie wissen es nicht, sie tun es instinktiv. Aber irgend jemand muß es wissen. Jascha saß mit Magda auf dem Bock und ließ die Zügel locker. Die Pferde fanden den Weg allein. Alle möglichen Lebewesen liefen ihnen über den Weg: eine Feldmaus, ein Eichhörnchen, sogar eine Schildkröte. Unsichtbare Vögel sangen und zwitscherten. In einer Waldlichtung erspähte Jascha eine Schar grauer Vögel, die aufgereiht nebeneinander saßen, als wollten sie eine Versammlung abhalten.

Magda kuschelte sich schweigend an ihn. Ihre Bauernaugen schienen Dinge wahrzunehmen, die ein Stadtbewohner nicht sah. Auch Jascha schwieg, in Gedanken verloren. Gegen Abend, als die Sonne unterging und der Wagen einen Waldweg entlangrollte, sah er deutlich Emilias Gesicht vor sich. Wie der Mond über den Tannenbäumen schien es ständig zurückzuweichen. Die schwarzen Augen lächelten, die Lippen bewegten sich unablässig. Er legte den Arm um Magda, und sie ließ den Kopf auf seine Schulter sinken, aber er war weit fort von ihr. Es war, als schliefe und wachte er gleichzeitig. Er versuchte sich zu irgendeinem Entschluß durchzuringen, konnte aber zu keinem kommen. In seiner lebhaften Phantasie träumte er, daß er nicht auf seinem Wagen, sondern mit Emilia und Halina im Zug nach Italien säße. Fast glaubte er, den Pfiff der Lokomotive zu hören. Am Abteilfenster flog die fremde Landschaft vorüber – Zypressen und Palmen, Berge und Schlösser, Weingärten, Orangen- und Olivenhaine. Alles war anders als daheim – die Bauern und Bäuerinnen, die Häuser und Heuhaufen. Wo habe ich das schon gesehen? fragte Jascha sich. Auf Gemälden? In der Oper? Es ist, als hätte ich das alles schon einmal erlebt – in einem früheren Leben.

Für gewöhnlich unterbrach Jascha seine Reise zweimal, aber diesmal beschloß er durchzufahren, um morgen früh in Warschau zu sein. Jascha trug immer eine Pistole bei sich für den Fall, daß sie von Straßenräubern überfallen würden. Während der Fahrt malte er sich sein Auftreten in europäischen Theatern aus. Die Damen in den Logen richten ihre Lorgnetten auf ihn. Gesandte, Barone und Generäle kommen hinter die Bühne, um ihm ihre Aufwartung zu machen. Jetzt fliegt er, mit einem künstlichen Flügelpaar ausgerüstet, über Rom, London, Paris hinweg. Unten laufen die Menschen durch die Straßen, sie schreien und zeigen auf ihn, und während er fliegt, werden ihm durch Brieftauben Botschaften überbracht – Einladungen von Herrschern, Fürsten, Kardinälen. Auf seinem Besitztum in Süditalien wird er von Emilia und Halina erwartet. Er ist nicht mehr der gewöhnliche Zauberkünstler, sondern ein gottbegnadeter Hypnotiseur, der Armeen zu lenken, Kranke zu heilen, Verbrecher aufzuspüren, vergrabene Schätze ausfindig zu machen und gesunkene Schiffe aus der Tiefe des Ozeans zu heben vermag. Er, Jascha, ist der Kaiser der ganzen Welt. Lächerlich, diese Phantastereien, aber sie ließen sich nicht verscheuchen. Sie überfielen ihn wie ein Heuschreckenschwarm: Tagträume von Haremsdamen und Sklaven, von übernatürlichen Kunststücken, von Zaubertränken, Zaubersprüchen und Beschwörungen, die alle Geheimnisse enthüllten und ihm unbegrenzte Macht verliehen. In seiner Phantasie führte er sogar die Juden aus der Verbannung, gab ihnen das Land Israel zurück, baute den Tempel von Jerusalem wieder auf. Plötzlich knallte er mit der Peitsche, wie um eine aufdringliche Dämonenschar zu vertreiben. Er brauchte jetzt mehr denn je einen klaren Kopf, denn sein neues Repertoire enthielt eine Anzahl neuer, gefährlicher Kunststücke, unter anderem den Salto auf dem Seil – das hatte bisher noch kein anderer Artist versucht. Das Wichtigste aber war, daß er wegen Emilia zu einem Entschluß kam. War er ehrlich bereit, Esther im Stich zu lassen und mit Emilia nach Italien zu gehen? Konnte er das Esther antun, nach so vielen Jahren der Liebe und Treue? Und konnte er es verantworten, zu konvertieren, Christ zu werden? Er hatte es Emilia feierlich versprochen, er hatte es ihr geschworen – aber war er bereit, sein Versprechen einzulösen? Und dann: seine Pläne mit Emilia erforderten eine große Summe Geldes, mindestens fünfzehntausend Rubel. Seit Monaten spielte er mit dem Gedanken an einen Raub, aber würde er es wirklich über sich bringen, zum Dieb zu werden? Erst kürzlich hatte er noch zu Chaim-Lejb gesagt, das achte Gebot sei ihm heilig. Er, Jascha, war immer stolz auf seine Ehrlichkeit gewesen. Wenn Emilia von seinen dunklen Absichten wüßte – was würde sie dazu sagen? Und Esther? Ja, und seine Eltern in der anderen Welt? Schließlich glaubte er an die Unsterblichkeit.

Seine Mutter hatte ihm sogar vor einiger Zeit das Leben gerettet. Er hatte ihre warnende Stimme gehört: «Geh zurück, Sohn, geh zurück!», und ein paar Minuten später war eine schwere Hängelampe heruntergefallen, genau an die Stelle, wo er gestanden hatte. Ohne die Warnung seiner toten Mutter wäre er bestimmt erschlagen worden.

Bis jetzt hatte er die Entscheidung immer wieder aufgeschoben. Aber nun durfte er nicht länger zaudern. Emilia erwartete, daß er sich entschied. Er mußte sich auch darüber klar werden, wie er sich Wolski gegenüber verhalten wollte, der sein Impresario war und alle Engagements für ihn abschloß. Dieser Wolski hatte ihn aus der Armut emporgehoben, ihm verdankte er seine Karriere. Wolski hatte ihm viel Gutes getan – konnte er das mit Bösem vergelten? Sosehr er Emilia liebte – diese Liebe war voll von Versuchungen.

Er mußte sich noch heute nacht entscheiden, mußte wählen zwischen seiner Religion und dem Kreuz, zwischen Esther und Emilia, zwischen Redlichkeit und Verbrechen (einem einzigen Verbrechen, das er mit Gottes Hilfe später wiedergutmachen würde). Aber er kam zu keinem Entschluß. Statt sich mit dem Hauptproblem zu beschäftigen, schweiften seine Gedanken leichtfertig ab und wandten sich Nebensächlichkeiten zu. Er, der jetzt Vater von erwachsenen Kindern sein könnte, war im Grunde derselbe Schulbub, der mit den Schlössern und Schlüsseln seines Vaters gespielt hatte und in den Straßen von Lublin den Zauberkünstlern nachgelaufen war. Er konnte nicht einmal mit Sicherheit die Stärke seiner Liebe zu Emilia ermessen, wußte nicht einmal, ob sein Gefühl für sie wirklich das war, was man Liebe nennt. Würde er ihr treu bleiben können? Schon gaukelte ihm der Versucher allerlei Bilder von Halina vor: Halina als erwachsenes Mädchen, die sich in ihn verliebt, Halina als Rivalin ihrer Mutter.

O weh, ich bin schmutzig, durchtränkt von Kot und Sünde, dachte er. Wie hatte der Vater ihn genannt? Einen Lumpen. In letzter Zeit war ihm sein Vater im Traum erschienen, jede Nacht, sobald er die Augen geschlossen hatte. Der Alte hatte ihm ins Gewissen geredet, ihn gewarnt, eine Strafpredigt gehalten.

«Woran denkst du?» fragte Magda.

«Oh, an nichts.»

«Stimmt es, daß die Diebs-Sewtel nach Warschau kommt?»

Jascha rutschte unruhig hin und her. «Wer sagt das?»

«Bolek.»

«Warum hast du bis jetzt nichts davon gesagt?»

«Oh, ich schweige über sehr viele Dinge.»

«Ja, sie will nach Warschau, aber was hat das mit mir zu tun? Ihr

Mann hat sie verlassen, und sie ist ohne Brot. Sie will sich Arbeit als Dienstmädchen oder Köchin suchen.»

«Du schläfst mit ihr.»

«Nein.»

«Und in Warschau hast du auch ein Mädchen.»

«Alles Geschwätz.»

«Doch, eine Witwe namens Emilia. Wegen der hast du's so eilig.»

Jascha war sprachlos. Wie kann sie von Emilia erfahren haben? Hat er etwas gesagt? Ja, er hat. Immer muß er prahlen, das liegt in seiner Natur. Er hat es sogar Sewtel eingestanden.

Er zögerte einen Augenblick, dann sagte er: «Das geht dich nichts an, Magda. An meiner Liebe zu dir wird sich nichts ändern.»

«Sie will mit dir fort, nach Italien.»

«Was sie will, braucht dich nicht zu kümmern. Ich werde dich ebensowenig vergessen wie meine Mutter.»

Er wußte selbst nicht, ob das Wahrheit oder Lüge war. Magda sagte nichts, sondern ließ den Kopf wieder auf seine Schulter sinken.

2

Um Mitternacht wurde es mit einemmal so warm, als wäre eine nächtliche Sonne aufgegangen. Der Himmel hatte sich bezogen, und der Mond war von Wolken verdeckt. Ganz plötzlich begann es zu blitzen und zu donnern. In dem flammenden Licht waren die Felder bis zum Horizont hin zu erkennen. Die Weizenhalme beugten sich unter der Sturzflut des Regens. Ehe Jascha einen Gedanken fassen konnte, peitschte das Wasser wie ein Hagelsturm auf den Wagen nieder, und die Plane wurde losgerissen. Der Affe stieß einen halberstickten Entsetzensschrei aus. In weniger als einer Minute war die Straße ein Morast. Jascha peitschte auf die Pferde ein, während Magda sich wie eine stumme Kreatur an ihn klammerte. Das Dorf Makow war nicht weit, dort würden sie einen Unterschlupf finden.

Es war ein Wunder, daß der Wagen nicht von der Straße abkam. Die Pferde wateten fast bis zur Kruppe im Wasser. Irgendwie kamen sie bis Makow, und da Jascha hier weder eine Schenke noch ein Gasthaus kannte, fuhr er in den Hof einer Synagoge. Der Regen hörte auf, und der Himmel begann sich aufzuklären. Die Wolken trieben westwärts, und ihre Ränder erglühten im Licht der aufgehenden Sonne wie Asche nach einem Brand. Die Pfützen und Rinnsteine leuchteten blutigrot. Jascha stellte Pferde und Wagen im Hof ab und ging mit Magda zum Trocknen in die Schul. Es war nicht recht von ihm, in Begleitung einer Goiete den heiligen Ort zu betreten, aber jetzt ging es um Leben und Tod. Sie hustete und nieste schon seit einer Weile.

Draußen brach der Tag an, aber im Bethaus war es noch Nacht. Eine Erinnerungskerze flackerte in der Menora am Pult des Vorbeters. An einem Gebetpult saß ein alter Mann, der laut aus einem dicken Gebetbuch las und dessen Kopf mit Asche bestreut war. «Was macht er da?» fragte sich Jascha. «Habe ich schon so viel von meinem Erbe vergessen?» Er nickte dem alten Mann zu, der nickte zurück und legte den Finger an die Lippen, um anzudeuten, daß er jetzt nicht sprechen dürfe. Magda setzte sich auf eine Bank am Ofen, und Jascha wandte sich zu ihr. Sie hatten nichts, um sich abzuwischen, sondern mußten einfach warten, bis alles von selbst trocknete. Es war schön warm hier. Magdas Gesicht leuchtete bleich im Halbdunkel. Zu ihren Füßen hatte sich eine Pfütze gesammelt. Jascha gab ihr verstohlen einen Kuß auf die Stirn. Er betrachtete die Mittelestrade mit den vier Säulen, die Heilige Lade mit den Gesetzesrollen, das Gebetpult des Vorbeters, die Regale mit den heiligen Büchern. Während er klatschnaß, von Wasser und Schweiß triefend, dastand, versuchte er beim schwachen Schimmer der Erinnerungskerze die Tafel am Sims der von vergoldeten Löwen getragenen Heiligen Lade zu entziffern: «Ich bin der Herr . . . Du sollst nicht andere Götter haben . . . Du sollst deinen Vater und deine Mutter ehren . . . Du sollst nicht ehebrechen . . . Du sollst nicht töten . . . Du sollst nicht stehlen . . . Du sollst nicht begehren . . .» Plötzlich schien das dunkle Bethaus purpurn zu erglühen wie vom Schein einer himmlischen Lampe, und Jascha erinnerte sich, was der alte Mann dort tat: er sprach noch die Mitternachtsgebete, die Klage um die Zerstörung des Tempels!

Bald kaman andere, meist ältere Juden, gebeugt und graubärtig, die kaum einen Fuß vor den anderen setzen konnten. Gott im Himmel, wie lange war er, Jascha, nicht an einem heiligen Ort gewesen! Alles war ihm neu: die gewissenhaften Vorbereitungen der Juden, wie sie die Gebetsmäntel anlegten und die Schaufäden an deren Ekken küßten, wie sie die Gebetsriemen entrollten und umbanden. Alles erschien ihm sonderbar fremd und doch vertraut. Magda war zum Wagen zurückgegangen – vielleicht beängstigten sie all diese jüdischen Menschen und Zeremonien. Jascha beschloß noch zu bleiben. Er fühlte sich als Teil dieser Gemeinschaft, deren Wurzeln auch die seinen waren. Er trug ihr Zeichen auf seinem Fleisch und verstand ihre Gebete. Ein alter Mann sagte: «Gott, meine Seele.» Ein anderer erzählte langsam die Geschichte von Abrahams Prüfung, dem Gott befohlen hatte, seinen Sohn Isaak zum Opfer zu bringen.

Ein dritter intonierte: «Was sind wir, was unser Leben, was unsere Gnade? Was unsere Frömmigkeit, was unsere Hilfe, was unsere Kraft, was unsere Stärke? . . . Alle Helden sind wie nichts vor Dir, die berühmten Männer, als ob sie nie gewesen, die Weisen wie ohne Erkenntnis, die Einsichtigen wie ohne Verstand, denn die Menge ihrer Werke ist eitel, und die Tage ihres Lebens sind nichtig vor Dir . . .» – das alles in einem klagenden Singsang, und die ganze Zeit sah er Jascha an, als wüßte er, was in dessen Innern vorging. Jascha atmete tief den Geruch des Bethauses ein – ein Gemisch aus Talg und Wachs und noch einem Bestandteil: Fäulnis und Hirschhorngeist; so hatte es in Jaschas Kindheit beim Schlußgebet zu Jom Kippur gerochen. Ein kleiner Mann mit rotem Bart trat zu ihm.

«Wollt Ihr beten?» fragte er. «Ich werde Euch Gebetsriemen und einen Gebetsmantel bringen.»

«Danke, aber mein Wagen wartet.»

«Der Wagen läuft nicht weg.»

Jascha gab dem Mann eine Kopeke, und als er hinausging, küßte er die Mesusa am rechten Türpfosten. In der Vorhalle stand eine Tonne mit herausgerissenen Seiten aus heiligen Büchern. Er kramte darin und förderte ein zerrissenes Buch zutage. Vielleicht handelt es von der Kabbala, dachte er. Er hatte oft davon gehört und war von Kind auf neugierig auf diese geheimnisvolle Lehre gewesen. Sogar Emilia hatte ihn gefragt, ob er etwas darüber wisse, und er hatte ihr versprochen, sie mit ihr zu studieren, wenn sie erst in Italien wären . . . Ein feiner Duft stieg aus den zerfetzten Blättern auf, als wären sie dort in der Tonne von selbst weitergelesen worden.

Nach einer Weile fand Jascha eine Schenke. Er und Magda mußten sich umziehen; der Wagen bedurfte der Reparatur, die Achsen mußten geschmiert werden, und die Pferde brauchten eine Ruhepause. Sie selbst mußten frühstücken und ein paar Stunden schlafen. Da Jascha in Begleitung einer Goiete war, gab er sich als Pole aus und sprach mit den Wirtsleuten polnisch. Er und Magda setzten sich an einen langen, kahlen Tisch, und eine Jüdin im Kopftuch mit geröteten Augen und einem spitzen, behaarten Kinn brachte ihnen Schwarzbrot, Weißkäse und mit Zichorie gebrühten Kaffee. Als sie aus Jaschas Jackentasche das fromme Buch herausragen sah, fragte sie: «Woher habt ihr das, Herr?»

Jascha rutschte verlegen hin und her. «Oh, das habe ich in der Nähe eures Tempels gefunden. Was ist es denn? Ein heiliges Buch?»

«Gebt es mir, Herr. Ihr würdet es sowieso nicht verstehen, und für uns ist es heilig.»

«Ich möchte einmal hineinsehen.»

«Wie könnt Ihr? Es ist hebräisch geschrieben.»

«Ich bin mit einem Priester befreundet, der kann hebräisch.»

«Das Buch ist zerrissen. Gebt's mir, Herr!»

«Laß ihn in Ruhe . . .» brummte aus dem Hintergrund ihr Mann auf jiddisch.

«Ich will nicht, daß er mit einem jüdischen Buch herumläuft», erwiderte sie trotzig.

«Was steht denn da drin?» fragte Jascha. «Wie man die Christen beschwindelt?»

«Wir beschwindeln niemand, Herr, weder Juden noch Christen. Wir verdienen unser Brot ehrlich.»

Eine Nebentür ging auf, und ein Junge kam herein, ; er trug eine Leinwandmütze und einen offenen Kaftan, unter dem man einen kleinen Gebetsmantel sah. Er hatte ein schmales Gesicht, zu dessen Seiten zwei breite Schläfenlocken wie Flachssträhnen herunterhingen. Anscheinend war er gerade aufgestanden, denn seine Augen waren noch schwer von Schlaf.

«Großmama, gib mir Milch und Wasser», sagte er.

«Hast du deine Handwaschungen gemacht?»

«Ja.»

«Hast du dein Dankgebet gesprochen?»

«Ja.»

Und er wischte sich mit dem Ärmel die Nase.

Jascha aß weiter und betrachtete den Jungen. «Kann ich das alles im Stich lassen?» fragte er sich. «Dies ist doch meine Welt . . . So wie dieser Junge habe ich auch einmal ausgesehen.» Ein seltsamer Drang überkam ihn, auf der Stelle nachzusehen, was das zerrissene Buch enthielt. Wer weiß, vielleicht steht darin, wie man Wein aus der Wand zapfen und lebende Tauben herbeizaubern kann? Davon hatte ihm einmal der Vater erzählt. Ob es am Ende solche Kräfte wirklich gab? Jascha hatte Träume und Vorahnungen gehabt, die sich nicht mit der Vernunft erklären lassen. Zuweilen hatte er das Gefühl, daß sogar in seinen Künsten ein Stück Kabbala steckte, und auch seine Liebesfähigkeit war keine gewöhnliche . . . Zärtlichkeit für diese Großmutter wallte in ihm auf, diese Frau, die tagein, tagaus mit der Sonne aufstand, kochte und buk, das Haus fegte und die Gäste bediente. Am Türpfosten hing eine Sammelbüchse – in die steckte sie wohl jeden Spargroschen, den sie erübrigen konnte, um den Juden zu helfen, die ins Land Israel gehen wollten, um dort zu sterben. In diesem Haus schien alles lebendig zu sein: Sabbat und Feiertage, Erwartung des Messias und das Jenseits. Während die alte Frau geschäftig hin- und hereilte, flüsterte sie mit blassen Lippen vor sich hin und nickte mit dem Kopf, als wüßte sie um eine Wahrheit, die nur jene erkennen, die sich nicht von der Eitelkeit des Diesseits täuschen lassen.

3

Die Ankunft in Warschau war für Jascha jedesmal ein Ereignis. Hier lagen seine Einnahmequellen, hier lebte sein Impresario, Miechislaw Wolski. Schon verkündeten die Plakate an den Mauern: «Das Sommertheater Alhambra präsentiert am 1. Juli den großen Zauberkünstler und Hypnotiseur Jascha Masur, der mit seinem neuen Repertoire von verblüffenden Kunststücken das geschätzte Publikum in Staunen versetzen wird.» Jascha hatte eine Wohnung in der Freta, nahe der Dluga-Allee. Selbst die Stuten Kara und Schiwa – Staub und Asche – belebten sich und brauchten nicht mehr angetrieben zu werden, als sie sich der Stadt näherten. Sobald der Wagen die Praga-Brücke hinter sich hatte, befand er sich in einem Gedränge von Omnibussen, Kutschen und Droschken, das zwischen Häusern und Palästen, Läden und Cafés dahinströmte. Die Luft roch nach frischer Backware und Kaffee, nach Pferdemist und dem Rauch der Fabriken und Eisenbahnen. Vor dem Schloß, in dem der russische Generalgouverneur residierte, fand gerade ein Militärkonzert statt. Wahrscheinlich war irgendein Feiertag, denn auf allen Balkonen flatterten russische Fahnen. Die Damen trugen schon breitkrempige Strohhüte, mit künstlichen Blumen und Früchten garniert. Flotte junge Herren im hellen Anzug und Strohhut flanierten, ihre Spazierstöckchen zwirbelnd, durch die Straßen. In den Straßenlärm mischten sich die Geräusche der Eisenbahn – das Pfeifen und Zischen der Lokomotiven, das Klirren der Kuppelungen –, der Züge, die nach Petersburg, Moskau und Wladiwostok, nach Wien und Berlin fuhren. Nach der dem Aufstand von 1863 folgenden Ernüchterung war Polen ins Zeitalter der Industriereform eingetreten. Das Ausland hatte Kredite gegeben. Lodz hatte sich mit amerikanischem Ungestüm vergrößert. In Warschau waren die hölzernen Gehsteige weggerissen, in den Häusern gab es Wasserleitung, große Plätze und Märkte waren angelegt, vielstöckige Gebäude errichtet und Schienen für die Pferdebahn gelegt worden. Die Theater kündigten für die neue Spielzeit Dramen und Komödien, Opern und Konzerte und Gastspiele prominenter Schauspieler und Schauspielerinnen an, die aus Paris, Petersburg oder Rom, sogar aus dem fernen Amerika kamen. In den Schaufenstern der Buchhandlungen lagen neuerschienene Romane wie auch wissenschaftliche Werke, Enzyklopädien, Lexika und Wörterbücher. Jascha atmete tief. So ermüdend die Reise gewesen war, hier in der großen Stadt fühlte er sich wieder frisch und munter, und er dachte: Wenn schon Warschau so belebend wirkt – wie muß es dann erst in Paris oder Rom sein! Am liebsten wäre er sofort zu Emilia geeilt, aber er mußte sich noch ein wenig gedulden. So unrasiert, derangiert und übermüdet konnte er nicht vor ihr erscheinen. Außerdem mußte er erst mit Miechislaw Wolski sprechen, dem er schon aus Lublin seine Ankunft telegrafisch mitgeteilt hatte.

Jascha war lange nicht in Warschau gewesen, weil er eine Tournee durch die Provinz gemacht hatte. Auf solchen Reisen wurde er immer von der Sorge verfolgt, daß in seiner Warschauer Wohnung, in der er seine Bibliothek wie auch seine Antiquitäten und seine Sammlung von Plakaten, Zeitungsausschnitten und Kritiken aufbewahrte, eingebrochen werden könnte. Aber, Gott sein Dank, vor der Tür hingen unversehrt die zwei schweren Vorlegeschlösser, und in der Wohnung war alles in Ordnung. Überall lagen dicke Staubschichten, und in den Zimmern roch es muffig. Magda machte sich sogleich ans Aufräumen. Wolski kam mit einer Droschke – ein jüdisch aussehender Goi mit schwarzen Augen, Hakennase und hoher Stirn und einer verrutschten Künstlerkrawatte über dem Vorhemd. Er brachte Jascha zahlreiche Angebote aus russischen und polnischen Städten mit. Seinen schwarzen Schnurrbart zwirbelnd, redete er auf Jascha ein mit dem Feuereifer eines Menschen, dessen Existenz vom Ruhm anderer abhängt. Er hatte sogar schon Jaschas Reiseplan für die Zeit nach dem Sommerengagement in der Alhambra vorbereitet. Aber Jascha merkte, daß hinter Wolskis bombastischem Gerede nicht viel steckte: nur die Provinzstädte legten Wert auf ihn, von Moskau, Kiew oder Petersburg war kein einziges Angebot dabei. In der Provinz waren nur geringe Einnahmen zu erwarten, und selbst hier in Warschau war alles beim alten geblieben: der Direktor der Alhambra weigerte sich hartnäckig, Jaschas Gage zu erhöhen. Alle spendeten ihm überschwengliches Lob, aber jeder Clown aus dem Ausland wurde besser bezahlt. Irgendwie war dieser Eigensinn der Theaterdirektoren ein Rätsel. Was Wolski auch für Argumente vorbrachte – es nützte nichts. Jascha war immer unter den letzten, die ihr Geld bekamen. Emilia hatte recht: Solange er in Polen blieb, würden sie ihn wie einen drittklassigen Artisten behandeln.

Nachdem Wolski gegangen war, legte Jascha sich im Schlafzimmer nieder. Der Pförtner würde sich um die Pferde kümmern, Magda würde dafür sorgen, daß die anderen Tiere Futter und Wasser bekamen. Alle drei – Papagei, Krähe und Affe – waren in einem Zimmer untergebracht. So schwächlich Magda auch erschien, sie begann sofort, den Fußboden zu scheuern. Von ihren bäuerlichen Vorfahren hatte sie Kraft und Zähigkeit geerbt – und auch die Unterwürfigkeit.

Jascha döste ein, wachte auf, döste wieder ein. Es war ein altes Haus. Auf dem ungepflasterten Hof schnatterten die Gänse, quakten die Enten, krähten die Hähne, genau wie auf dem Lande. Eine kühle Brise von der Weichsel und dem Praga-Wald wehte zum offenen Fenster herein. Unten drehte ein Bettler seinen verstimmten Leierkasten, dazu sang er eine alte Warschauer Weise. Jascha hätte ihm gern ein Geldstück zugeworfen, aber seine Glieder waren wie gelähmt. Er träumte und dachte zu gleicher Zeit. Soll er sich wieder durch den Morast des Hinterlandes schleppen? Wieder in Spritzenhäusern Vorstellungen geben? Nein, er hat genug davon! Seine Gedanken kreisten im Takt der Drehorgel. Er muß fort, fort, alles aufgeben. Er muß sich aus diesem Sumpf herausreißen, um jeden Preis, denn wenn er es nicht tut, wird er eines Tages auch mit der Drehorgel herumziehen.

Noch eben war es heller Vormittag gewesen, und jetzt brach die Dämmerung herein. Magda brachte ihm eine Schüssel neue Kartoffeln mit saurer Milch und Petersilie. Er aß im Bett, dann legte er den Kopf wieder aufs Kissen. Als er die Augen wieder aufschlug, war es dunkel im Schlafzimmer, aber sehr spät konnte es nicht sein, denn er hörte noch einen Schuster Nägel in eine Schuhsohle hämmern. In dieser Gegend gab es noch keine Gasbeleuchtung. Die Hausfrauen spülten ihr Geschirr, flickten und stopften beim Licht von Petroleumlampen. Ein Betrunkener stritt mit seiner Frau, und sein Hund bellte dazu.

Jascha rief nach Magda, aber sie schien fortgegangen zu sein. Nur die Krähe, die er die menschliche Sprache gelehrt hatte, antwortete ihm. Bei jeder Rückkehr nach Warschau hoffte Jascha auf eine glückliche Wendung, aber die Schicksalsgöttinnen, die alle möglichen Dilettanten und Amateure aus vollen Händen beschenkten, waren ihm gegenüber äußerst sparsam. Nie erlaubten sie ihm, aus einem Geschäft das Beste herauszuschlagen. Im Gegenteil: er wurde von jedermann ausgenutzt. Jascha wußte, daß sein Auftreten daran schuld war. Er fühlte sich minderwertig, und die anderen spürten das und beuteten ihn aus. Er hatte sich mit minderwertigem Volk umgeben, und zum Lohn wurde er wie einer von ihnen behandelt. Emilia war das einzige Wunder in seinem Leben, seine einzige Hoffnung auf Rettung aus der Grube, die er sich selbst gegraben hatte.

Über ihrer Begegnung waltete ein Geheimnis. Als er sie kennenlernte, hatte er ihren Namen nicht verstanden, aber er hatte immer an sie denken müssen, hatte sie nicht vergessen können. Seine Gedanken hatten sich selbständig gemacht, und, so unerklärlich es war, er hatte gewußt, daß sie ebensoviel an ihn dachte wie er an sie, daß sie sich nach ihm sehnte und ihn begehrte. Wie ein Schlafwandler war er durch die Warschauer Straßen gewandert, in jeder Droschke, in Läden, Cafés und Theaterfoyers hatte er sie zu sehen vermeint. Überall hatte er nach ihr ausgespäht, auf der Marszalkowska, auf dem Nowy Swiat, auf den Wegen des Sächsischen Gartens. Auf dem Theaterplatz hatte er stundenlang wartend gestanden. Eines Abends war er wieder ausgegangen, fest überzeugt, daß er sie heute finden werde. Er war die ganze Marszalkowska entlanggegangen, und da hatte sie wartend vor einem Schaufenster gestanden, als hätten sie sich hier verabredet; sie hatte Muff und Pelzkragen getragen und ihm aus ihren schwarzen Augen entgegengeblickt. Er war zu ihr getreten, sie hatte wissend und rätselhaft gelächelt, er hatte sich verbeugt, und sie hatte ihm die Hand gereicht, und dabei hatte sie gestammelt: «Was für ein merkwürdiges Zusammentreffen!»

Später hatte sie freilich zugegeben, daß sie wirklich auf ihn gewartet hatte. Eine Vorahnung hatte ihr gesagt, daß er ihren Ruf vernommen habe.

4

Die wohlhabenden Haushalte hatten bereits Telefon, aber diesen Luxus konnte Emilia sich nicht leisten. Sie lebte mit ihrer Tochter Halina von einer mageren Pension. Aus der Zeit, da der Professor noch lebte, war nur die Wohnung übriggeblieben und das alte Dienstmädchen Jadwiga, das seit Jahren keinen Lohn bekommen hatte.

Jascha war frühzeitig aufgewacht. Nachdem er sich rasiert hatte, füllte Magda einen zur Wohnung gehörigen Holzzuber mit mehreren Kesseln heißen Wassers. Während sie Jascha mit parfümierter Seife wusch und massierte, bemerkte sie listig: «Wenn man eine Dame besucht, muß man gut riechen.»

«Ich will keine Dame besuchen, Magda.»

«Nein, nein, natürlich nicht. Deine Magda ist ein Dummchen, aber sie kann zwei und zwei zusammenzählen.»

Beim Frühstück hob sich Jaschas Stimmung. Er sprach nur von seiner Flugtheorie: er muß versuchen, sie in die Praxis umzusetzen, und je eher er damit anfängt, desto besser. Auch für sie, Magda, wird er ein Paar Flügel konstruieren. Dann werden sie zusammen wie Gans und Ganter durch die Lüfte segeln und so weltberühmt werden wie Montgolfier vor über hundert Jahren. Er schloß Magda in die Arme, küßte sie und beteuerte, er werde sie nie verlassen, was auch immer geschehen möge. «Vielleicht wirst du eine Weile allein bleiben müssen, wenn ich ins Ausland gehe, aber keine Sorge, ich werde dich nachholen. Ich bitte dich nur um eines: hab Vertrauen zu mir.» Während er das sagte, blickte er ihr tief in die Augen und strich ihr zärtlich über Haar und Schläfen. Er hatte große Macht über sie, so groß, daß er sie in Minutenfrist einschläfern konnte. In der größten Sommerhitze brauchte er ihr nur zu sagen, daß sie fröre, um sie zum Frösteln zu bringen, und wenn er ihr bei strengem Frost einredete, ihr sei viel zu warm, dann brach ihr der Schweiß aus, und ihr Körper rötete sich. Er konnte sie mit einer Nadel stechen, ohne daß sie blutete. Er hatte unzählige Experimente mit ihr angestellt und vermochte sie auch im wachen Zustand hypnotisch zu beeinflussen. Er konnte ihr irgendwelche Befehle geben, die in ihrem Kopf haften blieben und die sie nach Wochen und Monaten mit unheimlicher Pünktlichkeit befolgte. Er hatte schon begonnen, sie innerlich für die Zeit vorzubereiten, wenn er mit Emilia fortgehen würde. Magda hörte sich alles stillschweigend mit ihrem bauernschlauen Lächeln an. Sie durchschaute seine Schliche, aber da sie nicht widersprechen konnte und wollte, fügte sie sich. Ihre Miene und ihr Gebaren dabei erinnerten ihn zuweilen an den Papagei oder den Affen oder die Krähe.

Nach dem Frühstück zog er einen hellen Anzug mit schwarzseidenem Schlips und Stiefel aus Glacéleder an und setzte einen steifen Hut auf. Er gab Magda einen Kuß und ging ohne ein Wort. Auf der Straße winkte er einer Droschke. Die Pani Emilia wohnte auf der Krolewska, gegenüber dem Sächsischen Garten. Unterwegs ließ er den Kutscher vor einem Blumengeschäft halten, um ein Rosenbukett zu kaufen. In einem anderen Laden erstand er eine Flasche Wein, ein Pfund Stör und eine Dose Sardinen. Emilia bemerkte oft scherzend, er komme so schwer mit Geschenken beladen wie der Nikolaus am Weihnachtsabend. Für ihn war es schon Tradition geworden, denn er wußte ja, daß Mutter und Tochter kaum genug Geld für das Notwendigste hatten. Außerdem hatte Halina eine schwache Lunge, und deswegen wollte ihre Mutter auch nach Süditalien ziehen. Halina hatte von der Schule abgehen müssen, weil sie das Schulgeld nicht mehr aufbringen konnten. Auch für Schneider und Näherinnen war kein Geld übrig, und Emilia nähte und wendete alle Kleider selbst. Während Jascha, die rutschenden Pakete festhaltend, in der Droschke saß, betrachtete er die Großstadtstraßen, die ihn gleichzeitig fremd und vertraut anmuteten. Einst war Warschau für ihn ein unerreichbarer Traum gewesen. Es war sein sehnlichster Wunsch gewesen, seinen Namen in einer Warschauer Zeitung oder auf einem Theaterplakat zu sehen. Jetzt aber begann er schon sich loszumachen von dieser Stadt, die trotz ihres kosmopolitischen Anstriches provinziell geblieben war und erst jetzt sich auszudehnen begann. Die Droschke fuhr an Haufen von Ziegelsteinen, Sand und

Kalk vorüber. In den Fliederduft des Junitages mischten sich die Gerüche von Farbe, Erdreich und Abwässern. Überall waren Rotten von Arbeitern dabei, aus den Straßen die Eingeweide herauszureißen oder Fundamente auszuschachten.

Auf der Krolewska herrschte eine reinere Luft. Im Sächsischen Garten schüttelten die Bäume ihre letzten Blüten ab. Durch den Zaun sah man die Blumenbeete, die Gewächshäuser mit den exotischen Pflanzen und ein Café, vor dem junge Paare im Grünen saßen und ihr zweites Frühstück einnahmen. Jetzt war auch die Zeit der Wohltätigkeitslotterien, bei denen es Preise zu gewinnen gab. Kindermädchen und Gouvernanten fuhren Säuglinge im Kinderwagen spazieren, Knaben im Matrosenanzug trieben mit kleinen Stöcken ihre Reifen vor sich her, kleine Mädchen, wie elegante Damen herausgeputzt, spielten im Sand, buddelten zwischen Kieselsteinen oder tanzten Ringelreihen. Es gab in diesem Park auch ein Sommertheater, in dem Jascha als Jude allerdings nie hatte auftreten dürfen. Er mußte sein Judentum teurer bezahlen als jene frommen Juden mit ihren Bärten und Schläfenlocken. Emilia hatte ihm erzählt, daß solche Beschränkungen im übrigen Europa nicht mehr eingehalten und die Artisten dort lediglich nach ihrem Talent beurteilt wurden.

«Nun, man wird sehen, man wird sehen», murmelte er vor sich hin. «Wie das Schicksal will, so soll es gehen.»

Jascha, der bei seinem Seilakt oder beim Gedankenlesen keine Furcht kannte, verlor jegliches Selbstvertrauen, wenn er auf dem Wege zu Emilia war. Ist er auch richtig angezogen? Benimmt er sich so, daß eine Dame von Welt wie Emilia nichts daran auszusetzen hat? Macht er vielleicht Fehler in der Grammatik oder in Fragen der Etikette? Ist es womöglich für einen Besuch zu früh am Tage? Was soll er machen, wenn Emilia nicht zu Hause ist? Soll er das Bukett und die Geschenke abgeben oder nur die Blumen? Nur nicht so ängstlich, Jaschale, suchte er sich selbst zu beruhigen. Schließlich will dich doch niemand fressen. Die Frau ist verrückt nach dir, die Leidenschaft verzehrt sie, sie kann es kaum erwarten, daß du da bist. Er schürzte die Lippen und pfiff. Wenn er an Königshöfen auftreten will, darf er sich nicht von einer verarmten Witwe einschüchtern lassen. Wer weiß? Vielleicht werden sogar Gräfinnen und Prinzessinnen sich darum reißen, seine Aufmerksamkeit zu erregen. Weiber sind Weiber, sei es in Piask oder Paris.

Er entlohnte den Kutscher, ging durch das Gartentor, stieg die Marmorstufen hinauf und läutete. Jadwiga öffnete ihm sofort – ein ergrautes Frauchen in weißer Schürze und weißem Häubchen, mit einem Gesicht, so runzelig wie eine Feige. Er fragte, ob die Pani Chrabocka zu Hause sei. Jadwiga nickte bejahend mit vielsagendem

Lächeln, nahm ihm Blumen und Pakete, Stock und Hut ab und öffnete die Tür zum Salon. Das letzte Mal war er bei winterlicher Kälte hier gewesen, und Emilia war krank gewesen und hatte einen Schal um den Hals gehabt. Jetzt war das Zimmer sommerlich. Sonnenstreifen fielen durch die Fenstervorhänge, ließen Teppich und Parkett aufleuchten und setzten den Vasen, Bilderrahmen und Klaviertasten funkelnde Lichter auf. Der Gummibaum in seinem Kübel hatte neue Blätter getrieben. Auf dem Diwan lag ein Stück Stoff, in dem eine Nadel steckte – anscheinend Emilias Stickerei. Jascha ging sinnend auf und ab. Welch eine Welt lag zwischen Emilias Salon und Sewtels Zimmerchen in Piask! Und doch kam es letzten Endes überall auf dasselbe heraus.

Die Tür ging auf, und Emilia trat ein. Jascha machte große Augen – fast hätte er anerkennend gepfiffen. Bisher hatte er sie nur in Schwarz gesehen, denn sie hatte Trauer getragen, einerseits um den verstorbenen Professor Stefan Chrabocki, andererseits um den gescheiterten Aufstand von 1863 und seine Märtyrer, die gefoltert worden und in den Taigas von Sibirien umgekommen waren. Emilia las Schopenhauer, schwärmte für die Dichtungen von Byron, Slowacki und Leopardi und vergötterte die polnischen Mystiker Norwid und Towianski. Wie sie Jascha erzählt hatte, war sie von mütterlicher Seite her eine Wolowski und eine Urenkelin des berühmten Frankisten Elischa Schur, und auch jüdisches Blut floß in ihren Adern, wie bei den meisten polnischen Adligen. Heute trug sie ein leichtes, milchkaffeefarbenes Gewand. Noch nie war sie ihm so schön erschienen: eine hochgewachsene, biegsame polnische Schönheit mit hohen Backenknochen, slavischer Nase und jüdischen Augen, aus denen Geist und Leidenschaft sprachen. Das Haar trug sie hinten hochgekämmt und in einem Kranz um den Kopf gelegt. Mit der schmalen Taille und dem hohen Busen wirkte sie um zehn Jahre jünger, als sie war – nämlich Mitte Dreißig. Selbst der Flaum auf ihrer Oberlippe stand ihr gut und gab ihrer weiblichen Schönheit eine knabenhafte Note. Ihr Lächeln war scheu und wollüstig zugleich. Sie hatten schon leidenschaftliche Küsse und Umarmungen getauscht, und sie hatte ihm oft gestanden, daß es all ihrer Selbstbeherrschung bedürfe, sich ihm nicht ganz hinzugeben. Aber sie wollte die Ehe mit ihm in Reinheit beginnen und wünschte eine kirchliche Trauung. Ihr zu Gefallen hatte er sich bereiterklärt, zum Christentum überzutreten.

«Ich danke dir für die Blumen», sagte sie, ihm ihre nicht besonders kleine, aber weiße und zarte Hand entgegenstreckend. Er zog ihre Hand an die Lippen und behielt sie eine Weile in der seinen. Im Zimmer duftete es nach Flieder und Spätfrühling.

«Wann seid Ihr angekommen?» fragte sie. «Ich hatte Euch gestern erwartet.»
«Ich war zu müde.»
«Halina hat die ganze Zeit nach Euch gefragt. Gestern hat im *Courier Warschawski* etwas über Euch gestanden.»
«Ja, Wolski hat es mir gezeigt.»
«Ein Salto auf dem Seil?»
«Ja.»
«Gott im Himmel, was die Leute nicht alles versuchen!» rief sie bewundernd und bedauernd. «Nun, das ist wohl alles eine Sache der Begabung. Ihr seht gut aus!» In verändertem Ton fuhr sie fort: «Lublin scheint Euch gut zu bekommen.»
«Ja, dort kann ich mich ausruhen.»
«Mit all den Frauen?»
Er antwortete nicht. Sie sagte: «Ihr habt mir noch nicht einmal einen Kuß gegeben.» Und sie streckte die Arme nach ihm aus.

5

Ein langer Kuß schmiedete sie zusammen, so lang, als wollten sie sehen, wer zuerst Atem schöpfen müsse. Doch plötzlich riß sie sich los. Er hatte ihr immer wieder versprechen müssen, sich zu beherrschen. Sie lebte schon seit vier Jahren ohne Mann, wollte aber lieber leiden als ein ausschweifendes Leben führen. «Gott sieht alles», pflegte sie zu sagen. «Die Seelen der Verstorbenen sind stets gegenwärtig und sehen genau, was wir tun.» Emilia hatte ihre eigenen religiösen Anschauungen. Das katholische Dogma betrachtete sie nur als eine Sammlung von Vorschriften. Sie hatte die mystischen Schriften von Swedenborg und Jacob Boehme gelesen und sprach mit Jascha häufig über Hellseherei und Vorahnungen, Gedankenlesen und die Kommunikation mit den Geistern Verstorbener. Nach Stefan Chrabockis Tode hatte sie eine Zeitlang in ihrem Salon Seancen mit Tischrücken abgehalten, bei denen sie mit Chrabocki Grüße auszutauschen geglaubt hatte. Später hatte sich herausgestellt, daß das weibliche Medium eine Betrügerin war. Emilias mystische Neigungen waren auf kuriose Weise mit Skepsis und stillem Humor gemischt. Einerseits spottete sie über Jadwiga, die das Ägyptische Traumbuch unter ihrem Kopfkissen liegen hatte, andererseits glaubte sie selbst an Träume. Nach Chrabockis Tode hatten mehrere seiner Kollegen um ihre Hand angehalten, aber ihr verstorbener Gatte war ihr im Traum erschienen und hatte ihr dringend abgeraten. Einmal hatte sie ihn sogar gesehen, als sie in der Abenddämmerung die Treppe hinaufging. Sie hatte Jascha verraten, sie liebe ihn, weil er charakterlich viel Ähnlichkeit mit Chrabocki habe, und sie schließe aus gewissen Anzeichen, daß der Verstorbene ihre Verbindung billige. Jetzt nahm sie Jascha wie ein ungebärdiges Kind bei beiden Handgelenken, führte ihn zu einem Sessel und zwang ihn, sich zu setzen.

«Setzt Euch und wartet», sagte sie.

«Wie lange muß ich warten?»

«Das hängt ganz von Euch ab.»

Sie nahm ihm gegenüber auf der Chaiselongue Platz. Sich von ihm loszureißen, hatte sie eine körperliche Anstrengung gekostet, und nun errötete sie über ihre eigene Sinnlichkeit.

Ihre Unterhaltung war sprunghaft wie bei alten Freunden, die sich nach langer Trennung bemühen, die abgerissenen Fäden wieder aufzunehmen. Halina war vor zwei Wochen krank gewesen, und auch Emilia hatte die Grippe gehabt. «Hab ich Euch das nicht geschrieben? Nun, ich weiß nicht mehr . . . Ja, jetzt geht es uns wieder gut . . . Halina? Die ist mit einem Buch in den Park gegangen. Sie ist jetzt ganz wild auf Bücher – aber was für Schund! Mein Gott, wie schlecht die heutige Literatur ist! So gewöhnlich, so billig . . . Ein ungewöhnlich kalter Mai, nicht wahr? Sogar geschneit hat es . . . Nein, im Theater sind wir nicht gewesen. Abgesehen von den unerschwinglichen Eintrittspreisen spielen sie so alberne Stücke . . . Alles aus dem Französischen übersetzt, und noch dazu schlechte Übersetzungen. Die ewigen Dreiecksgeschichten . . . Aber jetzt erzählt mir lieber von Euch! Wo seid Ihr die ganzen Wochen gewesen? Wenn Ihr nicht hier seid, kommt mir alles ganz unwirklich vor, wie ein Traum. Nur wenn ein Brief von Euch kommt, dann ist die Welt wieder in Ordnung. Ja, und heute kommt Halina ganz aufgeregt angestürzt, weil über Euch etwas im *Courier* steht . . . Was? Nun, eine überschwengliche Besprechung. Nach Halinas Meinung muß jeder, der in der Zeitung erwähnt wird, ein Halbgott sein, auch wenn er nur von einem Omnibus angefahren worden ist . . . Und wie geht es Euch? Ihr seht gut aus. Ihr scheint uns nicht vermißt zu haben. Ach, was weiß ich denn von Euch? Ihr wart mir immer ein Rätsel und seid es noch. Je mehr Ihr von Euch erzählt, desto weniger komme ich hinter Euer wahres Selbst. Ihr habt Frauen in ganz Polen. Ihr zieht in einem Planwagen herum wie ein Zigeuner. Wirklich komisch. Ein Mann von Eurer Begabung, und so wenig fortschrittlich. Oft glaube ich, Ihr macht Euch mit Eurem Benehmen lustig über Euch und die Welt . . . Was meint Ihr? Nein, von uns gibt es wirklich nichts zu erzählen. Unsere sämtlichen Pläne hängen in der

Luft. Ich fürchte, alles wird sich so weiterschleppen, bis wir beide alt und grau sind . . .»

«Nun, jetzt bin ich bei Euch, und wir werden uns nicht wieder trennen!» sagte er, über seine eigenen Worte erstaunt. Vor einer Sekunde noch war er völlig unentschlossen gewesen.

«Was sagt Ihr? – Nun, darauf habe ich gewartet. Das wollte ich hören!»

Ihre Augen wurden feucht, und sie wandte das Gesicht zur Seite, so daß er sie im Profil sah. Gleich darauf erhob sie sich, um Jadwiga Anweisungen zu geben. Die Alte hatte schon unaufgefordert Kaffee gebrüht, den sie nach altem polnischem Brauch selbst in der Kaffeemühle gemahlen hatte und dessen Aroma sich bis in den Salon verbreitete. Jascha blieb allein. Nun ja, alles ist Schicksal, murmelte er vor sich hin. Bebende Angst ergriff ihn, wenn er daran dachte, was er soeben zu Emilia gesagt hatte – wenige Worte, mit denen er sein Schicksal besiegelt hatte. Aber was soll jetzt aus Esther werden? Und aus Magda? Wie soll er sich das notwendige Geld beschaffen? Und wird er wirklich imstande sein, einen anderen Glauben anzunehmen? Ich kann nicht ohne sie leben! antwortete er sich selbst. Plötzlich erfüllte ihn die Ungeduld eines Sträflings kurz vor der Entlassung, dem jede Stunde zur Ewigkeit wird. Er stand auf. Obgleich ihm das Herz schwer war, fühlten seine Füße sich ungewöhnlich leicht an. Jetzt könnte ich nicht einen, sondern drei Saltos auf dem Seil machen! Wie konnte ich das nur so lange aufschieben? Jascha hüpfte zum Fenster, schlug die Gardinen beiseite und blickte hinaus auf die üppigen Kastanienbäume des Sächsischen Gartens, in dem Schulbuben und junge Stutzer, Gouvernanten und Liebespärchen die Wege entlangschlenderten. Zum Beispiel der flachsblonde junge Bursche da drüben mit seinem Mädchen im kirschengarnierten Strohhut! Sie stolzierten wie zwei Vögel einher, blieben hin und wieder stehen, gingen in Schrittchen weiter, traten auf der Stelle, sahen sich in die Augen, beschnupperten einander. Es waren die Spiele, die nur Liebende kennen, wie die Vorbereitungen zu einem Ringkampf oder zu einem Liebestanz. Was mochte der Bursche in diesem Mädchen sehen? Wie blau der Himmel heut war, blaßblau wie der Vorhang, der während der Ehrfurchtsvollen Tage im Tempel hing.

Bei diesem Vergleich spürte Jascha einen kleinen Stich. Aber was heißt? Gott ist Gott, ob man in der Synagoge zu ihm betet oder in der Kirche. Emilia kam wieder herein. Er ging ihr entgegen.

«Wenn sie kocht oder Kaffee brüht – immer riecht das ganze Haus danach», beklagte Emilia sich.

«Was soll aus *ihr* werden?» fragte Jascha. «Wollt Ihr sie mit nach Italien nehmen?»

Emilia überlegte einen Augenblick.

«Sind wir schon in diesem Stadium?»

«Mein Entschluß steht fest.»

«Nun ja, wir werden ein Dienstmädchen brauchen. Aber ist das nicht müßiges Geschwätz?»

«Nein, Emilia, es ist genauso, als wärest du schon meine Frau.»

6

Es klingelte an der Haustür. Emilia entschuldigte sich und ließ Jascha wieder allein. Er verhielt sich so still, als säße er in einem Versteck und fürchtete, sich dem Suchenden bemerkbar zu machen. Zwar hatte er Emilia schon kompromittiert, aber ihre Verwandten wußten noch nichts von seiner Existenz. Er saß da wie ein Unsichtbarer, der aber alles sieht, und betrachtete aufmerksam die Teppiche, jedes Möbelstück. Das Pendel der Großvateruhr schwang langsam hin und her. Goldene Sonnenflecken blitzten auf den Prismen des Kronleuchters, auf dem roten Samteinband des Albums. Aus einem Nachbarhaus drangen Klavierklänge herüber. Jascha hatte immer die Sauberkeit, die gepflegte Ordnung dieser Wohnung bewundert. Jedes Ding hatte seinen Platz, nirgends war auch nur ein Spürchen Staub zu sehen. Hier schien niemand Schmutz oder Unordnung zu hinterlassen, und die Luft war frei von unangenehmen Gerüchen, sogar von beunruhigenden Gedanken.

Jascha lauschte gespannt. Emilia hatte mehrere entfernte Verwandte am Ort, die häufig unaufgefordert vorbeikamen, so daß er schon manchmal gezwungen gewesen war, zum Kücheneingang hinauszuschlüpfen. Während er lauschte, versuchte er seine Lage zu überdenken. Um seine Pläne zu verwirklichen, brauchte er Geld, mindestens fünfzehntausend Rubel. Für die Beschaffung einer so hohen Summe gab es nur einen Weg, aber war er wirklich bereit, diesen Weg zu beschreiten? Durch seine intimen Beziehungen zu vielen Frauen hatte er sich daran gewöhnt, nur für den Augenblick zu leben, sich von seinen Impulsen und Eingebungen lenken zu lassen. Er machte Pläne, aber im Grunde blieb alles offen. Er sprach von Liebe, konnte aber – wenn er mit sich selbst ehrlich war – nicht definieren, was er damit meinte oder was Emilia darunter verstand. Und bei all seinen Vergehen hatte er stets die Hand der Vorsehung gespürt. Immer, selbst wenn er auf der Bühne stand, fühlte er sich von verborgenen Mächten getrieben. Aber konnte er verlangen, daß Gott seine Einwilligung zu Diebstahl und Abtrünnigkeit gab? Er horchte gleichzeitig auf das ferne Klavierspiel und seine eigenen Gedanken. Noch immer hatte er vor jedem Unternehmen eine innere Stimme gehört, die ihm streng und deutlich ihre Befehle gab, ihm jede Einzelheit vorschrieb. Aber diesmal hatte er das Vorgefühl, daß die Ereignisse eine andere Wendung nehmen würden, daß eine Änderung seiner Pläne vorbestimmt sei. In seinem Notizbuch standen einige Adressen von Banken und reichen Leuten, die ihr Geld in Stahlschränken aufbewahrten, aber noch hatte er diese Möglichkeiten nicht ernsthaft in Betracht gezogen. Obwohl er sich eine Rechtfertigung seiner Tat zurechtgelegt, obwohl er sich geschworen hatte, das gestohlene Gut mit Zinsen zurückzuerstatten, sobald er im Ausland zu Geld und Ruhm gekommen wäre, wollte sein Gewissen sich nicht beschwichtigen lassen, wollten Angst, Ekel und Selbstverachtung nicht von ihm weichen. Er stammte aus einer ehrbaren Familie, seine beiden Großväter waren für ihre Redlichkeit berühmt gewesen. Ein Urgroßvater war sogar einmal einem Kaufmann, dem er zehn Groschen schuldete, bis nach Lencuno nachgereist, um seine Schuld zu begleichen . . .

Die Tür ging auf, und Halina stand auf der Schwelle – eine hübsche, hochaufgeschossene Vierzehnjährige mit blonden Zöpfen und hellblauen Augen, einer geraden Nase, vollen Lippen und der durchsichtig blassen Haut der Bleichsüchtigen und Lungenkranken. Sie war während Jaschas Abwesenheit gewachsen und schien sich deswegen zu genieren. Halb erfreut, halb verlegen blickte sie ihn an. Das Mädchen war dem Vater nach geraten – sie hatte den Kopf eines Wissenschaftlers und ruhte nicht, bis sie alles ergründet hatte: jeden seiner Tricks, jedes Wort, das er in ihrer Gegenwart zu ihrer Mutter sagte. Sie war eine leidenschaftliche Leserin, sammelte Insekten, konnte Schach spielen und schrieb Gedichte. Sie hatte bereits angefangen, italienisch zu lernen . . . Einen Augenblick stand sie zögernd in der Tür, dann stürzte sie Jascha mit einem kindlichen Sprung entgegen und warf sich ihm in die Arme.

«Onkel Jascha!»

Sie küßte ihn und ließ sich wiederküssen.

Dann überfiel sie ihn mit tausend Fragen. Wann ist er angekommen? Ist er diesmal auch mit dem Wagen gereist? Hat er im Wald wilde Tiere gesehen? Ist er von Straßenräubern überfallen worden? Was macht der Affe? Und die Krähe? Und der Papagei? Wie geht es seinen Pfauen in Lublin? Und der Schlange? Und der Schildkröte? Wird er wirklich den Salto auf dem Seil machen, wie es in der Zeitung heißt? Kann man das überhaupt? Hat er sich nach ihnen gesehnt – nach ihr und Mama? Trotz ihres fast erwachsenen Aussehens plapperte sie wie ein Kind, aber bei aller Verspieltheit hatte sie etwas Künstliches.

«Du bist ja hochgeschossen wie ein Baum!» sagte Jascha.

«Das sagen alle», antwortete sie kindlich schmollend. «Als ob ich etwas dafür könnte, daß ich so groß bin! Wenn ich im Bett liege, fühle ich direkt, wie ich wachse. Als ob ein Kobold an meinen Füßen zöge. Dabei will ich gar nicht wachsen. Ich würde viel lieber immer klein bleiben. Was soll ich machen, Onkel Jascha? Wißt Ihr nicht eine Turnübung dafür, daß man klein bleibt? Sagt doch, Onkel Jascha!» Und sie gab ihm einen Kuß auf die Stirn.

So viel Liebe! So viel Liebe! dachte Jascha. Laut sagte er: «Ja, ich weiß etwas.»

«Was denn?»

«Wir werden dich in die Großvateruhr stecken und die Tür zusperren. Dann kannst du nicht größer werden als das Gehäuse.»

Sofort reckte Halina sich zu ihrer vollen Größe.

«Er hat für alles eine Lösung! Und wie rasch er denken kann! Er braucht gar nicht lange zu überlegen! Wie funktioniert Euer Gehirn, Onkel Jascha?»

«Nimm doch den Deckel ab und sieh hinein! Es funktioniert genau wie ein Uhrwerk.»

«Schon wieder eine Uhr? Ihr habt heute nichts im Kopf als Uhren. Arbeitet Ihr vielleicht an einem neuen Kunststück mit einer Uhr? Habt Ihr den *Courier* gelesen? Ihr seid ein berühmter Mann! Ganz Warschau spricht mit Bewunderung von Euch. Warum seid Ihr so lange weggeblieben, Onkel Jascha? Ich war krank und habe immerfort nach Euch gerufen. Ich habe auch von Euch geträumt. Und ich habe so viel von Euch geredet, daß Mama mich ausgescholten hat. Sie ist nämlich schrecklich eifersüchtig!» Halina errötete bei diesem Geständnis. Gerade da kam Emilia wieder herein.

«So, nun ist dein Onkel Jascha wieder da. Ihr würdet nicht glauben, wie oft sie nach Euch gefragt hat.»

«Sei still, Mama, erzähl es ihm nicht, sonst wird er zu eingebildet. Weil er ein großer Künstler ist und wir nur unbedeutende kleine Leute sind, denkt er, er kann sich hier als Herr aufspielen. Aber Gott ist mächtiger als Ihr, Onkel Jascha. Er kann noch schönere Kunststücke machen als Ihr.»

Emilia wurde plötzlich ernst. «Du sollst den Namen des Herrn nicht unnützlich führen. Mit Gott darf man nicht spaßen.»

«Ich spaße nicht, Mutter.»

«Das ist die neueste Mode: in jedes dumme Gespräch muß Gott hineingebracht werden.»

Halina versank für ein Weilchen in Nachdenken.

«Mama, ich bin am Verhungern.»
«Ach, wirklich?»
«Ja, wenn ich in den nächsten zehn Minuten nichts zu essen kriege, falle ich einfach um.»
«Du benimmst dich wirklich wie ein sechsjähriges Kind! Sag Jadwiga, sie soll dir etwas zu essen geben.»
«Und du, Mama, hast du keinen Hunger?»
«Nein, ich kann es von einer Mahlzeit zur anderen aushalten.»
«Aber du ißt kaum etwas, Mama. Zum Frühstück nur eine Tasse Kakao, weiter nichts. Und Ihr, Onkel Jascha?»
«Ich könnte einen Elefanten verschlingen.»
«Dann kommt, verschlingen wir ihn zusammen!»

7

Jascha setzte sich mit Mutter und Tochter zum zweiten Frühstück, Jadwiga brachte Kaffee und Sahne, und sie delektierten sich an den leckeren Dingen, die Jascha mitgebracht hatte: Stör, Sardinen und Schweizerkäse. Halina aß mit Genuß und lobte jeden Bissen. «Wie gut das riecht! Und so zart – es zergeht auf der Zunge!» Die knusperigen frischen Brötchen knackten zwischen ihren Zähnen. Emilia speiste mit damenhafter Zurückhaltung, während Jascha kein Hehl aus seinem Appetit machte. Er freute sich immer auf diese kleinen Mahlzeiten mit Emilia und Halina. Mit Esther, die nur ihre Wirtschaft und ihre Näherei kannte, hatte er wenig Gesprächsstoff. Hier plätscherte die Unterhaltung mühelos weiter. Sie kamen auf Hypnose zu sprechen. Emilia hatte Jascha schon öfter ermahnt, dieses Thema nicht vor Halina zu erwähnen, aber es ließ sich nicht ganz umgehen. Er war in den Zeitungen als Hypnotiseur angekündigt, und Halina war zu gescheit und zu neugierig, um sich einfach davon abbringen zu lassen. Außerdem las sie viele Bücher, die für Erwachsene bestimmt waren. Professor Chrabocki hatte eine umfangreiche Bibliothek hinterlassen, und seine Universitätskollegen und ehemaligen Schüler schickten Emilia Belegexemplare ihrer Bücher oder wissenschaftlichen Abhandlungen. Halina steckte ihre Nase in alles Gedruckte. Sie wußte über Mesmers Theorien und Experimente Bescheid und hatte Artikel über Charcot und Janet gelesen. Die polnischen Zeitungen brachten Berichte über den Hypnotiseur Feldman, der in verschiedenen polnischen Salons Sensation gemacht und in Krankenhäusern und Privatkliniken seine hypnotischen Kräfte bewiesen hatte. Zum tausendstenmal richtete Halina an Jascha dieselben Fragen: Wie kann ein Mensch einem anderen seinen Willen einflößen? Wie ist es möglich, jemanden durch bloßes Ansehen einzuschläfern? Wie geht es zu, daß man jemanden bei größter Hitze oder in einem überheizten Zimmer dazu bringen kann, vor Kälte zu zittern?

«Das kann ich dir nicht beantworten», sagte Jascha. «Ich weiß es selber nicht – wahrhaftig!»

«Aber Ihr habt doch selbst so etwas gemacht.»

«Kann die Spinne erklären, wie sie ihr Netz knüpft?»

«Oh – Ihr werdet Euch doch nicht mit einer Spinne vergleichen! Ich hasse Spinnen, ich verabscheue sie! Euch, Onkel Jascha, bete ich an.»

«Du redest zuviel, Halina», unterbrach Emilia sie.

«Ich will die Wahrheit wissen.»

«Ganz die Tochter ihres Vaters. Es geht ihr nur um die Wahrheit.»

«Wozu sind wir sonst auf der Welt, Mama? Wozu sind all die Bücher geschrieben? Alles um die Wahrheit zu finden. Mama, willst du mir einen großen Gefallen tun?»

«Ich weiß schon, was du willst – und ich sage: *nein*!»

«Mammi, ich flehe dich auf den Knien an! Hab Erbarmen!»

«Nein, kein Erbarmen!»

Worum Halina so bettelte, war die Erlaubnis ihrer Mutter zu einer Hypnose-Vorführung von Jascha. Am liebsten hätte sie sich selbst hypnotisieren lassen. Emilia hatte ihrer Tochter diese Bitte wiederholt abgeschlagen mit der Begründung, daß man mit solchen Dingen nicht spielen dürfe. Sie hatte irgendwo von einem Hypnotiseur gelesen, dessen Medium nicht wieder aufgewacht und noch tagelang im Trancezustand geblieben war.

«Komm doch in die Vorstellung, Halina, da kannst du sehen, wie es gemacht wird», sagte Jascha.

«Ich weiß offengestanden nicht, ob ich sie mitnehmen soll – unter all diesen Pöbel.»

«Was darf ich eigentlich, Mutter? In der Küche sitzen und Federn schleißen?»

«Du bist noch ein Kind.»

«Dann laß du dich hypnotisieren.»

«In meinem Hause will ich keine Seancen!» antwortete Emilia in scharfem Ton.

Jascha schwieg. Sie sind beide schon hypnotisiert, dachte er. Die ganze Liebe beruht auf Hypnotismus. Als ich sie zum erstenmal sah, habe ich sie hypnotisiert. Darum hat sie an jenem Abend auf der Marszalkowska auf mich gewartet. Alle sind hypnotisiert: Esther,

Magda, Sewtel. Ich besitze eine Macht, eine ungeheure Macht. Aber was ist diese Macht? Und wie weit geht sie? Könnte ich einen Bankdirektor hypnotisieren, so daß er mir seinen Tresor aufschließt?

Erst vor ein paar Jahren hatte Jascha zum erstenmal von Hypnotismus gehört, und er hatte sich sofort mit Erfolg darin versucht. Verschiedene Medien hatten seine Befehle unverzüglich befolgt: ein Mann war auf sein Geheiß in tiefen Schlummer gefallen, eine Frau hatte angefangen, ihre Kleider abzulegen, als er es ihr befohlen hatte. Er hatte ein Mädchen mit einer Nadel in den Arm gestochen, nachdem er ihr gesagt hatte, sie würde keinen Schmerz empfinden, und sie hatte weder aufgeschrien noch geblutet. Seitdem hatte Jascha eine Anzahl von Vorführungen anderer Hypnotiseure gesehen, darunter einige von dem berühmten Feldman, aber was diese Macht ist und wie sie wirkt, war ihm noch immer ein Rätsel. Manchmal hatte er den Eindruck gehabt, daß sowohl der Hypnotiseur als auch das Medium sich einen Jux machte – und doch konnte es kein Schwindel sein. Niemand konnte bei kalter Witterung einen Schweißausbruch simulieren oder das Blut zurückhalten, wenn einem eine Nadel ins Fleisch gebohrt wurde. Vielleicht war das die sogenannte Schwarze Magie?

«Ach, Mammi, du bist so eigensinnig!» sagte Halina, während sie ein Sardinenbrötchen verzehrte. «Sagt mir, Onkel Jascha, was ist das für eine Macht? Ich sterbe vor Neugier!»

«Es ist eine Naturkraft. Weißt du denn, was Elektrizität ist?»

«Nein, was *ist* Elektrizität?»

«Das weiß niemand. Man gibt hier in Warschau ein Signal, und die Elektrizität trägt es in einer Sekunde nach Petersburg oder Moskau. Solche Signale überspringen Felder und Wälder, Hunderte von Meilen, alles in einer Sekunde. Zum Beispiel so etwas wie das Telefon, bei dem man durch den Draht miteinander sprechen kann. Eines Tages wird man sich zwischen Warschau und Paris genauso unterhalten können wie jetzt wir beide.»

«Aber wie funktioniert das? Ach, Mama, es gibt so viel zu lernen! Manche Leute sind so klug. Wie sind sie so klug geworden? Aber immer sind es Männer. Warum können Frauen nicht studieren?»

«In England gibt es einen weiblichen Arzt», sagte Jascha.

«Wirklich? Wie komisch. Da muß ich lachen.»

«Was ist daran so lächerlich?» fragte Emilia. «Frauen sind auch Menschen.»

«Natürlich. Aber ein weiblicher Doktor! Wie geht sie denn angezogen? Wie George Sand?»

«Was weißt du von George Sand? Ich werde die Bibliothek für dich sperren.»

«Nein, Mammi, tu das nicht. Ich habe dich so lieb, ich habe dich furchtbar lieb, und du bist so streng mit mir. Was habe ich denn außer meinen Büchern? Die Mädchen, die ich kenne, sind alle langweilig. Onkel Jascha kommt so selten. Er spielt Versteck mit uns. In meine Bücher kann ich mich ganz verlieren. Warum heiratet ihr beide eigentlich nicht?» Das letzte war Halina zu ihrem eigenen Erstaunen entfahren. Sie wurde blaß, und Emilia errötete bis unter die Haarwurzeln.

«Sag mal, bist du verrückt geworden?»

«Sie hat ganz recht. Wir werden bald heiraten», unterbrach Jascha. «Alles ist beschlossen. Wir werden alle drei nach Italien gehen.»

Halina ließ beschämt den Kopf hängen und spielte mit ihrer Zopfspitze, als wollte sie die Haare zählen. Emilia saß hilflos und verschämt mit niedergeschlagenen Augen da, obwohl Jaschas Worte sie mit tiefer Befriedigung erfüllten. Das Mädchen plapperte wirklich auf Teufel komm raus, aber diesmal war ihr törichtes Geschwätz sehr nützlich. Endlich hat er sich offiziell erklärt. Emilia hob den Blick.

«Halina, geh in dein Zimmer!»

Fünftes Kapitel

1

Für gewöhnlich begann Jascha zwei Wochen vor der Premiere mit den Proben. Ausgerechnet in diesem Jahr, wo er ein schwieriges neues Repertoire einstudiert hatte, verschob er die Proben von einem Tag zum anderen. Der Direktor der Alhambra hatte eine Erhöhung von Jaschas Gage abgelehnt, und der Impresario Wolski verhandelte heimlich mit dem Palace, einem anderen Sommertheater. Wenn Jascha am Tage im Café Lurs saß, schwarzen Kaffee schlürfte und in einer Zeitschrift blätterte, überkam ihn häufig eine merkwürdige Vorahnung – das Gefühl, daß er in dieser Saison nicht auftreten werde. Diese Vorgefühle beängstigten ihn; er versuchte, sie aus seinen Gedanken zu verbannen, sie zu beschwichtigen oder auszurotten – aber sie kehrten beharrlich zurück. Droht ihm eine Krankheit? Ist ihm – Gott sei davor! – ein früher Tod bestimmt? Oder ist es ein Unheil anderer Natur? Er vergrub die Stirn in den Händen, rieb sich Kopfhaut und Backenknochen, versank in blinde Finsternis. Er hat sich auf zu vielerlei eingelassen. Er hat sich selbst in dieses Dilemma gebracht. Er liebt und begehrt Emilia. Er denkt sogar mit Verlangen an Halina. Aber wie kann er so frevelhaft gegen Esther handeln? Die Liebe und Treue, die sie ihm all die Jahre hindurch bewiesen hat, sind ein seltenes Gut. Sie hat mit ihm schwere Zeiten durchgemacht, sie hat ihm in jeder Krise beigestanden, sie hat ihm alle Sünden vergeben und ihm jene Güte erwiesen, welche die Frommen nur Gott zuschreiben. Kann er das alles mit einem Schlag ins Gesicht vergelten? Jascha wußte, sie würde den Schlag nicht überleben – sie würde dahinwelken und verlöschen wie ein Kerzenlicht. Er hatte mehr denn einmal einen Menschen an gebrochenem Herzen sterben sehen, einfach weil sein Leben keinen Sinn mehr hatte. Manche waren vor ihrem Tode nicht einmal krank gewesen. Gegen den Todesengel gab es keine Widerrede, hurtig und unerbittlich vollbrachte er sein Werk.

Seit einiger Zeit bemühte er sich, Magda mit dem Gedanken an sein Fortgehen vertraut zu machen. Aber ihre Nerven waren schon zum Zerreißen gespannt. Jedesmal, wenn er von Emilia kam, sah er den stummen Vorwurf in ihren Augen. Sie sprach kaum noch mit ihm und verschloß sich wie eine Muschel in ihrer Schale. Im Bett blieb sie kalt, fremd und stumm. Früher war ihr Gesichtsausschlag im

Sommer zurückgegangen, aber in diesem Jahr hatte sie eine schlechtere Haut denn je, sogar Hals und Brüste waren von Pusteln übersät. Neuerdings schien sie auch von Mißgeschick verfolgt zu sein. Die Teller rutschten ihr aus den Händen, die Töpfe auf dem Herd kippten um. Sie hatte sich den Fuß verbrannt, sich in den Finger gestochen und sich das eine Auge so gefährlich verletzt, daß sie es um ein Haar eingebüßt hätte. Wie konnte man erwarten, daß sie in diesem Zustand Saltos machte, Jascha die Jonglierstöcke und -bälle zureichte oder mit den Füßen ein Faß kreisen ließ? Auch wenn er selbst diese Saison noch durchhielt, mußte er wahrscheinlich in letzter Minute eine neue Assistentin engagieren. Und was sollte aus der armen Elsbieta werden? Die Nachricht, daß er Magda verlassen hatte, konnte sie umbringen.

Der einzige Ausweg aus dieser elenden Situation wäre eine größere Geldsumme. Wenn er Esther zehntausend Rubel geben könnte, wäre der Schlag für sie nicht ganz so hart. Auch Magda und Elsbieta würden sich bestimmt durch eine Abfindung in Bargeld beschwichtigen lassen. Außerdem brauchte er eine beträchtliche Summe für sich, Emilia und Halina. Emilia plante, in Süditalien, wo das Klima für Halinas Lunge heilsam war, eine Villa zu kaufen. Er, Jascha, würde im Ausland nicht sofort arbeiten können, sondern erst einmal die Landessprache lernen, sich nach einem Impresario umsehen und Kontakte aufnehmen müssen. Er konnte sich's nicht leisten, sich dort so billig zu verkaufen wie hier in Polen, er mußte ganz oben anfangen. Aber dazu benötigte er eine Rücklage von mindestens dreißigtausend Lire. Emilia hatte ihm etwas gestanden, was er im Grunde die ganze Zeit gewußt hatte, nämlich daß sie nichts besaß, nur einen Haufen Schulden, die sie bezahlen mußte, wenn sie Warschau verlassen wollte.

Im allgemeinen war Jascha Nichtraucher. Er hatte sich das Pfeiferauchen abgewöhnt, weil er glaubte, es sei schädlich für Herz und Augen und beeinträchtige seinen Schlaf. Nun fing er an, ganz vorsichtig russische Papyrossi zu rauchen, während er den schwarzen Kaffee aus der Untertasse schlürfte und in einer Zeitschrift blätterte. Der Rauch brannte in seinen Nasenlöchern, der Kaffee an seinem Gaumen, und der Artikel, den er las, war der schiere Blödsinn. Da wurde eine Pariser Schauspielerin in den Himmel gehoben, eine gewisse Fifi, der ganz Frankreich zu Füßen lag. Der Korrespondent ließ durchblicken, daß Fifi früher eine Demimondäne gewesen sei. Wie kommt es, daß ganz Frankreich eine Hure verherrlicht? fragte sich Jascha. Ist das Frankreich? Ist das jenes Westeuropa, von dem Emilia so ehrfürchtig spricht? Ist das die Kultur, die Kunst, der Schönheitssinn, die in den Journalen gepriesen werden? Er warf die Zeitschrift beiseite, und sofort griff ein Herr mit weißem Schnurrbart danach. Jascha drückte seine Zigarette im Kaffeerest aus.

All seine Überlegungen führten unausweichlich zu dem einen Schluß: er mußte sich eine große Summe Geldes verschaffen, wenn nicht auf legalem Wege, dann durch Diebstahl. Aber wann, wo und wie sollte er dieses Verbrechen begehen? Seltsam, obwohl er sich jetzt seit Monaten mit diesem Gedanken trug, hatte er nie ein Bankhaus betreten, sich nie mit dem Gang von Bankgeschäften vertraut gemacht; er wußte nicht einmal genau, wo das Geld in einer Bank nach Geschäftsschluß aufbewahrt oder welche Art von Safes oder Schlössern dort verwendet wurde. Er hatte gezaudert, immer wieder gezaudert. Jedesmal wenn er an einer Bank vorüberkam, beschleunigte er seinen Schritt und wandte das Gesicht ab. Ja, das Aufbrechen eines Schlosses auf der Bühne oder im Kreise der Diebe von Piask war etwas anderes, als in ein von bewaffneten Männern bewachtes Gebäude einzubrechen. Dafür mußte man zum Dieb geboren sein.

Jascha klopfte mit dem Löffel an die Untertasse, um den Kellner zu rufen, aber der Mann hörte nicht – oder wollte nicht hören. Das Café war ziemlich voll. Die wenigsten Gäste waren allein wie er, die meisten saßen zu mehreren in Gruppen oder Häufchen um den Tisch. Die Herren waren im Cutaway mit breiter Krawatte und gestreifter Hose, manche mit Spitz- oder Vollbart, andere mit hängendem oder auch hochgezwirbeltem Schnurrbart. Die Damen trugen weitausladende Röcke und breitkrempige Hüte, die mit Blumen, Früchten, Agraffen oder Federn garniert waren. Die Patrioten, die nach dem Aufstand in Viehwagen in die sibirische Verbannung transportiert worden waren, starben zu Hunderten. Sie siechten dahin – an Skorbut, Schwindsucht und Beriberi, hauptsächlich aber an Langeweile und Heimweh. Aber die Gäste in diesem Café hatten sich anscheinend mit den russischen Eindringlingen ausgesöhnt. Sie plauderten und johlten, scherzten und lachten. Die Damen sanken einander kichernd in die Arme. Draußen rollte ein Leichenwagen vorüber, aber die Cafébesucher schenkten ihm keinen Blick: der Tod schien sie nichts anzugehen. Worüber schwatzten sie wohl so eifrig? überlegte Jascha. Warum glitzern ihre Augen so gierig? Und der alte Kerl da mit dem weißen Vollbart und den dicken Säcken unter den Augen – warum trägt er eine Rose im Knopfloch? Er, Jascha, war seinem Äußeren nach einer von ihnen, und doch fühlte er sich durch eine Schranke von ihnen getrennt. Aber woran das lag, hatte er sich bisher nicht erklären können. Neben all seinem ehrgeizigen Streben und seiner Lebensgier wohnte eine große Traurigkeit in ihm, ein Bewußtsein von der Eitelkeit aller Dinge, von einer Schuld, die weder gutgemacht noch vergessen werden kann. Was hatte das Leben für einen Sinn, wenn man nicht wußte, wozu man geboren wird und stirbt? Zu was die vielen schönen Worte über Positivismus, Industriereform und Fortschritt, wenn das alles im Grabe nichts mehr gilt? Trotz seines Elans war Jascha stets im Begriff, in Melancholie zu versinken. Sobald seine Gier nach neuen Kunststücken und neuen Frauen nachließ, überfielen ihn die Zweifel wie Heuschrecken. War er nur dazu auf die Welt gekommen, daß er ein paar Saltos machte und ein paar Weiber betrog? Andererseits: konnte er einen Gott verehren, den andere Leute erfunden haben? Konnte er wie jener Jude sich Asche aufs Haupt streuen und einen Tempel beweinen, der vor zweitausend Jahren zerstört worden ist? Und konnte er vielleicht später niederknien und sich bekreuzigen vor dem Juden Jesus von Nazareth, der angeblich vom Heiligen Geist empfangen und nichts Geringeres ist als Gottes eingeborener Sohn?

Der Kellner stand am Tisch.

«Was wünscht der Herr?»

«Bezahlen», sagte Jascha.

Das Wort klang zweideutig – als hätte er sagen wollen: für mein betrügerisches Leben bezahlen.

2

Im ersten Akt des Stückes wurde Adam Powalski vom Ehemann für den Sommer in seine Villa eingeladen, aber Powalski machte Ausflüchte. Schließlich verriet er sein Geheimnis: er hatte eine Geliebte, die junge Frau eines alten Adligen. Der Ehemann gab jedoch nicht nach, sagte, die Geliebte könne warten, und Powalski möge ihm den Gefallen tun, in den Ferien seiner Tochter Klavierstunden zu geben und mit seiner Frau englische Konversation zu machen. (Französisch war gerade aus der Mode gekommen.)

Im zweiten Akt hatte Adam Powalski sowohl mit der Mutter als auch mit der Tochter ein Verhältnis. Um den Ehemann loszuwerden, redeten die drei Helden ihm ein, er habe Arthritis und müsse in Pistyan Moorbäder nehmen.

Im dritten Akt entdeckte der Ehemann den Betrug und rief: «Wenn ich im Schlamm waten will, brauche ich nicht erst nach Pistyan zu gehen! Ich habe den Morast im eigenen Hause!» Er forderte Adam Powalski zum Duell, aber nun kam der alte Adlige, der gehörnte Gatte von Powalskis Liebchen, und nahm diesen mit auf sein Landgut. Das Stück endete mit einer Predigt des alten

Ein Zauberer . . .

Adligen an Adam Powalski über die Gefahren amouröser Verwicklungen.

Es war eine aus dem Französischen übersetzte Komödie. Im Sommer kamen in Warschau nur wenige Stücke heraus, aber dieses Machwerk mit dem Titel *Powalskis Dilemma* übte eine besondere Anziehungskraft aus. Die Leute strömten bei der größten Hitze ins Theater, fingen schon an zu lachen, wenn der Vorhang aufging, und hörten nicht auf, bis er sich nach dem dritten Akt senkte. Die Damen erstickten ihr Gekicher im Taschentuch, während sie sich die Lachtränen trockneten. Hin und wieder hörte man ein kaum menschlich klingendes Lachen, das wie ein Schuß knallte und dann zu einem Wiehern ausartete. So lachte ein Hahnrei über den anderen. Er schlug sich auf die Knie und drohte vom Sitz zu purzeln, bis seine Frau dafür sorgte, daß er wieder zu Atem kam und sich richtig hinsetzte. Emilia lächelte und fächerte sich Kühlung zu. Die Gaslampen erhöhten noch die sommerliche Hitze. Jascha brachte kaum eine liebenswürdige Miene zustande. Er hatte Hunderte solcher Komödien gesehen, in denen es immer einen einfältigen Ehemann, eine treulose Frau und einen schlauen Liebhaber gab. Jascha gab das Lächeln auf, und sofort runzelte er grübelnd die Augenbrauen. Wer mokiert sich hier über wen? Überall findet man dasselbe Pack. Das tanzt bei Hochzeiten und klagt bei Begräbnissen, das schwört vor dem Altar ewige Treue und korrumpiert die Einrichtung der Ehe, das weint über die verlassene kleine Waise im Roman und schlachtet sich gegenseitig ab in Kriegen, Pogromen und Revolutionen. Während Jascha Emilias Hand in der seinen hielt, kochte er vor Empörung. Nein, er kann um Emilias willen weder Esther verlassen noch konvertieren oder plötzlich ein Dieb werden. Er sah sie von der Seite her an. Sie lachte nicht so heftig wie die anderen – wahrscheinlich um nicht vulgär zu erscheinen –, schien aber Powalskis schlüpfrige Possen und zweideutige Bonmots sehr amüsant zu finden. Wer weiß, vielleicht findet sie ihn anziehend, diesen großen, breitschultrigen Bühnenliebhaber. Er, Jascha, ist eher klein von Wuchs. In Italien wird er in den kommenden Jahren zum Schweigen verurteilt sein, während Emilia sich auf französisch verständigen kann und rasch Italienisch lernen wird. Während er von Engagement zu Engagement reist und täglich seinen Hals riskiert, wird sie einen Salon voller Gäste haben, eine passende Partie für Halina suchen und vielleicht für sich selbst einen italienischen Powalski finden. Sie sind alle gleich – samt und sonders Spinnen!

Nein, nein! schrie er in seinem Innern. Ich lasse mich nicht einfangen. Morgen werde ich weglaufen. Ich werde alles hinter mir lassen

– Emilia, Wolski, die Alhambra, die Zauberei, Magda. Ich bin lange genug Zauberkünstler gewesen, bin schon zu oft übers Seil gegangen! Plötzlich fiel ihm sein neues Kunststück ein, dessen erstmalige Vorführung angekündigt war – der Salto auf dem Seil. In weiche Polster zurückgelehnt, werden sie ihm, dem fast Vierzigjährigen, bei seinem Salto auf dem Drahtseil zusehen. Und wenn er nun abstürzt und Arme und Beine bricht? Dann werden sie ihn hinauswerfen und vor den Türen betteln lassen, und keiner seiner Bewunderer wird sich bücken, um ihm einen Groschen in den Hut zu werfen.

Er entzog Emilia seine Hand. Sie tastete im Dunkeln danach, aber er wandte sich von ihr ab, verwundert über die eigene Aufsässigkeit. Solche Gedanken waren ihm nicht neu, er hatte schon vor seiner Bekanntschaft mit Emilia viel über diese Probleme nachgegrübelt. Er konnte nicht ohne Frauen leben, und doch haßte er sie wie der Trinker den Alkohol. Während er sich neue Kunststücke ausdachte, quälte ihn die Angst, daß die alten über seine Kräfte gehen und Ursache seines frühen Todes werden könnten. Auch ohne Emilia war die Bürde, die er sich aufgeladen hatte, zu schwer. Er bezahlte Magdas Lebensunterhalt und unterstützte Elsbieta und Bolek. Er trug die Miete für die Warschauer Wohnung. Er war monatelang durch die Provinz gereist, hatte in schäbigen Hotels übernachtet, war in eiskalten Spritzenhäusern aufgetreten und auf gefahrvollen Straßen gereist. Und was hatte ihm das alles eingebracht? Der bescheidenste Tagelöhner hatte mehr Seelenfrieden und weniger Sorgen. Esther hatte schon oft darüber gemurrt und gesagt, er arbeite nur für den Teufel.

Merkwürdigerweise bestärkte die Komödie ihn in seinen Grübeleien. Wie lange will er sich noch so treiben lassen? Wie viele Lasten will er noch auf sich nehmen? Mit wieviel Gefahr und Unglück will er es noch aufnehmen? Alles ekelte ihn an – die Schauspieler, das Publikum, Emilia und er selbst. Diese großspurigen Damen und Herren haben ihn nie anerkannt, ebensowenig wie er sie. Sie haben geschickt die Religion mit dem Materialismus in Einklang zu bringen gewußt, den heiligen Ehestand mit dem Ehebruch, die christliche Nächstenliebe mit dem weltlichen Haß. Aber er, Jascha, wird ewig ein zerrissener Mensch bleiben, getrieben von den Peitschenhieben seiner Leidenschaften. Ununterbrochen wurde er von Reue, Scham und Todesfurcht geplagt. In qualvollen Nächten überzählte er seine Lebensjahre. Wie lange wird er noch jung bleiben? Schon schwebt das Alter drohend über ihm. Gibt es etwas Nutzloseres als einen alternden Zauberkünstler? Zuweilen kamen ihm, wenn er schlaflos im Bett lag, langvergessene Sätze aus den Heiligen Schriften in den Sinn, Gebete, die weisen Sprichwörter seiner Großmutter, die strengen Moralpredigten seines Vaters. Jetzt fiel ihm eine Stelle aus dem Neilagebet für den Versöhnungstag ein:

> Was sind wir, was unser Leben . . .
> was unser Heil, was unsere Kraft?
> Fürwahr, alle Helden sind wie nichts vor Dir,
> Denn alles ist eitel.

Reuevolle Gedanken erfüllten ihn. Vielleicht gibt es doch einen Gott? Vielleicht ist alles wahr, was die Frommen sagen? Es klingt so unwahrscheinlich, daß die Welt sich selbst geschaffen oder einfach aus einem Nebel entwickelt haben soll. Vielleicht steht wirklich ein Tag des Gerichts bevor, an dem die guten gegen die bösen Taten abgewogen werden? Wenn dem so ist, dann ist jede Minute kostbar. Wenn dem so ist, dann hat er nicht eine, sondern zwei Höllen verdient – eine in dieser und eine in jener Welt!

Aber welche konkrete Lösung gibt es jetzt für ihn? Sich Bart und Schläfenlocken wachsen lassen? Gebetsmantel und Gebetsriemen anlegen und dreimal am Tag beten? Woraus folgt, daß der jüdische Religionskodex, der Schulchan-Aruch, die ganze Wahrheit enthält? Vielleicht findet man die Antworten bei den Christen oder Mohammedanern oder in irgendeiner anderen Religion? Auch sie haben ihre heiligen Bücher und ihre Propheten und alle möglichen Legenden von Wundern und Offenbarungen. Jascha fühlte, wie die Kräfte des Guten und Bösen in seinem Innern rangen. Nach einer Weile begann er von Flugmaschinen, von neuen Frauen und neuen Abenteuern, von Reisen, Schätzen, Entdeckungen und Harems zu träumen.

Der Vorhang fiel – der dritte Akt war zu Ende. Ohrenbetäubender Beifall brach aus. Die Herren schrien «Bravo! Bravo!» Jemand brachte zwei Blumenbuketts auf die Bühne. Die Schauspieler faßten sich bei den Händen, verbeugten sich lächelnd und warfen Blicke zu den Logen hinauf, in denen die Reichen saßen. Kann das der Sinn der Schöpfung sein? fragte sich Jascha. Ist das Gottes Wille? Vielleicht wäre es besser, sich das Leben zu nehmen.

«Was habt Ihr denn?» fragte Emilia. «Ihr scheint heute schlechter Laune zu sein.»

«Nein, es ist gar nichts.»

3

Obwohl es vom Theater zu Emilias Wohnung auf der Krolewska nicht weit war, nahm Jascha eine Droschke. Er befahl dem Kutscher, langsam zu fahren. Die kühle Brise, die von der Weichsel und dem Praga-Wald heraufwehte, war nach der Hitze im Theater angenehm erfrischend. Die Gaslaternen verbreiteten trübes Licht. Am klaren Nachthimmel funkelten die Sterne. Allein den Blick zum Himmel aufzuheben, brachte Seelenfrieden. Jascha verstand nicht viel von Astronomie, hatte aber einige populäre Bücher darüber gelesen und sogar einmal durch ein Fernrohr die Saturnringe und die Mondgebirge gesehen. Wo auch immer die Wahrheit zu finden sein mochte, eines war sicher: der Himmel ist ein unermeßlicher, grenzenloser Raum. Tausende von Jahren braucht das Licht der Sterne, um unsere Augen zu erreichen. Die blinkenden, flimmernden Fixsterne sind Sonnen, jeder hat seine eigenen Planeten, und jeder Planet ist wahrscheinlich eine Welt für sich. Der blasse Streifen da oben ist vielleicht die Milchstraße, ein Schwarm von Millionen und Abermillionen von Himmelskörpern. Jascha pflegte die astronomischen oder sonstigen wissenschaftlichen Artikel im *Courier Warschawski* gewissenhaft zu lesen. Die Gelehrten machten fortwährend neue Entdeckungen: sie maßen den Kosmos nicht mehr in Meilen, sondern in Lichtjahren, und neuerdings hatten sie ein Instrument, mit dem sie die chemischen Bestandteile des fernsten Sternes untersuchen konnten. Immer stärkere Fernrohre wurden konstruiert, mit denen man die Geheimnisse des Weltraumes erforschen und zum Beispiel Sonnen- und Mondfinsternisse oder das Erscheinen eines Kometen vorausbestimmen konnte. Hätte ich doch meine Zeit der Wissenschaft gewidmet und nicht der Zauberei! dachte Jascha. Aber nun ist es zu spät.

Die Droschke überquerte den Alexander-Platz und fuhr am Sächsischen Garten entlang. Jascha atmete tief. Der Park erschien bei Nacht voll von Geheimnissen: in seiner dunklen Tiefe funkelten kleine Lichter, und das Gesträuch verströmte berauschende Düfte. Jascha nahm Emilias behandschuhte Hand und küßte ihr Handgelenk. Wieder war er ganz von der Liebe zu ihr, vom Verlangen nach ihrem Körper erfüllt. Ihr Gesicht war im Schatten, aus dem ihre Augen wie zwei feurig-goldene Edelsteine funkelten und nächtliche Seligkeit zu verheißen schienen. Die Rose, die er ihr auf dem Weg zum Theater gekauft hatte, duftete betörend. Er schnupperte daran und meinte die Wohlgerüche des ganzen Weltalls zu atmen. Wenn ein wenig Erde und Wasser diesen Duft hervorbringen können, kann es um die Schöpfung nicht so schlecht bestellt sein, überlegte er, und er sagte: «Alles dummes Zeug – Schluß mit der Grübelei!»

«Was habt Ihr gesagt, mein Teurer?»

«Daß ich dich liebe und es nicht erwarten kann, daß du die Meine wirst.»

Sie schwieg einen Augenblick. Ihr Knie berührte das seine, und die Erregung floß durch die Seide ihres Kleides von ihr zu ihm wie ein elektrischer Strom. Seine Begierde erwachte, er fühlte sie als prickelnden Schauer im Rücken.

«Für mich ist es noch schwerer als für dich.» Zum erstenmal hatte sie «du» zu ihm gesagt – mehr gehaucht als gesprochen, so daß er es kaum hörte, aber sein Herz verstand es.

Das Pferd ging Schritt für Schritt seinen Weg, der Kutscher saß zusammengesunken auf dem Bock, als wäre er eingeschlafen. Jascha und Emilia saßen still nebeneinander, als lauschten sie der zwischen ihnen hin- und herströmenden wortlosen Sprache ihrer Körper. Das Schweigen wurde zu einer unheildrohenden Spannung, die Jascha von seinem Seilakt her kannte. Plötzlich lehnte sie ihren Kopf an den seinen. Die Krempe ihres Strohhutes wölbte sich wie ein Dach über ihm, und ihre Lippen streiften sein Ohr, als sie flüsterte:

«Ich möchte ein Kind von dir haben.»

Er riß sie an sich, biß sie in die Lippen, trank gierig, mit versagendem Atem, ihre Küsse. Esther hatte früher oft von einem Kind gesprochen, aber das Thema nun seit Jahren nicht mehr angeschnitten. Auch Magda hatte ihn mehrmals um ein Kind gebeten, aber das hatte er nicht ernst genommen. Er schien dieses Element des Lebens vergessen zu haben. Aber Emilia hatte es nicht vergessen. Sie war noch jung genug, ein Kind zu empfangen und zu gebären. Vielleicht ist das die eigentliche Ursache meiner Seelenqual, grübelte er, daß ich keinen Erben habe.

«Ja», sagte er, «einen Sohn.»

«Wann?»

Wieder fanden sich ihre Lippen zu stummen, verzehrenden Küssen. Plötzlich blieb das Pferd stehen, und der Kutscher erwachte zum Leben.

«Hühott!»

Sie hielten vor Emilias Haus, und Jascha half ihr aus dem Wagen. Sie klingelte nicht gleich, sondern blieb mit ihm vor dem Tor auf dem Gehsteig stehen. Ein Weilchen schwiegen sie, dann sagte Emilia:

«Nun, es ist spät geworden.» Sie zog die Glockenschnur.

Jascha erkannte am Schritt, daß nicht der Pförtner sich näherte, sondern seine Frau. Der Hof lag in tiefem Dunkel. Das Tor wurde geöffnet, Emilia ging ins Haus, und Jascha schlich ihr, dem Impuls des Augenblicks folgend, so geschickt nach, daß selbst sie es nicht bemerkte. Die Pförtnerin trottete zu ihrer Loge zurück. Er griff im Dunkeln nach Emilias Arm. Sie fuhr erschrocken zusammen: «Wer ist da?»

«Ich.»

«Gott im Himmel, was hast du getan?» sie kicherte über diese unglaubliche Frechheit und Gewandtheit.

Sie standen schweigend im Dunkeln, als überlegten sie.

«Nein, so nicht», flüsterte sie schließlich.

«Ich will dich nur küssen.»

«Wie willst du in die Wohnung kommen? Jadwiga wird uns aufmachen.»

«Nein, ich werde aufmachen», sagte er.

Sie stiegen die Treppe hinauf, mehrmals stehenbleibend, um sich zu küssen. Die Tür öffnete sich unter seinen Händen wie durch Zauberei. In der Wohnung herrschten Finsternis und mitternächtige Stille. Er trat, Emilia mit sich ziehend, in den Salon. Sie sträubte sich, aber nach einem wortlosen Ringen folgte sie ihm zum Diwan, als wäre sie nicht mehr Herrin ihrer selbst.

«Ich will unser gemeinsames Leben nicht in Sünde beginnen», flüsterte sie.

«Nein, nein.»

Er versuchte, sie zu entkleiden. Ihr Seidenkleid begann zu knistern und Funken zu sprühen, die ihn erschreckten, obwohl sein Verstand sie als elektrostatische Erscheinung erkannte. Auch Emilia war verblüfft. Sie packte ihn bei den Handgelenken und drückte sie mit solcher Kraft, daß es ihn schmerzte.

«Wie willst du wieder hinauskommen?»

«Durchs Fenster.»

«Halina könnte aufwachen.»

Plötzlich riß sie sich los und sagte: «Nein, du mußt gehen.»

Sechstes Kapitel

1

Am folgenden Tag blieb Jascha lange im Bett. Mit finsterer Miene lag er da und schien zu schlafen – bis ein Uhr mittags. Magda mit ihren eingewurzelten bäuerlichen Gewohnheiten konnte nicht begreifen, wie man bis zum Mittag im Bett liegen konnte. Aber sie hatte sich längst daran gewöhnt, daß Jascha nicht so war wie andere Leute. Er konnte mehr essen und länger fasten, er konnte die Nacht durchwachen und den Tag durchschlafen. Wenn er aus tiefem Schlummer aufwachte, konnte er so mit ihr sprechen, als hätte er sich nur schlafend gestellt. Auch im Schlaf konnte man an seiner Stirn und seinen Schläfenadern erkennen, daß er weiterdachte. Wer weiß? Vielleicht fielen ihm im Schlaf seine neuen Kunststücke ein. Magda kam auf Zehenspitzen herein und brachte ihm Hafergrütze mit Kartoffeln und Pilzen. Er saß, und danach schlief er wieder ein, als hätte er sich selbst hypnotisiert. Magda brummte in ihrem Bauerndialekt vor sich hin: «Ja, schnarch nur deine Sünden weg, du Schwein, du Schuft. Ganz ausgelaugt hat sie dich, diese räudige Herzogin.» Magdas bestes Mittel gegen jeden Kummer war Arbeit. Jascha war knapp mit Kleidung, ständig gab es etwas auszubessern – abgerissene Knöpfe, geplatzte Nähte – und zu waschen, denn er trug seine Hemden nur einen Tag, dann warf er sie fort, als wären sie verlaust. Immer muß man hinter ihm herräumen, waschen, nähen und Schuhe putzen. Und die Tiere wollen auch versorgt sein: die Pferde im Stall, der Affe, der Papagei, die Krähe. Magda ist alles in einer Person – Ehefrau, Dienstmädchen und Bühnengehilfin – und was bekommt sie dafür? Nichts – einen Kanten Brot. Gewiß, er hat selber nichts. Alle plündern ihn aus, überall wird er beschwindelt und betrogen. Ja, er hat einen klugen Kopf, wenn sich's um Hypnotisieren und Gedankenlesen handelt, oder wenn er seine Bücher oder Zeitungen studiert, aber im praktischen Leben ist er ein Dummkopf. Außerdem wird er sich die Gesundheit ruinieren. Er dürfte sich nicht Nacht für Nacht herumtreiben. So gesund er auch aussieht, manchmal ist er so schwach wie eine Fliege, fällt in Ohnmacht und liegt da, als hätte er die Krämpfe.

Magda lief hin und her, staubte ab, wusch und scheuerte. Dann und wann kam eine Nachbarin vorbei, um sich eine Zwiebel oder eine Zehe Knoblauch auszuborgen, ein Tröpfchen Milch oder ein wenig Schmalz zum Zwiebelbräunen. Magda wies niemanden ab. Verglichen mit den Armen in diesem Stadtteil lebte sie im Überfluß. Außerdem mußte sie sich die Gunst der Nachbarn erhalten, denn sie stand nicht im besten Ruf. Zwar war sie bei den Stadtbehörden als Dienstmädchen angemeldet, aber wenn es Streit mit den Nachbarn gab, riefen sie ihr «Dirne» und «Dreckschlampe» nach, oder sie schlugen ihr vor, sich die gelbe Prostituierten-Karte zu besorgen. Wenn sie zum Einkaufen oder Wasserholen hinunterging, wurde sie von Betrunkenen belästigt, und die Halbwüchsigen schrien ihr «Judenhure!» nach.

Vom Turm der St. Johannes-Kirche schlug es zwei Uhr. Magda ging in den Alkoven. Jascha schlief nicht mehr, sondern saß, vor sich hinstarrend, im Bett.

«Schön geschlafen?» fragte sie.

«Ja, ich war müde.»

«Wann fangen wir mit den Proben an? Die Premiere ist in einer Woche.»

«Ja. Ich weiß.»

«Die Plakate kleben schon überall. Dein Name in Riesenbuchstaben.»

«Ach, die können sich zum Teufel scheren.»

Jascha wollte ein Bad, und sofort stellte Magda mehrere Kessel mit Wasser auf. Sie füllte den Holzzuber, seifte und spülte Jascha ab und massierte ihn. Magda sehnte sich wie jede andere Frau danach, Mutter zu werden, und war bereit, Jascha ein uneheliches Kind zu schenken. Aber auch das hatte er ihr geraubt, weil er selbst das Kind sein, wie ein Kind von Magda gebadet, gestreichelt und liebkost werden wollte. Er behandelte sie schlimmer als seinen ärgsten Feind, aber sobald er für ein paar Stunden bei ihr war und ihr zeigte, daß er sie brauchte, liebte sie ihn inniger denn je.

Plötzlich fragte er: «Hast du eigentlich für den Sommer irgendwas anzuziehen?»

Augenblicklich begannen ihre Tränen zu fließen.

«Jetzt fällt es dir ein?»

«Warum hast du mich nicht daran erinnert? Du weißt doch, wie vergeßlich ich bin.»

«Ich bin kein Schmarotzer. Das überlasse ich deiner neuen Dame.»

«Ich kaufe dir bald ein neues Kleid. Habe ich dir nicht gesagt, daß du in meinem Herzen beschlossen bist? Was auch geschieht, warte auf mich.»

«Ja, ich werde warten.»

«Zieh dich aus. Wir wollen zusammen baden.»

Magda spielte die Entrüstete, aber er hielt sie fest und entkleidete sie. Sie schämte sich weniger ihrer Nacktheit als ihres mageren Körpers mit den vorstehenden Rippen, dem eingefallenen Brustkorb, den winzig kleinen Brüsten, den steckendürren, eckigen Knien und Armen. Ihr Gesichtsausschlag hatte sich nun auch über den Rücken verbreitet. So stand sie vor ihm, ein verschämtes Gerippe. Er stieg aus der Wanne und setzte sie hinein. Er wusch und seifte sie ab, liebkoste und kitzelte sie, bis er sie zum Lachen gebracht hatte. Dann trug er sie in den Alkoven und zog die Bettvorhänge zu. Er liebte sie so oft und lange, daß ihr Herz von Furcht ergriffen wurde. Wahrhaftig, er war ein Hexenmeister mit den Kräften des Teufels.

In letzter Zeit hatte er sie gemieden. Tagelang hatte sie seine Stimme nicht gehört. Nun sprach er mit ihr wie in alten Zeiten. Er fragte sie nach ländlichen Bräuchen aus, und sie schilderte ihm die verschiedenen Ernteriten. Sie erzählte von den Feen, die sich im Korn vor den Sensen der Mäher und den Flegeln der Drescher verstecken; von der weiblichen Strohpuppe, die von den Burschen in den Fluß geworfen wird, von einem Baum, zu dem die alten Bauern um Regen beten, obwohl die Priester es verboten haben, von dem hölzernen Hahn, den der Dorfälteste auf dem Dachboden aufbewahrt und der in Zeiten der Dürre als regenbringender Talisman in Wasser getaucht wird. Jascha hörte sich alles an, dann fragte er sie:

«Glaubst du an Gott?»

«Ja.»

«Zu was hat er dann all dies erschaffen? Nun ja, in meiner Hose stecken zehn Rubel. Nimm sie dir und geh zur Schneiderin.»

«Ich stöbere nicht gern in deinen Taschen herum.»

«Geh nur, nimm sie, solange sie noch da sind.»

Sie ging ins andere Zimmer und nahm die zehn Rubel aus seiner Hosentasche. Als sie zurückkam, war er wieder eingeschlafen. Sie hätte ihn gern auf die Stirn geküßt, wollte ihn aber nicht wecken. Lange stand sie in der Tür und blickte auf ihn nieder, und sie wurde sich schmerzlich bewußt, daß sie ihn nie verstehen würde, wie lange sie ihn auch kannte. Noch heute war dieser Mensch, Leib und Seele, ihr ein Rätsel, und so würde es bleiben. War vielleicht gerade das der Grund für ihre zitternde Sehnsucht, ihre bedingungslose Anhänglichkeit? Schließlich ging sie, um die Badewanne zu säubern. Es gab eine Schneiderin im Haus, gleich beim zweiten Torweg. Magda spuckte auf den Geldschein und steckte ihn in den Ausschnitt. Es war ein unerwarteter Glückstag geworden.

2

Er verschlief den ganzen Sommertag. Nachmittags regnete es, dann klärte es sich wieder auf. Als er die Augen aufschlug, lag der Alkoven im Halbdunkel. Aus der Küche drangen Essensgerüche. Magda briet Koteletts mit Kartoffeln und Sauerkraut. Er hatte nur die Hafergrütze im Magen und war ausgehungert aufgewacht. Er zog sich rasch an, ging in die Küche, gab Magda einen Kuß und aß, was er gerade vorfand – Brot mit Heringsmilch. Er stibitzte, ohne sich um Magdas gutmütiges Schelten zu kümmern, ein noch halbrohes Kotelett aus der Bratpfanne. «Ach», sagte sie, «wäre es doch alle Tage so wie heute!»

Noch während sie das sagte, hörte man Schritte vor der Eingangstür. Jemand rüttelte an der Klinke, und Jascha machte auf. Vor der Tür stand ein kleines Mädchen, in ein riesiges Umschlagtuch gewikkelt. Die Kleine schien ihn zu kennen, denn sie sagte: «Pan Jascha, unten vor dem Tor wartet eine Panienka auf Euch.»

«War für eine Panienka?»

«Sie heißt Sewtel.»

«Danke. Sag ihr, ich komme gleich hinunter.» Und er gab dem Kind zwei Groschen.

Kaum hatte er die Tür geschlossen, packte Magda ihn bei beiden Händen. «Nein! Du gehst nicht! Dein Essen wird kalt!»

«Ich kann sie nicht da unten warten lassen.»

«Ich weiß schon, wer das ist – diese Hure aus Piask!»

Sie hielt ihn so fest, daß er sie mit Gewalt abschütteln mußte. Sogleich verzerrte sich ihr Gesicht, ihr Haar sträubte sich, ihre Augen funkelten grünlich wie Katzenaugen. Er stieß sie so heftig beiseite, daß sie beinahe in die Wassertonne gefallen wäre. So war es immer. Sobald er zu jemand anderem freundlich war, benahm sie sich so, als wäre er ihr Sklave. Noch als er die Tür hinter sich geschlossen hatte, hörte er sie weinen, wie eine Schlange zischen und ihm etwas Unverständliches nachrufen. Sie tat ihm leid, aber konnte er Sewtel auf der Straße stehen und warten lassen? Während er die Treppe hinunterging, drangen die Gerüche der verschiedenen Wohnungen zu ihm. Er hörte Kinder greinen, Kranke seufzen und Mädchen Liebeslieder singen. Irgendwo auf dem Dach jaulten die Katzen. Er blieb einen Augenblick im Halbdunkel stehen, um einen Schlachtplan zu machen.

Ich werde ihr etwas geben und sie wegschicken, beschloß er. Mein Leben ist ohne sie kompliziert genug. Dabei fiel ihm ein, daß er eine Verabredung mit Emilia hatte: er sollte heute abend bei ihr zu Abend speisen, hatte er ihr versprochen, bevor er letzte Nacht aus ihrem Fenster geklettert war. Wie konnte ich das vergessen? fragte er sich. Herrgott, ich vergesse wirklich alles. Ich habe Esther versprochen, ihr sofort nach meiner Ankunft in Warschau zu schreiben. Wahrscheinlich ist sie vor Sorge schon halb von Sinnen. Was ist nur mit mir los? Bin ich krank, oder was ist das? Er lehnte sich ans Geländer, als wollte er auf der Stelle die Bilanz seines Lebens ziehen. Da hatte er einen ganzen Tag mit Dösen und Träumen vertrödelt – kostbare Zeit, die er einfach übersprungen hatte. Es gab so viel zu tun und zu bedenken, daß er sich's nicht erlauben konnte, sich müßigen Gedanken hinzugeben. Er mußte seine Premiere planen, und dabei hatte er noch nicht einmal geprobt. Ununterbrochen dachte er an Emilia, und doch war er noch zu keinem endgültigen Entschluß gekommen.

Diese Unschlüssigkeit ist mein ganzes Unglück, sagte er sich. Das Ende des gestrigen Abends – daß Emilia im letzten Augenblick anderen Sinnes wurde – war ein Schlag für ihn gewesen. Sie hatte seinen hypnotischen Kräften widerstanden. Bevor er ging, hatte sie ihm unter Küssen noch einmal ihre große Liebe beteuert, aber ihre Stimme hatte einen Unterton von Triumph gehabt. Vielleicht ist es überhaupt ganz gut, daß ich diese Verabredung vergessen habe, dachte er. Warum sie wissen lassen, daß ich so verrückt nach ihr bin? Aber plötzlich kam ihm der Gedanke: Wenn dies das Ende wäre? Wenn sie in diesem Augenblick aufgehört hätte, ihn zu lieben, vielleicht seine Feindin geworden wäre?

Unsinnige Gedanken überfielen ihn, ein Spiel von Wenns und Vielleichts, wie er es als Schulbub gespielt hatte, wenn er sich vorstellte, daß sein Vater der Teufel, seine Lehrerin ein Dämon, der Lehrer ein Werwolf und alles übrige nur Einbildung wäre. Er hatte die Zu- und Abneigungen jener Jahre nie abgelegt. Noch heute ging er, wenn er sich unbeobachtet fühlte, nicht normal die Treppe hinunter, er hüpfte wie ein Vogel von Stufe zu Stufe und fuhr dabei mit dem Zeigefinger an der Wand entlang. Er, der auf eine Herausforderung hin eine Nacht auf dem Friedhof zugebracht hatte, fürchtete sich im Dunkeln, sah Gestalten aus den Schatten treten. Ungeheuer mit gräßlichen Gesichtern, wild wehenden Mähnen, spitzen Schnäbeln und leeren Augenhöhlen. Ständig hatte er das Gefühl, daß nur eine ganz dünne Schranke ihn von diesen dunklen Wesen trennte, die ihn umschwärmten, ihm halfen oder auch seine Pläne vereitelten und ihm alle möglichen Streiche spielten. Wenn er nicht fortwährend gegen sie ankämpfte, würde er vom Seil stürzen, die Sprache verlieren, siech und impotent werden.

Er trat auf die Straße und sah Sewtel, ein Umschlagtuch um die Schultern, vor dem Tor unter einer Straßenlaterne stehen, deren

Schein ihr Gesicht in leuchtendes Gelb tauchte. Sie wirkte genau als das, was sie war: eine Frau, die frisch aus der Provinz nach Warschau gekommen ist. Sie hatte ihr Haar in zwei Schnecken über den Ohren frisiert, offensichtlich um jünger auszusehen. Um sie war die provisorische Atmosphäre eines entwurzelten Menschen, der sich selber fremd geworden ist.

«Da bist du also», sagte Jascha.

Sewtel fuhr zusammen. «Ich dachte schon, du würdest nicht kommen.»

Sie machte eine Bewegung, als wollte sie ihn küssen, aber irgendwie wurde nichts daraus. Eine Hausfrau mit einem Eimer Wasser kam seufzend und vor sich hinbrummelnd von der Pumpe. Sie stieß im Vorbeigehen Sewtel an und verschüttete etwas Wasser über deren Knöpfstiefel.

«Ach, pfui Teufel!» Sewtel hob abwechselnd die Füße und wischte sie mit einem Zipfel ihres Umschlagtuches trocken.

«Wann bist du angekommen?»

Sie dachte ein Weilchen nach, als hätte sie die Frage nicht verstanden. Die lange Reise schien sie verwirrt zu haben.

«Ich hab mich aufgemacht, und jetzt bin ich hier. Hast du vielleicht gedacht, ich hätte mir das Fahrgeld von dir für nichts und wieder nichts geben lassen?»

«Möglich war es immerhin.»

«Piask ist keine Stadt, es ist ein Kirchhof. Ich habe meinen ganzen Kram verkauft. Sie haben mich schön übers Ohr gehauen. Was kann man von Dieben andres erwarten? Ich kann von Glück sagen, daß ich da lebendig herausgekommen bin.»

«Wo wohnst du?»

«Bei einer Frau, die Hausarbeit vermittelt. Sie hat mir eine Stelle versprochen, aber bisher ist noch nichts draus geworden. Es gibt anscheinend mehr Dienstmädchen als Herrinnen. Ich muß mit dir etwas besprechen.»

«Mein Abendessen wartet.»

«Jaschale, es war höllisch schwer, sich zu dir durchzufragen. Kein Mensch kannte die Straße oder die Hausnummer, und wie soll man im Dunkeln die Nummern erkennen? Bis ich dieses Mädel dazu gekriegt habe, dich zu rufen – ich bin beinah umgekommen. Und in deine Wohnung raufgehen wollte ich nicht. Ich wußte doch, daß die andere da oben ist. Zwei Katzen in einem Sack.»

«Sie hat gerade das Essen fertig. Kannst du nicht noch eine halbe Stunde warten?»

«Nein, Jaschale, komm doch gleich mit. Wo soll ich hier warten? Jede Minute spricht mich ein Betrunkener an. Die denken, jedes

Mädchen wäre so eine. Wir können uns ja was zu essen kaufen. Ich weiß schon, du bist ein hochberühmter Warschauer Zauberkünstler, und ich bin nur ein Mädel vom Lande, aber wir sind uns ja nicht direkt fremd, wie man so sagt. Auf dem ganzen Weg hab ich an dich gedacht. Alle lassen dich grüßen: Blind Mechl, Berisch Wisoker, Chaim-Lejb.»

«Vielen Dank.»

«Spar dir den Dank. Was fang ich mit deinem Dank an? Komm doch mit. Da rede ich mit dir, und du bist woanders. Hast du mich schon vergessen, oder was ist los? Jaschale, es ist nämlich so», fuhr sie in verändertem Ton fort. «Ich geh zu dieser Vermittlerin, und die sagt: ‹Du kommst zur unrechten Zeit. Alle suchen Hausarbeit, und die Damen sind alle fort auf dem Lande.› Ich nehme meinen Korb auf und will wieder gehen, da ruft sie mich zurück. ‹Wo willst du denn hin?› Es scheint, daß sie den Mädchen Geld leiht gegen Zinsen. Jedenfalls macht sie mir ein Lager auf dem Fußboden, und ich lege mich hin. Neben mir liegen drei Köchinnen und schnarchen, die eine so laut, daß ich die ganze Nacht kein Auge zutue, ich liege bloß da und heule. Bei Lejbusch war ich schließlich mein eigener Herr. Morgens, wie ich gerade weggehen will, kommt ein Mann herein, so ein Stutzer mit einer Uhr an einer Kette und Manschetten mit Manschettenknöpfen. Nicht mehr jung, aber recht stattlich. ‹Wer seid Ihr?› fragt er. Ich erzähle ihm also alles. ‹Das ist nämlich so – mein Mann hat mich verlassen. Ich weiß nicht, wo er hin ist.› Er fragt mich weiter aus, und dann sagt er: ‹Ich weiß, wo Euer Mann ist!› ‹Wo denn?› rufe ich. Na ja, um es kurz zu machen, dieser Mann kommt aus Amerika, aber es scheint ein anderes Amerika zu sein. Kurz und gut, Lejbusch ist dort. Wie ich das höre, fange ich an zu heulen, als wäre Versöhnungsfest. ‹Was regt Ihr Euch auf?› fragt er. ‹Ist doch schade um Eure schönen Augen.› Er redet so fein daher, daß man sich kaputtlachen könnte, und er schmeißt mit dem Geld um sich und traktiert alle mit Schokolade und Halvah. ‹Kommt mit mir›, sagt er zu mir, ‹und ich bringe Euch zu Eurem Mann. Entweder nimmt er Euch wieder auf, oder Ihr laßt Euch scheiden.› Er fährt in zwei Wochen zurück und ist bereit, mir das Fahrgeld zu leihen. Aber irgendwie habe ich Angst.»

Und Sewtel brach plötzlich ab.

Jascha stieß einen Pfiff aus.

«Aha, so ein Vogel ist das!»

«Du kennst ihn?»

«Ich brauch ihn nicht zu kennen. Du weißt doch, was ein Lude ist, nicht wahr? Er wird dich verschleppen – Gott weiß, wohin – und dich in ein Bordell stecken.»

«Aber er redet so anständig.»

«Der kennt deinen Mann genauso, wie ich deine Großmutter kenne.»

Sie schlenderten auf die Dluga-Allee zu. Sewtel zog ihren Schal fester um die Schultern.

«Was soll ich machen? Ich muß Arbeit finden. Er hat mich zu seiner Schwester mitgenommen. Da habe ich die letzte Nacht verbracht.»

«Zu seiner Schwester, heh? Die ist genauso seine Schwester, wie ich dein Großonkel bin.» Jascha hatte zu seiner eigenen Verwunderung sofort Sewtels Ton und Ausdrucksweise angenommen. «Höchstwahrscheinlich eine Puffmutter, und sie teilen sich den Gewinn. Er wird dich irgendwo verkaufen – in Buenos Aires oder wer weiß wo. Da kannst du bei lebendigem Leibe verfaulen.»

«Was sagst du da? Gerade diese Stadt hat er erwähnt. Wo ist das nun wieder? In Amerika?»

«Egal, wo es ist, das bedeutet gar nichts. Sie kommen her und kaufen lebende Ware ein, nämlich Mädchen – sie sind weiße Sklavenhändler. Auf solche dummen Gänse wie dich haben sie nur gewartet. Die Zeitungen sind voll davon. Wo wohnt seine Schwester?»

«Auf der Nizka.»

«Schön, gehen wir hin und sehen wir's uns an. Warum ist er wohl bereit, dir das Fahrgeld vorzustrecken? Begreifst du denn nicht, was für ein Kerl das ist?»

Sewtel blieb stehen. «Ja, darum komme ich ja zu dir. Aber wenn man am Boden schlafen muß und von Wanzen aufgefressen wird, dann nimmt man, was man kriegen kann. Bei seiner Schwester ist es sauber, da schlafe ich in einem Bett mit Bettwäsche. Sie gibt mir auch zu essen. Ich habe ihr Bezahlung angeboten, aber sie hat gesagt: ‹Macht Euch darum keine Sorgen, das bringen wir später in Ordnung.›»

«Das genügt. Mach, daß du da rauskommst, als ob's hinter dir brennte, wenn du nicht als Hure in Buenos Aires enden willst.»

«Was soll das heißen? Ich war ein anständiges Mädchen. Hätte Lejbusch mich nur zu schätzen gewußt, ich wäre ihm eine gute Frau geworden. Aber der hat ja mehr hinter Gittern gesessen als zu Haus. Drei Wochen nach der Hochzeit war er schon im Kittchen. Und dann ist er auf Nimmerwiedersehen weggelaufen. Was sollte ich machen? Schließlich bin ich auch nur Fleisch und Blut. Ganz Piask ist mir nachgelaufen. Seine besten Freunde. Aber ich wollte mich nicht wegwerfen, ich hab mich nach dir gesehnt. Jaschale, ich will mich dir nicht aufdrängen, ich hab auch meinen Stolz, wie man so sagt, aber mein Herz gehört dir. Gleich wie du abgereist warst, hatte ich wieder Sehnsucht nach dir, und jetzt, wo ich neben dir gehe, ist mir, als hätte ich Flügel, so leicht sind mir die Füße. Du hast mich noch nicht einmal geküßt!» setzte sie vorwurfsvoll hinzu.

«In meiner Straße konnte ich nicht. Da sitzen sie alle an den Fenstern und spionieren.»

«Gib mir einen Kuß. Ich bin noch deine alte Sewtel.»

Und sie hielt ihr Umschlagtuch auf, um ihn zu umarmen.

3

Das hat mir gerade noch gefehlt! sagte Jascha zu sich. Wie sonderbar, daß er Sewtel vergessen hatte und auch die Tatsache, daß er ihr das Fahrgeld nach Warschau gegeben hatte. Sie war völlig aus seinem Gedächtnis verschwunden gewesen. Merkwürdig, wie er sich nach allen Seiten hin verstrickt hatte, und doch fand er ein perverses Vergnügen darin, als wäre sein Leben ein Geschichtenbuch, das immer spannender wird, so daß man die nächste Seite kaum erwarten kann. Der Hunger, den er vorhin gespürt hatte, war vergangen. Obwohl die Nacht warm, sogar ein wenig schwül war, fröstelte es ihn im Rücken, als wäre er nach einer Krankheit zu früh ausgegangen. Er mußte dieses Zittern unterdrücken. Er sah sich nach einer Droschke um, aber in der Freta gab es keine Droschken, und so dirigierte er Sewtel auf die Franziskanerstraße zu. Ich werde zusehen, daß ich sie loswerde, und dann zu Emilia gehen, beschloß er. Emilia wird gar nicht wissen, was sie denken soll. Zum erstenmal hatte er ihr gegenüber ein Versprechen nicht gehalten. Sie darf sich nicht wirklich beleidigt fühlen, dachte er ängstlich. So wie die Dinge liegen, hängt alles an einem Faden. Jetzt bereute er auch, daß er Magda einfach weggelaufen war, und er merkte plötzlich, daß er sich irgendwie verändert hatte. Zu anderen Zeiten hatte er gleichzeitig ein halbes Dutzend Liebschaften gehabt, ohne sich im geringsten gebunden zu fühlen. Er hatte jede betrogen, ohne sich darüber Gedanken zu machen, und wenn es sein mußte, hatte er sie ohne Gewissensbisse verlassen. Jetzt zerbrach er sich den Kopf über die nichtigsten Dinge, und immer wollte er das Richtige tun. Werde ich etwa ein Heiliger, fragte er sich. Es lohnt sich wirklich nicht, sich wegen Sewtel und Magda mit Emilia zu entzweien. Und doch bohrte in seinem Gehirn eine feine Nadelspitze: «Geh mit Sewtel!» Sie hatte das letzte Wort: aus irgendeinem Grunde wollte er sich diesen Zuhälter und seine sogenannte Schwester «mal ansehen».

Die Freta war eine dunkle, enge Straße, während die Franziskanerstraße von Gaslaternen erhellt war; auch aus den Läden, die trotz der Vorschriften noch geöffnet waren, fiel Licht auf die Straße. Es waren jüdische Geschäfte, die mit Leder und Schnittwaren, mit Gebetbüchern und Federn handelten. Sogar in den Wohnungen der Obergeschosse wurden Geschäfte gemacht, und durch die Fenster konnte man in alle möglichen Fabriken und Werkstätten hineinsehen. Da wurde Garn gewickelt und Unterwäsche gestrickt, da wurden Tüten geklebt oder Wäsche und Schirme genäht. Aus den Höfen hörte man sägen und hämmern, und die Maschinen brummten und summten wie mitten am Tage. In den Bäckereien herrschte Hochbetrieb, ihre Schornsteine spien Rauch und Asche. Aus den Abwässern in den breiten Rinnsteinen stieg ein vertrauter Gestank auf – eine Erinnerung an Piask oder Lublin. Junge Männer mit langem Kaftan und gekräuselten Schläfenlocken gingen, die Gemara unterm Arm, vorüber. Es gab hier sowohl eine Talmudschule als auch chassidische Schulhäuser. Die wenigen vorüberfahrenden Droschken waren so mit Paketen vollgeladen, daß man die darin Sitzenden kaum sah. Erst an der Ecke der Malewska fand Jascha eine leere Droschke. Sewtel war vom Lärm und Gedränge ganz taumelig. Als sie in den Wagen kletterte, verhedderte sie sich in den Fransen ihres Schals, und sobald sie saß, klammerte sie sich an Jaschas Ärmel. Als die Droschke um eine Ecke bog, schien Sewtel die Bewegung mitzumachen. «Wenn mir jemand gesagt hätte, ich würde heute mit dir in einer Droschke fahren – ich hätte ihn ausgelacht.»

«Ich habe es auch nicht erwartet.»

«Hier ist es ja taghell. Bei dem Licht könnte man Erbsen auspahlen.»

Sie drückte Jaschas Arm und zog ihn an sich, als erwachte ihre Liebe im strahlenden Glanz der Verkehrsstraße von neuem.

Auf der Genscha wurde es wieder dunkler. Ein Leichenwagen rollte vorüber; kein Trauernder begleitete den Toten, den sie da im Finstern zu Grabe trugen, und Jascha dachte: vielleicht so einer wie ich. Weiter oben, bei der Dzika-Allee riefen Straßenmädchen die Vorübergehenden an. Jascha deutete auf sie. «So etwas will er aus dir machen.»

Auf der Nizka war es nahezu stockdunkel. In den Kugeln der wenigen verrußten Straßenlaternen brannte trübes Licht. Die Rinnsteine waren voller Schlamm, als wäre es nicht Sommer, sondern die Zeit der Herbstregen, kurz nach dem Laubhüttenfest. Sie kamen an mehreren Holzplätzen und Werkstätten von Grabsteinmetzen vorüber. Das Haus, in dem Sewtel wohnte, war nicht weit von der Smotscha und dem jüdischen Friedhof. Jascha und Sewtel traten durch eine in den Holzzaun eingelassene Tür, gingen die außen am Haus angebrachte Treppe hinauf und gelangten in eine rosa gestrichene Küche, die durch eine Petroleumlampe mit ausgefranstem Papierschirm erhellt wurde. Alles war mit Papierfransen verziert: der Herd, der Küchenschrank, die Geschirregale. In einem Sessel saß eine Frau mit üppigem gelbem Haar, gelben Augen, Hakennase und spitzem Kinn. Ihre Füße in roten Pantoffeln ruhten auf einem Fußschemel. Neben ihr lag eine schlafende Katze. In der Hand hatte sie eine Männersocke, die sie zum Stopfen über ein Glas gezogen hatte. Sie blickte halb überrascht auf.

«Frau Miltz, das ist der Herr aus Lublin, von dem ich Euch erzählt habe, der Zauberkünstler.»

Frau Miltz steckte die Nadel in die Socke.

«Sie redet die ganze Zeit von Ihnen. Der Zauberkünstler hat dies getan, der Zauberkünstler hat das getan. Sie sehen gar nicht wie ein Zauberkünstler aus.»

«Wie sehe ich denn aus?»

«Wie ein Musikus.»

«Früher hab ich einmal die Fiedel gestrichen.»

«Wirklich? Na, kommt ja nicht drauf an, was man macht, solange man – Sie wissen schon, was.» Und sie rieb den Daumen in der Handfläche. Jascha paßte sich sofort ihrem Ton an.

«Das ist nicht gelogen. Geld ist ein Dieb.»

«So ein Mädel – kaum in Warschau angekommen, und schon geht sie überall hin», sagte Frau Miltz halb geringschätzig, halb bewundernd. «Wie habt Ihr ihn gefunden? Ich hatte schon Angst, sie würde sich verirren. Wieso wohnen Sie in der Freta?» fragte sie Jascha. «Da wohnen doch nur Gojim.»

«Gojim gucken nicht in anderer Leute Töpfe.»

«Wenn man einen Deckel auf den Topf tut, kann nicht mal ein Jude reingucken.»

«Ein Jude würde den Deckel heben und schnuppern.»

Die Augen der gelben Frau funkelten. «Bei mir wird keiner so dumm sein, solange ich lebe und atme», sagte sie halb zu Sewtel, halb zu sich. «Setzen Sie sich. Sewtel, bringt einen Stuhl.»

«Wo ist Euer Bruder?» fragte Sewtel.

Die Frau hob die gelben Augenbrauen. «Was heißt das? Willst du mit ihm Vertrag machen?»

«Der Herr möchte ihn sprechen.»

«Er ist im Hinterzimmer und zieht sich an. Er muß gleich weggehen. Nehmt doch Euern Schal ab; schließlich haben wir Sommer und nicht Winter.»

Nach einigem Zögern legte Sewtel das Umschlagtuch ab.

«Er wird eine Droschke nehmen müssen. Er wird von irgendwelchen Kaufleuten erwartet», bemerkte Frau Miltz wie zu sich selbst.

«Womit handelt er denn? Mit Vieh?» fragte Jascha, über seine eigenen Worte verblüfft.

«Warum ausgerechnet Vieh? Wo er herkommt, da gibt es Vieh genug.»

«Er handelt mit Diamanten», warf Sewtel ein.

«Ich bin auch Fachmann in Diamanten», prahlte Jascha. «Sehen Sie sich mal den an.» Und er zeigte ihr den großen Diamantring, den er am kleinen Finger trug. Die Frau betrachtete erstaunt den Diamanten, dann setzte sie eine vorwurfsvolle Miene auf, und ein verbittertes Lächeln spielte um ihren Mund.

«Mein Bruder ist ein beschäftigter Mann. Er hat keine Zeit für müßiges Gerede.»

«Ich will mit ihm Tacheles reden», sagte Jascha, von seiner eigenen Frechheit überrascht.

Die Tür ging auf, und ein großer, beleibter Mann trat ein. Sein Haar war ebenso gelb wie das der Frau. Er hatte eine breite Nase, dicke Lippen, vorstehende gelbe Augen und ein rundes Kinn, das in der Mitte gespalten war. Eine sichelförmige Narbe zog sich entstellend über seine Stirn. Er trug kein Jackett, nur eine Hose und ein kragenloses steifes Hemd und an den Füßen Lackschuhe, die nicht zugeknöpft waren. Durch das offenstehende Vorhemd sah man seine reichlich gelb behaarte, breite Brust. Jascha merkte sofort, was für einen Halsabschneider er vor sich hatte. Auf dem Gesicht des Mannes lag das Lächeln des Horchers, der das Gehörte wohl zu nutzen weiß. Er war ganz Gutmütigkeit, Vertrauen und Gerissenheit, ein Riese, der weiß, daß er unbesiegbar ist. Die Frau sagte zu ihm: «Hermann, das ist dieser Zauberkünstler, Sewtels Freund.»

«Ein Zauberkünstler? Recht so», sagte Hermann liebenswürdig. Mit glitzernden Augen drückte er Jascha die Hand: «Scholem Alejchem Euch.» Es war mehr eine Kraftprobe als ein Händeschütteln. Jascha nahm den Wettkampf auf und drückte mit aller Kraft. Sewtel setzte sich auf den Rand der Metallbettstelle, in der sie schlief. Schließlich ließ Hermann los.

«Wo seid Ihr her?» fragte Jascha.

Hermanns vorstehende Augen sprühten vor Lachen. «Wo bin ich nicht her? Ich bin in der ganzen Welt zu Hause. Warschau ist Warschau, und Lodz ist Lodz! Man kennt mich in Berlin, und in London bin ich auch kein Fremder.»

«Wo lebt Ihr jetzt?»

«Wie es im Alten Testament geschrieben steht: ‹Der Himmel ist mein Stuhl und die Erde meine Fußbank.›»

«Das Alte Testament kennt Ihr also auch.»

«O ja, und Ihr auch?»

«Ich habe es einmal studiert.»

«Wo? In einer Talmudschule?»

«Nein, bei einem Lehrer, und eine Zeitlang im Lehrhaus.»

«So wahr mit Gott helfe, ich habe selber einmal den Talmud studiert», sagte Hermann in liebenswürdig-vertraulichem Ton. «Aber das ist lange, lange her. Ich esse gern, und in der Talmudschule kriegte man nichts zwischen die Zähne. Da hab ich mir die Sache überlegt und mir gesagt: das ist nichts für mich. Ich bin nach Berlin gegangen, um Medizin zu studieren, aber das Plusquamperfekt von der deutschen Grammatik wollte mir nicht in den Kopf. Die deutschen Mädels haben mir schon mehr zugesagt. Da bin ich denn nach Antwerpen gegangen und Diamantenschleifer geworden, aber dann hab ich gemerkt, daß man mit Schleifen kein Geld machen kann, bloß mit Verkaufen. Ich spiele gern Würfel und glaube an den alten Spruch: ‹Nur keine Falten im Bauch.› Irgendwie bin ich dann nach Argentinien gekommen. Neuerdings sind sehr viele Juden da hingegangen. Sie kommen mit einem Bündel auf der Schulter, und plötzlich sind sie Geschäftsleute. Wir nennen sie *Quentiniks*, auf deutsch heißen sie *Hausierer*, in New York *Peddler*, aber was macht das schon für einen Unterschied? Diese Stellenvermittlerin – wie heißt sie doch gleich? – hat einen Sohn in Buenos Aires, und ich habe der Mutter seine Grüße gebracht. Da habe ich Sewtel getroffen. Was ist sie zu Euch, eine Schwester?»

«Nein, keine Schwester.»

«Von mir aus kann sie Eure Tante sein.»

4

«Hermann, du mußt gehen», unterbrach ihn die Frau, an der alles gelb war. «Die Kaufleute warten auf dich.»

«Laß sie warten. Auf wen hab ich alles schon gewartet! Wo ich herkomme, da eilt man sich nicht. Der Spanier sagt zu allem *mañana* – morgen; er ist faul, alles muß zu ihm ins Haus kommen. Da sind zum Beispiel die Steppen – sie nennen das *Pampas* –, wo das Vieh weidet. Wenn der sogenannte *Gaucho* Hunger hat, sticht er nicht etwa einen Bullen ab – dazu ist er zu faul; er nimmt sein Beil und hackt sich aus dem lebendigen Tier ein Beefsteak heraus. Das brät er mit Haut und Haaren, weil er zu faul ist, es auch nur abzuhäuten. Er behauptet, so schmeckt es ihm besser. Die Juden da drüben sind nicht faul, und darum verdienen sie auch viele *Pesos* – so nennen sie das Geld da. Das wäre alles gut und schön, wenn nicht zu viele Männer rübergekommen wären und zu wenig Evastöchter. Aber ohne Frau ist der Mann nur ein halber Leib, wie's im Talmud heißt. Ein Mädchen ist da drüben sein Gewicht in Gold wert. Ich meine das nicht im schlechten Sinne. Sie heiraten, und damit Schluß. Wenn die Ehe nicht klappt, ist nichts zu machen, denn Scheidung kommt nicht in Frage. Vielleicht hat man eine Schlange geheiratet, aber man muß dableiben – so wollen es die Priester. Was macht also der Mann? Er nimmt die Beine in die Hand und geht auf und davon. So dreht sich das Glücksrad. Eh Ihr Eure Schwester Dienstmädchen werden und anderer Leute Unterhosen waschen laßt, sollte sie lieber mit mir kommen, dann kriegt sie, was sie will.»

«Sie ist nicht meine Schwester.»

«Na, wenn schon? Wir in Buenos Aires fragen nicht nach dem Stammbaum. Die Abstammung ist nur für die Grabschrift gut, heißt es bei uns. Wenn man da rüber kommt, ist man wie neugeboren. Was für Kunststücke macht Ihr?»

«Alle möglichen.»

«Spielt Ihr Karten?»

«Dann und wann.»

«Auf dem Schiff hat man nichts anderes zu tun, da würde man ohne Karten verrückt. Eine Bruthitze, und wenn man über den – wie sagt man noch? – Äquator fährt, könnte man ersticken. Die Sonne steht direkt über einem. Nachts wird es sogar noch heißer. Wenn man an Deck geht, wird man gebraten wie ein Tscholent im Ofen. Was bleibt einem also übrig? Die Karten. Auf der Fahrt hierher hat so ein Kerl mich zu betrügen versucht. Ich hab ihn bloß angesehen und gesagt: ‹Bruder, was guckt da aus deinem Ärmel? Das fünfte As?› Er wär mir gern an die Kehle gesprungen, aber mir macht man nicht so leicht Angst. Bei uns zu Hause hat jeder seinen Revolver bei sich. Wenn einer zu frech wird – gleich hat er den Bauch voller Löcher. Ich habe also auch meinen Revolver bei mir, wie jeder andere. Wollt Ihr mal einen argentinischen Revolver sehen?»

«Warum nicht? Ich habe auch so was bei mir.»

«Zu was braucht Ihr das, für Eure Kunststücke?»

«Vielleicht.»

«Na, jedenfalls, der Kerl hat gemerkt, daß er's nicht mit 'nem dummen Jungen zu tun hatte. Er hat die Karten zu zinken versucht, aber ich hab ihn erwischt. Sewtel sagt, Ihr macht Kartenkunststükke. Was könnt Ihr denn?»

«Betrügen nicht.»

«Was dann?»

«Gebt mit ein Spiel Karten, und ich werd's Euch zeigen.»

«Hermann, du mußt gehen», sagte Frau Miltz ungeduldig.

«Nun laß doch, hetz mich nicht so, das Geschäft läuft mir nicht weg, und wenn schon, dann ist mir's auch egal. Wißt Ihr was? Wir setzen uns ins andere Zimmer und essen was.»

«Ich bin nicht hungrig», log Jascha.

«Ihr braucht nicht hungrig zu sein. Der Appetit kommt beim Essen, wie man sagt. Ihr Leutchen in Polen wißt ja gar nicht, was anständiges Essen heißt. Nudeln mit Hühnersuppe und Hühnersuppe mit Nudeln. Was sind Nudeln überhaupt? Nichts wie Wasser. Damit bläht man sich bloß den Bauch auf. Der Spanier tut es nicht unter einem dreipfündigen Beefsteak, das gibt Mark in die Knochen. Man kommt zu einem Spanier in die Wohnung, und da liegt er am hellichten Tag und schläft wie ein Klotz. Und höllisch heißt ist es da drin, und die Fliegen saugen einem das Blut aus wie Blutegel. Im Sommer fängt das Leben erst abends richtig an. Wenn da drüben einer nur so viel Geld hat, daß er entweder essen oder eine Hure bezahlen kann, dann geht er zur Hure. Und irgendwie verhungert keiner dabei. Mögt Ihr Wodka?»

«Ja, hin und wieder.»

«Dann kommt, trinken wir ein Gläschen. Rejtsele, hol uns irgendwas», sagte Hermann zu der gelblichen Frau. «Der Spanier schwärmt für Zauberei. Für einen guten Trick würde er seine Seele verkaufen.»

Die Einrichtung des Wohnzimmers bestand aus einem Tisch mit Wachstuchdecke, einem Sofa und einem Kleiderschrank. An der Decke hing eine Petroleumlampe, die fast ausgegangen war, und Hermann schraubte den Docht höher. Stapel von Kisten und mit Aufklebzetteln bepflasterten Koffern standen überall herum. Auf einem Stuhl lagen ein steifer Kragen und ein Spazierstock mit silbernem Knauf, und über der Stuhllehne hing ein Jackett. Es roch geradezu nach fremden Ländern und fernen Küsten. An der Wand hingen zwei Fotografien: ein weißbärtiger Mann und eine Frau mit üppiger Perücke.

«Setzt Euch», sagte Hermann. «Meine Schwester wird uns gleich was Leckeres zu essen bringen. Sie könnte sich eine bessere Wohnung leisten, aber sie hat sich an diese gewöhnt und will nicht umziehen. Drüben bei uns sind die Häuser nicht so groß, man macht alles draußen im Hof – im sogenannten *Patio*. Der Spanier steigt nicht gern Treppen. Die ganze Familie sitzt draußen und trinkt eine Art Tee – *Mate* – alle aus einem Strohhalm, der von Mund zu Mund geht. Man muß erst auf den Geschmack kommen; anfangs schmeckt es wie Grabenwasser mit Lakritzenmilch, aber man gewöhnt sich an alles. In Nordamerika zum Beispiel kauen alle Leute Tabak. Eins muß man wissen: es ist überall dieselbe Welt. In Buenos Aires fressen sie auch keine Menschen. Seht mich an – mich hat noch keiner aufgefressen.»

«Vielleicht habt Ihr jemand gefressen?»

«Heh? – Das ist gut! Ihr laßt Euch nicht dumm machen; wer seinen Verstand zusammenhält, der schöpft den Rahm ab. Ihr seid aus Piask?»

«Nein, aus Lublin.»

«Sewtel sagt, Ihr seid aus Piask.»

«Ihr seid selber ein Dieb.»

Hermann platzte vor Lachen.

«Ihr seid richtig, Ihr könnt so bleiben. Nicht jeder, der aus Piask kommt, ist ein Dieb, ebensowenig wie jeder, der aus Chelm kommt, ein Trottel ist. Das sind nur so Redensarten. Andererseits, wer stiehlt denn nicht? Meine Mutter, in Frieden soll sie ruhen, pflegte zu sagen: ‹Ehrlich ist beschwerlich.› Man kann alles machen, man muß nur wissen, wie. Ich, wie Ihr mich hier seht, hab schon in alles hineingerochen. Sewtel sagt, Ihr könnt jedes Schloß aufbrechen.»

«Stimmt.»

«Die Geduld hätte ich nicht. Zu was sich mit dem Schloß abquälen, wenn man die Tür einschlagen kann? Woran hängt eine Tür? Bloß an den Angeln. Aber das gehört alles der Vergangenheit an. Ich bin, wie man so sagt, ein Musterbürger geworden. Ich habe Weib und Kinder. Sewtel hat mir ihre ganze Geschichte erzählt, daß ihr Mann sie verlassen hat und so weiter. Wenn sie sich scheiden läßt, kann sie den reichsten Mann in Südamerika heiraten.»

«Wer würde sie denn scheiden – Ihr?»

«Was ist schon eine Scheidung – ein Stück Papier. Alles ist Papier, mein lieber Mann, sogar das Geld. Ich meine großes Geld, nicht das Kleingeld in der Tasche. Wer die Feder hat, schreibt. Moses war ein Mann, und darum hat er geschrieben, daß ein Mann zehn Weiber haben darf, aber wenn eine Frau einen anderen Mann ansieht, soll sie gesteinigt werden. Hätte eine Frau die Feder gehabt, dann sähe es genau umgekehrt aus. Hört Ihr mir eigentlich zu? Auf der Stawka wohnt ein Schreiber, einer von unsre Leut, wenn man dem zehn Rubel gibt, schreibt er einem eine gute Scheidung, mit Zeugenunterschriften, absolut rechtskräftig. Aber ich will niemanden zu was zwingen. Ich war bereit, ihr das Geld für die Schiffskarte vorzustrecken . . .»

Jascha hob plötzlich die Augenbrauen. «Pan Hermann, ich bin kein Dummkopf. Laßt Sewtel in Ruhe. Sie ist nicht die Ware, mit der Ihr handelt.»

«Was? Ihr könnt sie gleich wieder mitnehmen. Sie hat mich schon zwei Rubel gekostet, aber das schreibe ich ab als wohltätige Spende.»

«Wir brauchen Eure Wohltätigkeit nicht. Wieviel hat sie Euch gekostet? Ich werde alles bezahlen.»

«Immer mit der Ruhe, Ihr braucht nicht gleich aufzubrausen. Da kommt der Tee.»

5

Sie tranken Tee und aßen kleines Gebäck und Butterkuchen. Frau Miltz und Sewtel setzten sich zu ihnen. Hermann trank seinen Tee mit Marmelade und aß Butterkuchen, und von Zeit zu Zeit paffte er an einer dicken Zigarre, die auf einer Untertasse lag. Er bot auch Jascha eine Zigarre an, aber der lehnte ab.

«So eine Zigarre gibt's in ganz Warschau nicht», beklagte sich Hermann. «Das ist eine echte Havanna. Nicht euer nachgemachtes Zeug, sondern richtiger kubanischer Tabak. Jemand hat sie mir extra von da mitgebracht. In Berlin würden sie zwei Mark das Stück kosten. Ich habe gern alles erstklassig, aber man muß für alles bezahlen, und natürlich bezahlt man immer zuviel. Was ist eine Havannazigarre? Tabakblätter, kein Gold. Und was ist ein gutaussehendes Mädel? Auch nur Fleisch und Blut. Der Spanier ist sehr eifersüchtig. Man braucht bloß seiner Frau zuzulächeln – schon greift er nach dem Messer, aber zwei Straßenecken weiter hält er sich eine Geliebte, die von ihm Kinder hat. Nach einiger Zeit sieht die auch wie eine Vogelscheuche aus, und er muß sich nach frischer Ware umsehen. Wenn ich hier die polnischen Zeitungen lese, muß ich lachen. Was da für ein Unsinn drin steht! Da geht ein Mädchen sbends einen Krug Milch holen, schon kommt eine Kutsche vorbei, und sie wird hineingezogen. Später wird sie nach Buenos Aires geschafft und wie ein Kalb auf dem Markt verkauft. Ich bin jetzt schon seit Wochen hier, aber noch nie habe ich so eine Kutsche gesehen. Und wie wollen sie denn so ein Mädchen über die Grenze bringen? Etwa mit dem Schiff? Alles Unsinn, dummes Zeug. In Wirklichkeit gehen sie nämlich freiwillig. In dem bewußten Viertel trifft man Weiber aus allen Erdteilen. Ihr wollt eine Schwarze – bitteschön, eine Schwarze; Ihr wollt eine Weiße – Ihr könnt sie haben. Wenn Ihr hinter einer Litauerin aus Vilno oder Ajchischok her seid, braucht Ihr nicht lange zu suchen, oder wenn's Euch nach einem Warschauer Produkt gelüstet, werdet Ihr prompt bedient. Was mich betrifft, ich geh da nicht hin. Zu was brauch ich das? Ich habe Weib und Kinder. Aber die Zeitungen brauchen Leser. Wie ich gesagt habe: alles hängt davon ab, wer die Feder hat. Eins kann ich Euch sagen: drüben schicken die Männer die eigene Frau in dieses Viertel. Und warum? Weil sie zu faul sind, selber zu arbeiten. Na, wie wär's mit ein paar von Euren Kunststücken? Hier ist ein Spiel Karten.»

«Wenn du erst mit den Karten anfängst, wirst du überhaupt nicht mehr weggehen», sagte die gelbliche Frau.

«Morgen ist auch noch ein Tag.»

Hermann begann zu mischen, und Jascha sah sofort, daß er es mit einem Falschspieler zu tun hatte. Die Karten flogen wie von selbst durch Hermanns Hände. Aha! sagte Jascha sich. So ein Vogel bist du also! Nun, wir werden dir schon zeigen, daß es noch Gescheitere gibt als dich.

Jascha ließ den anderen mehrere Kunststücke vormachen: den Trick mit den drei Karten, den mit den vier Siebenen, den mit der ausgewechselten Karte. Jascha schüttelte den Kopf und schnalzte mit der Zunge «Ts, Ts, Ts . . .» Fast hätte er gesagt: diese Kunststücke habe ich schon als kleines Mädchen gemacht.

Es wurde immer später; wenn er noch zu Emilia gehen wollte, mußte er unverzüglich aufbrechen; trotzdem blieb er sitzen. Laß sie warten, wenn sie die Tugendhafte spielt! sagte eine gehässige Stimme in seinem Innern. Jascha wußte genau, daß die Langeweile sein schlimmster Feind war. Um ihr zu entrinnen, hatte er all seine Narrheiten begangen. Die Langeweile trieb ihn weiter wie mit Peitschenhieben, ihretwegen hatte er all diese Belastungen auf sich genommen. Jetzt aber langweilte er sich nicht. Er nahm das Kartenspiel, das Hermann ihm reichte. Daran, daß Hermann die Kaufleute warten ließ, um den Abend mit Jascha zu verbringen, konnte man sehen, daß ihn dieselbe Krankheit plagte – das Leiden, das die Unterwelt mit der anständigen Gesellschaft verbindet – die Kartenspieler in einer Diebshöhle mit den Spielern in Monte Carlo, den Zuhälter aus Buenos Aires mit dem Salonlöwen, den Halsabschneider mit dem terroristischen Revolutionär. Während Jascha die Karten mischte, markierte er sie mit dem Fingernagel.

«Zieht eine Karte», sagte er zu Hermann.

Hermann zog den Treffkönig.

Gewandt schob Jascha das Spiel wieder zusammen.

«Tut die Karte wieder hinein und mischt.»

Hermann tat wie angewiesen.

«Und jetzt ziehe ich Euern Treffkönig.»

Er zog den Treffkönig mit Daumen und Zeigefinger.

«Ich würde mir gern mal Eure Fingernägel ansehen.»

Jascha führte den einen Trick vor, Hermann den nächsten. Er schien alle Kartenkunststücke zu kennen. In seinen gelben Augen glitzerte die Schläue des Fachmannes, der sich für einen Amateur ausgibt. Er hatte nicht nur ein Spiel Karten im Haus, sondern ein Dutzend.

«Sieht mir so aus, als hättet Ihr eine Karte im Ärmel», bemerkte Jascha.

«Früher haben die Karten mich fasziniert. Aber das ist alles vorbei. Tot und begraben!»

«Ihr spielt nicht mehr?»

«Nur dann und wann ein Spielchen ‹Sechsundsechzig› mit meiner Señora.»

«Trotzdem möchte ich Euch etwas zeigen.»

Jascha nahm die Karten wieder zur Hand.

«Wählt eine Farbe.»

Nun führte Jascha einige Kunststücke vor, die Hermann nicht zu kennen schien. Ein fragendes Lächeln erschien auf seinem Gesicht. Er runzelte die Stirn, griff sich an die Nase und hielt sie eine Weile mit seiner großen, gelb behaarten Hand fest. Frau Miltz riß ungläubig die Augen auf: war es möglich, daß jemand noch gescheiter war als ihr Hermann? Sewtel zwinkerte Jascha zu, zeigte ihm ihre Zungenspitze und warf ihm eine Kußhand zu.

«Hallo, Rejtsele, hast du vielleicht 'ne Mohrrübe?»

«Warum 'ne Mohrrübe, warum keinen Rettich?» erwiderte sie spöttisch.

Es ging schon auf elf, aber die Männer dachten nicht an Aufhören. Für manche Kartenkunststücke brauchten sie Untertassen oder Becher, eine Schachtel oder ein Stück Pappe, für andere einen Ring oder Dominosteine, eine Uhr oder einen Blumentopf. Die Frauen waren ständig unterwegs, um die nötigen Requisiten herbeizuholen. Hermann begann zu schwitzen, er wischte sich wiederholt die Stirn.

«Zusammen könnten wir was zustande bringen.»

«Was zum Beispiel?»

«Wir könnten es mit der ganzen Welt aufnehmen.»

Rejtsele brachte Wodka, und die Männer stießen an und sagten Prosit, wie es in der großen Welt Sitte ist. Für Sewtel und sich selbst goß Rejtsele süßen Likör ein. Dazu aßen sie Eierplätzchen, Schwarzbrot und Schweizerkäse. Hermanns Ton wurde immer vertraulicher.

«Ich sehe Eure Sewtel bei der Vermittlerin. Sie ist hübsch und aufgeweckt, aber woher soll ich wissen, ob da alles stimmt? Sie sagt, ihr Mann hat sie verlassen, und ich denke: ‹Er gehe hin in Frieden. Ich werde ihr irgendwie helfen.› Erst später hat sie mir von Euch erzählt. Ein Zauberkünstler, hat sie gesagt, aber nicht alle Zauberkünstler sind gleich. Auch die Drehorgelmänner, die von Hof zu Hof ziehen, nennen sich Zauberkünstler. Ihr, Pan Jascha, Ihr seid wirklich ein Künstler! Einfach Klasse! Tiptop! Aber ich bin Euch um ein paar Jährchen voraus, und ich sage Euch: hier in Polen werdet Ihr's zu nichts bringen. Ihr mit Eurem Können gehört nach Berlin oder Parin, sogar nach New York. Auch London ist kein schlechtes Pflaster. Der Engländer läßt sich gern an der Nase rumführen und bezahlt sogar noch dafür. Bei uns in Südamerika würden sie Euch vergöttern. Sewtel sagt, Ihr könnt Leute einschläfern – wie nennt man das noch: Magnetismus? Was ist das übrigens? Gehört habe ich schon davon.»

«Hypnose.»

«Ihr könnt das, ja?»

«Ein wenig.»

«Ich habe das irgendwo gesehen. Und das Medium schläft wirklich?»

«Wie ein Klotz.»

«Das heißt, Ihr könntet Rothschild einschläfern und sein Geld klauen?»

«Ich bin Zauberkünstler, kein Verbrecher!»

«Ja, natürlich, aber trotzdem . . . Wie macht Ihr das?»

«Ich zwinge dem anderen meinen Willen auf.»

«Aber wie? Was es nicht alles gibt! Immer wieder was Neues. Ich hab mal eine Frau gehabt, die hat alles getan, was ich wollte. Wenn ich wollte, daß sie krank wird, wurde sie krank, und wenn ich wollte, daß sie wieder gesund wird, dann wurde sie gesund. Als ich ihr den Tod wünschte, tat sie die Augen zu.»

«Oh, das geht zu weit!» sagte Jascha nach einer Weile.

«Es ist die reine Wahrheit.»

«Hermann, jetzt redest du dummes Zeug!» sagte Rejtsele.

«Sie war mir im Wege. Liebe ist schön und gut, aber zuviel Liebe taugt nichts. Sie hat mich umstrickt wie eine Schlange, bis ich keine Luft mehr bekam. Sie war ein paar Jahre älter als ich und zitterte davor, daß ich sie verlassen könnte. Einmal gehe ich auf der Straße, und sie, wie üblich, immer hinterher. Ich denke, ich muß ersticken, und ich sage: ‹So geht es nicht weiter.› – ‹Was willst du?› fragt sie. ‹Daß ich sterbe?› – ‹Laß mich in Ruhe, weiter will ich nichts›, sage ich. ‹Das kann ich nicht›, sagt sie, ‹aber wenn du willst, falle ich tot um.› Anfangs hatte ich Angst, aber sie machte mich so verrückt, daß ich mir sagte: entweder sie oder ich. So fing ich denn an zu denken, daß . . .»

«Ich will kein Wort mehr hören! Ich will kein Wort mehr hören!» Rejtsele hielt sich die Ohren zu.

Eine Zeitlang war es so still, daß man den Lampendocht das Petroleum aufsaugen hörte. Jascha sah nach der Uhr. «Leute, ich bin ein geschlagener Mann!»

«Wie spät ist es denn?»

«In Pinschew bricht schon der Tag an. Also, ich muß laufen. Sewtel, bleib ein paar Tage hier. Ich werde alles bezahlen», sagte Jascha. «Hier wird dir nichts geschehen.»

«Klar, klar, wir werden uns schon einig werden», sagte Rejtsele.

«Wo rennt Ihr denn hin? Wo rennt Ihr denn hin?» fragte Hermann. «Hier kriegen es alle mit der Angst, wenn es ein bißchen spät wird. Was gibt's denn da zu fürchten? Bei uns in Buenos Aires bleiben wir die ganze Nacht auf. Winter und Sommer. Wenn wir ins Theater gehen, ist die Vorstellung gegen eins aus, und dann gehen wir nicht nach Haus, sondern in ein Café oder Restaurant, und da wird erst ein Beefsteak gegessen, und dann geht das richtige Trinken los. Wenn man nach Hause kommt, ist es schon Morgen.»

«Und wann schlaft Ihr?» fragte Sewtel.

«Zu was schlafen? Zwei Stunden Schlaf von vierundzwanzig ist mehr als genug.»

Jascha stand auf, um sich zu verabschieden. Er bedankte sich für die gastliche Aufnahme. Rejtsele sah ihn nachdenklich-fragend an. Sie schien ihm sogar ein Zeichen geben zu wollen, denn sie legte einen Augenblick den Finger an die Lippen.

«Ihr dürft Euch bei uns nicht als Fremder fühlen», sagte sie. «Wir sind keine Menschenfresser.»

«Wann kommt Ihr wieder?» fragte Hermann. «Ich habe etwas mit Euch zu besprechen. Wir beide müssen uns irgendwie einig werden.»

«Ich werde vorbeikommen.»

«Vergeßt es nicht.»

Rejtsele nahm die Lampe, um Jascha die Treppe hinunterzuleuchten. Sewtel ging neben ihm und nahm seinen Arm. Kindliche Fröhlichkeit überkam Jascha. Wie schön war es, jiddisch zu sprechen und in Hemdsärmeln Kunststücke vorzuführen! Es war hier wie in Piask, nur noch erheiternder. Dieser Hermann war offensichtlich ein weißer Sklavenhändler und Rejtsele seine Komplizin, aber da war noch etwas anderes, was er nicht herauskriegte. Er verstand nicht, wieso, aber in den wenigen Stunden ihrer Bekanntschaft hatte Hermann sich so benommen, als wäre Jascha ihm sehr sympathisch, und auch Rejtsele war ihm anscheinend wohlgesinnt. Wer weiß, was für Liebesfreuden so eine Frau einem Mann schenken konnte, was für seltsame Worte sie vielleicht im Kampf der Leidenschaft sprechen würde? Für einen Augenblick erhellte der Schein der Petroleumlampe den Hof mit seinen Holzstapeln. Dann schloß sich die Tür, und es war wieder dunkel. Sewtel schmiegte sich an Jascha.

«Kann ich nicht mit dir irgendwohin gehen?»

«Wohin? – Nein, heute nicht.»

«Jaschale, ich liebe dich!»

«Warte nur, und überlaß alles mir. Tu immer, was ich dir sage, was es auch ist.»

«Ich möchte bei dir bleiben.»

«Das wirst du. Ich nehme dich mit, wenn ich ins Ausland gehe. Ich werde keinen vergessen, der mir Gutes getan hat. Aber sei auf alles gefaßt, und stell keine Fragen. Und wenn ich verlange, daß du kopfstehst, dann tust du es. Verstehst du mich – oder nicht?»

«Doch.»

«Du wirst tun, was ich sage?»

«Ja, alles.»

«Jetzt geh wieder hinauf.»

«Wo willst du hin?»

«Da ist noch eine kleine dumme Sache, die ich heute erledigen muß.»

6

Auf der Nizka war es still und verlassen. Von einer Droschke war hier keine Rede. Jascha schritt ungewöhnlich leichtfüßig aus. Die Straße lag im Dunkel, doch über den bemoosten Dächern der Holzhäuser wölbte sich ein dicht mit Sternen besäter Vorstadthimmel. Jascha blickte hinauf und dachte: Was mögen sie wohl da oben von einem Menschen wie mir halten? Er ging die ganze Nizka entlang, bis er zur Dzika-Allee kam. Er hatte zu Sewtel etwas von einer kleinen dummen Sache gesagt, die er noch zu erledigen habe. Aber was für eine Sache? Er hatte den ganzen Tag geschlafen und war jetzt so frisch und munter, als wäre es Morgen! Eine seltsame Sehnsucht, Emilia jetzt aufzusuchen, überkam ihn. Es war verrückt – verrückt von A bis Z. Bestimmt war sie längst schlafengegangen, und außerdem war das Hoftor bestimmt verschlossen. Aber als er gestern nacht aus ihrem Fenster geklettert war, hatte er gemerkt, daß Türen und Tore für ihn kein Hindernis waren. Ihre Wohnung hatte einen Balkon, den er in einer Minute erklimmen konnte. Emilia hatte einen leisen Schlaf und würde ihn hören. Im übrigen konnte er ihr befehlen, ihn zu erwarten, dann würde sie die Balkontür öffnen (wenn die nicht ohnehin offenstand). Vielleicht gab sie heute ihren Widerstand auf . . .

Es war, als wären ihm durch ein Wunder Siebenmeilenstiefel gewachsen, denn schon war er auf der Dzika-Allee, und nach wenigen Minuten ging er die Rimarska entlang. Er blickte zur Bank hinüber: die Säulen schienen das Gebäude gleich riesigen Wächtern zu bewachen. Die Tore waren geschlossen, alle Fenster dunkel. Irgendwo in nächster Nähe mußten sich die Kellergewölbe befinden, in denen die Schätze lagerten. Aber wo? Das Gebäude war so weitläufig wie eine Stadt, zu deren Erforschung man eine lange Winternacht brauchen würde. Plötzlich fiel Jascha etwas ein: Emilias Dienstmädchen Jadwiga hatte ihm von einem älteren Gutsbesitzer erzählt, einem gewissen Kasimir Zaruski, der vor einigen Jahren sein Land verkauft hatte und sein Geld in einem Stahlschrank in seiner Wohnung aufbewahrte. Er wohnte auf der Marszalkowska in der Nähe der Prozna, nur mit einer schwerhörigen alten Dienstmagd, Jadwigas Freundin, zusammen. Jascha hatte damals der Geschichte so wenig Beachtung geschenkt, daß er sich nicht einmal die Adresse aufgeschrieben hatte. Es hatte ihm ferngelegen, sie mit seinen Plänen in Zusammenhang zu bringen, zumal Jadwiga in diesem Haushalt aus- und einging. Jetzt jedoch fiel ihm alles wieder ein, und er sagte sich: Heute nacht muß es geschehen, denn heute habe ich die Kraft.

Von der Nizka zur Krolewska waren es mehrere Werst, aber Jascha legte sie in zwanzig Minuten zurück. Warschau lag in tiefem Schlaf, nur hier und da hörte man einen Nachtwächter ein Türschloß kontrollieren oder mit seinem Stab aufs Pflaster klopfen, als wolle er prüfen, ob etwa jemand einen unterirdischen Tunnel grabe. Da sind sie nun ewig auf der Hut, dachte Jascha, und doch ist nichts sicher, weder die Weiber noch Geld und Gut. Wer weiß, dachte er, seine Gedanken schweifen lassend, vielleicht ist selbst Esther ihm von Zeit zu Zeit untreu? Vielleicht findet er bei Emilia einen Liebhaber, wenn er sich in ihr Schlafzimmer stiehlt? So etwas kommt vor. Er stand jetzt unter ihrem Fenster und blickte hinauf. Noch vor ein paar Minuten hatte er die Idee, zu ihrem Balkon hinaufzuklettern, nicht nur für durchführbar, sondern für das einzig Richtige gehalten; jetzt, da er vor dem Haus stand, verwarf er ihn als schieren Unsinn. Man muß immer mit der Möglichkeit rechnen, daß sie aufwacht, ihn für einen Einbrecher hält und um Hilfe schreit, oder daß Jadwiga oder vielleicht Halina ihn hört. Emilia würde ihm bestimmt nie verzeihen. Die Zeit der Ritter ist lange vorbei, wir leben im prosaischen neunzehnten Jahrhundert. Jascha hatte im Geiste Emilia befohlen, aufzuwachen und ans Fenster zu kommen, aber diese Seite der Hypnose schien er noch nicht zu beherrschen, jedenfalls nicht so, daß er mit einer schnellen Wirkung rechnen konnte.

Nach einer Weile ging er weiter, die Marszalkowska entlang zur Prozna. Wenn es denn unausweichlich ist, sagte er sich, warum nicht heute nacht? Allem Anschein nach ist es mir so bestimmt, ist es Determination – heißt es nicht so? Wenn alles eine Ursache hat, wie die Philosophen behaupteten, wenn der Mensch lediglich eine Maschine ist, muß so gut wie alles von vornherein festgelegt sein. Er gelangte zur Prozna. In diesem Block gab es nur ein bewohntes Haus; gegenüber befand sich eine Baustelle mit aufgestapelten Ziegelsteinen und Sand- und Kalkhaufen. In dem bewohnten Haus war unten ein Schnittwarengeschäft, darüber lagen zwei Wohnungen mit je einem Balkon. Höchstwahrscheinlich wohnte der Gutsbesitzer nach vorn heraus, aber auf welcher Seite? Jascha wußte plötzlich, daß es die Wohnung zur rechten sein mußte, weil die Fenster zur linken teils mit Draperien, teils mit Gardinen verhängt waren, während auf der rechten Seite nur schäbige Vorhänge zu sehen waren, wie es sich bei einem Geizhals gehört. Nun also, jetzt oder nie! drängte eine Stimme in Jascha. Da du schon einmal hier bist, gibt es kein Zurück. Er kann sein Geld sowieso nicht mit ins Grab nehmen. Entschließ dich, die Nacht währt nicht ewig, mahnte die Stimme von neuem, fast im Ton eines Moralpredigers.

Der Balkon ließ sich leicht erklettern, da die Tür des Schnittwarengeschäfts mit einer Stange versperrt war und der Balkon auf den Köpfen dreier Statuen ruhte. Das ganze Haus strotzte von solchen Figuren und Ornamenten. Jascha setzte einen Fuß auf die Stange, hielt sich an dem Knie einer Göttin fest, und gleich darauf hing er an der Balkonbrüstung und schwang sich so leicht hinauf, als hätte sein Körper kein Gewicht. Einen Augenblick stand er lachend auf dem Balkon: wie möglich das Unmögliche in Wirklichkeit war! Das Öffnen der Balkontür erwies sich als schwieriger, weil sie von innen verschlossen war. Er zerrte heftig an der Tür und entfernte die Sicherheitskette mit dem Dietrich, den er stets bei sich trug. Das ging nicht ganz ohne Lärm ab, aber, so theoretisierte er, besser ein lautes Geräusch als langes, vorsichtiges Probieren. Ein Weilchen verhielt er sich ganz still für den Fall, daß jemand schreien sollte, dann trat er ein. Die Wohnung roch dumpfig, offenbar wurden hier selten die Fenster geöffnet.

Ja, hier muß es sein, dachte er triumphierend, man riecht ja den Moder und Schimmel! Die Straßenlaterne warf ein wenig Licht ins Zimmer. Obwohl Jascha keine Furcht empfand, klopfte sein Herz wie ein Schmiedehammer. Eine Weile stand er unbeweglich da, erstaunt darüber, daß der Gedanke so rasch zur Tat geworden war. Und wie seltsam: der von Jadwiga erwähnte Stahlschrank befand sich unmittelbar neben ihm, hochkant aufgestellt, lang und schwarz wie ein Sarg. Die Mächte, die das Menschenschicksal lenken, hatten ihn geradeswegs zu Zaruskis Schatz geführt.

7

Er sprach sich selbst Mut zu: Es darf nicht schiefgehen! Ich habe den Sprung gewagt, und jetzt muß ich es zu Ende führen. Er spitzte lauschend die Ohren: irgendwo in den Nebenzimmern schliefen Kasimir Zaruski und sein taubes Dienstmädchen. Kein Laut war zu hören. Was tue ich, wenn sie aufwachen? fragte er sich, aber er fand keine Antwort. Er legte die Hand an den Stahlschrank und fühlte die metallische Kühle. Bald hatte er das Schlüsselloch ausfindig gemacht, das er mit dem Zeigefinger betastete, um seinen Typ und Umriß festzustellen. Dann suchte er in seiner Tasche nach dem Dietrich, den er eben noch in der Hand gehabt hatte, aber er fand ihn nicht. Vielleicht in einer anderen Tasche? Er durchsuchte sämtliche Taschen, aber der Dietrich blieb verschwunden. Wo kann ich ihn nur hingetan haben? Das Pech fängt schon an! Er suchte weiter. Habe ich ihn fallenlassen? Dann müßte es ganz geräuschlos geschehen sein. Das Ding konnte ja nicht weit weg sein, aber es schien sich vor ihm zu verstecken. Wieder und immer wieder durchsuchte er seine Taschen. Nur jetzt keine Panik, das ist das Wichtigste! ermahnte er sich. Stell dir einfach vor, du ständest im Theater auf der Bühne. Er suchte noch einmal, ganz ruhig und bedächtig, aber der Dietrich war nicht da. Vielleicht Dämonen? flüsterte er halb im Scherz, halb im Ernst. Allmählich wurde ihm warm. Gleich würde er zu schwitzen anfangen, aber er hielt den Schweißausbruch zurück, so daß die Hitze sich in seinem Körper staute. Nun, dann muß ich eben etwas anderes finden. Er kniete sich hin und schnürte einen Schuh auf. Die Schnürsenkel hatten Metallspitzen, und mit so einer Spitze hatte Jascha schon einmal ein Schloß erbrochen. Aber noch bevor er den Schnürsenkel ganz herausgezogen hatte, wurde ihm klar, daß das dünne Metall für den Stahlschrank nicht fest genug war. In der Küche wäre wahrscheinlich ein Korkenzieher oder ein Feuerhaken zu finden gewesen, aber sich jetzt dorthin tasten, hieß das Unheil geradezu heraufbeschwören. Nein, ich muß diesen Dietrich finden! Er bückte sich und merkte erst jetzt, daß der Boden mit einem Teppich bedeckt war. Suchend fuhr er mit der Handfläche darüber. Treiben die Geister womöglich ihr Spiel mit mir? Gibt es wirklich so etwas wie Geister? Plötzlich kam ihm ein Gedanke: zu einem Stahlschrank mußte es einen Schlüssel geben, und dieser Schlüssel lag sicherlich unter dem Kopfkissen des alten Mannes. Jascha war sich der Gefährlichkeit des Unternehmens, unter dem Kopfkissen des Gutsbesitzers nach dem Schlüssel zu suchen, durchaus bewußt. Der Mann konnte aufwachen, und wer garantierte dafür, daß der Schlüssel wirklich dort lag? In dieser Wohnung gab es viele andere Verstecke. Aber jetzt war Jascha absolut sicher, daß der Schlüssel unter Zaruskis Kissen lag. Er sah ihn geradezu vor sich, den flachen Griff und den gezahnten Bart. Träume ich? Werde ich verrückt? überlegte er. Aber die unsichtbaren Mächte, die ihn seit Jahren beherrschten, befahlen ihm, ins Schlafzimmer zu gehen. «So ist es leichter», redeten sie ihm zu. «Da ist die Tür.»

Jascha ging auf Zehenspitzen zur Tür. Wenn sie nur nicht quietscht! betete er. Sie stand halb offen, er brauchte nur hindurchzugehen und stand im Schlafzimmer. Hier war es dunkler als nebenan; er konnte das Fenster nicht erkennen. Allmählich gewöhnten sich seine Augen an die Dunkelheit, und die formlosen Schatten wurden zu den Umrissen eines Bettes, einer Decke und eines Kissens – und auf dem Kissen ein Kopf, ein kahler Kopf mit leeren Augenhöhlen wie ein Totenschädel. Jascha erstarrte. Atmete der Alte überhaupt? Nichts war zu hören! Ist er wach? Oder hat er gerade in diesem Augenblick seinen letzten Seufzer getan? Stellt er sich vielleicht nur tot? Liegt er etwa auf der Lauer, wird er im nächsten Augenblick aufspringen und sich auf den Einbrecher stürzen? Alte Leute haben oft erstaunliche Kräfte. Und dann plötzlich schnarchte der Alte. Während Jascha nähertrat, hörte er ein metallisches Klirren und wußte sofort: der Dietrich. Er mußte an einem Knopf seines Anzuges hängengeblieben und jetzt zu Boden gefallen sein. War der Alte davon aufgewacht?

Jascha duckte sich, bereit, beim ersten Laut die Flucht zu ergreifen. Nein, töten könnte ich ihn nicht! Ich bin kein Mörder. Aber der Alte war wieder verstummt. Jascha bückte sich, um den Dietrich aufzuheben – er durfte keine Spuren hinterlassen –, aber der war wieder verschwunden. Dieses lächerliche Stück Draht gefiel sich darin, mit ihm Versteck zu spielen. Na ja, ich sehe schon, es ist eine Pechnacht. Die bösen Mächte haben es auf mich abgesehen. Irgend etwas in seinem Innern riet ihm, zu fliehen, da sein Glück ihn verlassen hatte, statt dessen aber näherte er sich wieder dem Bett und sagte sich verbissen: Ich muß diesen Schlüssel finden!

Er betastete das Kopfkissen, berührte dabei versehentlich das Gesicht des Alten und zog die Hand zurück, als hätte er sich verbrüht. Der Geizhals seufzte auf, als hätte er sich die ganze Zeit nur schlafend gestellt. Jascha wartete, bereit, Zaruski bei der Kehle zu packen und zu erdrosseln. Aber nein, der Mann schlief wirklich, sein Atem kam als dünnes Pfeifen aus den Nasenlöchern, wie man es nur bei Schlafenden hört. Anscheinend träumte er. Jascha, der jetzt besser sehen konnte, ließ die Hand vorsichtig unter das Kissen gleiten in der festen Überzeugung, den Schlüssel zu finden – aber da war nichts. Er hob das Kissen mit dem Kopf des Alten ein wenig an, konnte aber keinen Schlüssel entdecken. Diesmal hatte sein Instinkt ihn zum besten gehabt. Nun blieb ihm nichts anderes übrig als zu fliehen. Mach dich davon! riet ihm eine innere Stimme. Alles ist schief gegangen! Trotzdem begann er noch einmal am Boden nach dem Dietrich zu suchen, wohl wissend, daß er damit das Unheil heraufbeschwor, daß gleich etwas Furchtbares geschehen würde. Erst stinkigen Fisch gegessen und dann aus dem Bad gejagt, dachte er in Erinnerung an das alte jiddische Sprichwort. Es war ganz ähnlich in ihm aufgetaucht wie die Sätze aus der Schrift und aus der Cheder-Schule, die ihm mitten in der Nacht einfielen. Plötzlich fühlte er, daß er von Kopf bis Fuß schweißüberströmt war, als hätte man einen Kübel Wasser über ihn geschüttet. Ihm war so heiß und feucht, als säße er in einem Dampfbad. Aber er suchte weiter. Vielleicht solltest du den alten Kerl einfach ersticken! schlug eine Stimme, halb von innen und halb von außen, vor – ein Teil seines Ich, der nicht das letzte Wort hatte, aber ihm für gewöhnlich gerade dann, wenn er all seine Kräfte am notwendigsten brauchte, mit schlechten Ratschlägen und bösen, grausamen Scherzen kam.

Nun, es ist eine verlorene Sache, und ich werde gehen, dachte oder murmelte er. Er stand auf und schob sich rückwärts durch die halboffene Tür. Verglichen mit dem Schlafzimmer erschien es ihm im Salon sehr hell. Er konnte jeden Gegenstand erkennen, sogar die Bilder an den Wänden – die Rahmen, nicht die Gemälde selbst. Eine Kommode schien vom Boden aufzusteigen, und darauf erspähte er eine Schere. Etwas in ihm dachte: Gerade das brauche ich! Er nahm die Schere und ging zum Stahlschrank, dessen Schlüsselloch sich jetzt im Straßenlicht deutlich abzeichnete. Er steckte die Scherenspitze hinein und horchte, jetzt wieder ruhig, auf die Geräusche im Innern des Schlosses. Was war es für ein Schloß? Ein englisches nicht. Da die Klingen der Schere nach oben zu breiter wurden, konnte er nicht sehr tief bohren. Es schien kein sehr kompliziertes Schloß zu sein, aber irgend etwas darin konnte Jascha sich nicht erklären. Es war wie jene Kinderrätsel, über die man stundenlang nachgrübeln muß, wenn man sie nicht auf Anhieb lösen kann. Er brauchte ein Instrument, das tiefer in das Schloß hineinreichte.

Plötzlich kam ihm ein neuer Einfall. Er zog sein Notizbuch aus der Brusttasche, riß mehrere Seiten heraus und drehte sie zu einem steifen Kegel zusammen. Damit konnte man zwar kein Schloß aufbrechen, aber doch bis in seine Eingeweide vordringen. Doch der Papierkegel erwies sich als unbrauchbar, weil ihm die Festigkeit und Elastizität des Metalls fehlte. Dann werde ich eben ein andermal wiederkommen müssen, sagte Jascha sich. Es ist zu riskant, bis Tagesanbruch zu warten. Er warf einen Blick auf die Balkontür. Ein

Fehlschlag! Ein Fiasko! Zum erstenmal in seinem Leben! Was für eine schreckliche Nacht! Furcht überkam ihn, denn er wußte tief in seinem Innern, daß sein Pech nicht mit dieser Nacht zu Ende sein würde. Der Feind, der seit Jahren in ihm lauerte, den er jedesmal mit Kraft und List, mit den Zaubersprüchen und Beschwörungen, die jeder Mensch für sich lernen muß, hatte zurückschlagen müssen – dieser Feind hatte jetzt die Oberhand gewonnen. Jascha spürte seine Gegenwart – ein Dibbuk, ein Satan, ein unversöhnlicher Gegner, der ihn beim Jonglieren verwirren, ihn vom Seil stoßen, ihn impotent machen wollte. Zitternd öffnete er die Balkontür. Sein schweißnasser Körper schlotterte, als wäre es plötzlich Winter geworden.

8

Er wollte gerade hinunterklettern, als er auf der Straße Stimmen hörte. Zweifellos eine Patrouille, denn sie sprachen russisch. Hastig zog er den Kopf zurück. War er vielleicht schon beim Hinaufklettern beobachtet worden, und die Patrouille wartete auf ihn? Er stand in dem dunklen Zimmer und lauschte. Wenn sie ihn bemerkt hatten, saß er in der Falle. Aber nein, das war unmöglich, er hatte sich doch nach allen Seiten umgesehen, bevor er sich an den Aufstieg machte. Sicher kam die Patrouille nur zufällig vorüber. Er konnte sich noch immer nicht verzeihen, daß er so kläglich gescheitert war. Vielleicht sollte er noch einmal nach dem Dietrich suchen? Er ging wieder ins Schlafzimmer, ein Spieler, der alles verloren und kein Risiko mehr zu fürchten hat. In der offenen Tür blieb er stehen, entsetzt von dem grausigen Anblick, der sich ihm bot: das Gesicht des Alten schwamm in Blut. Kopfkissen, Bettdecke, das Nachthemd des alten Mannes – alles blutig. Herr der Welt, was ist hier geschehen? Ist er ermordet worden? Bin ich so vom Unglück verfolgt, daß ich in ein Haus einbrechen mußte, in dem ein Mord begangen worden ist? Aber er atmet doch, ich höre es ganz deutlich! Ist der Mörder noch hier? Jascha war wie gelähmt vor Angst. Dann aber stieg ein Lachen in ihm auf: was er für Blut gehalten hatte, war nur der Schein der aufgehenden Sonne, der vom östlichen Himmel her durchs Fenster fiel. Wie konnte ich mich nur so irren! dachte Jascha bestürzt.

Dann machte er sich wieder auf die Suche nach seinem Dietrich. Aber die Morgenröte hatte den Fußboden noch nicht erreicht, alles war noch in Finsternis gehüllt. Jascha tastete auf gut Glück den Boden ab. Plötzlich überkam ihn eine große Müdigkeit; die Knie wurden ihm schwach, und sein Kopf begann zu schmerzen. Obgleich er wachte, spann sein Geist ein Netz von Träumen – phantastische Fäden, die sich nicht fangen ließen und sich auflösten, sobald er danach griff. Jetzt war es zu spät zum Suchen, der Alte konnte jeden Moment aufwachen. Oder stellte der listige alte Geizhals sich doch nur schlafend? Gerade als er seine Suche aufgeben und sich aufrichten wollte, streiften seine Finger den Dietrich. Nun gut, so hinterläßt er wenigstens keine Spuren. Leise zog er sich ins Vorderzimmer zurück, in dem es nun auch hell geworden war. Die Wände wirkten grau wie Packpapier, der Raum schwamm in fahlem Morgenlicht. Mit zitternden Beinen ging er zum Stahlschrank, steckte den Dietrich ins Schlüsselloch und begann zu sondieren. Aber sein Ehrgeiz, seine Energie und Willenskraft waren erschöpft, und sein Kopf war schwer von Müdigkeit. Nein, jetzt wird es mir nicht gelingen, dieses altmodische Schloß aufzubrechen – offenbar ein hiesiges Fabrikat, von einem einheimischen Schlosser zusammengebastelt. Hätte ich wenigstens Wachs bei mir, um einen Abdruck von diesem Meisterwerk zu nehmen! Aber sein leidenschaftlicher Wille hatte ihn verlassen, und er wußte nicht recht, worüber er sich mehr wundern sollte: über die Habgier, die ihn vorhin beseelt hatte, oder über die Gleichgültigkeit, die ihn jetzt überkam. Ein Weilchen probierte er noch an dem Schloß herum. Er schreckte vor einem Geräusch zusammen – dann merkte er, daß er selbst geschnauft hatte. Der Dietrich hatte sich irgendwie verhakt und ließ sich weder nach rechts noch nach links drehen. Schon wollte er sich damit abfinden, ihn im Schloß stecken zu lassen, als es ihm gelang, ihn herauszuziehen.

Er trat auf den Balkon. Die Patrouille war verschwunden, kein Mensch war zu sehen. Die Gaslaternen brannten noch, aber das über den Dächern lagernde Dunkel war nicht mehr das des Nachthimmels, sondern die Düsternis der Morgendämmerung an einem bewölkten Tage. Die Luft war kühl und feucht. Schon begannen die Vögel zu zwitschern. Jetzt muß es sein, sagte er sich mit neuer Entschlossenheit und mit dem Gefühl eines Doppelsinnes hinter seinen Worten. Er machte sich an den Abstieg, merkte jedoch, daß seine Füße nicht so sicher waren wie sonst. Er suchte Halt auf den Schultern einer Statue, aber seine Beine waren zu kurz, und für einen Augenblick hing er an der Balkonbrüstung mit dem Gefühl, daß er gleich einschlafen würde. Dann fand sein Fuß eine Vertiefung in der Mauer. Nur nicht springen! ermahnte er sich, aber schon stürzte er ab, und er wußte sofort, daß er zu heftig auf dem linken Fuß gelandet war. Das fehlt mir gerade noch, eine knappe Woche vor der Premiere! Während er auf dem Gehsteig stand und aufzutreten versuchte, fühlte er den Schmerz. Jetzt hörte er auch das Geschrei – eine erschrocken krächzende Greisenstimme. Vielleicht der Gutsbesitzer? Jascha blickte hinauf, aber das Schreien kam von der Straße, und jetzt sah er den weißbärtigen Nachtwächter, der, einen dicken Knüppel schwingend, angelaufen kam. Anscheinend hatte er Jascha bei seinem Abstieg beobachtet, denn er setzte sein Pfeifchen an und stieß einen schrillen Pfiff aus. Jeden Augenblick konnte die Polizei kommen. Jascha lief flink und mühelos, seinen verletzten Fuß vergessend – wohin, wußte er selbst nicht. Nach seinem Tempo hätte man meinen können, seine Füße wären unversehrt, aber je länger er lief, desto spürbarer wurde der ziehende, stechende Schmerz, zwischen Zehen und Knöchel des linken Fußes. Entweder war es ein Bänderriß oder ein Knochenbruch.

Wo bin ich jetzt? – Er hatte die Prozna hinter sich und befand sich auf dem Grzybow-Platz. Das Schreien und Pfeifen war verstummt, aber er mußte sich trotzdem verstecken, wer weiß, ob die Polizei nicht aus einer anderen Richtung kam. Er hastete weiter zur Gnoyne, wo die Rinnsteine von Schlamm und Jauche starrten und eine Finsternis herrschte, als wäre die Sonne hier noch nicht aufgegangen. Geblendet vom Licht der Straßenlaternen, stolperte Jascha über die Deichsel eines Karrens. Diese Gegend war voll von Ladeplätzen, Märkten und Bäckereien, und überall roch es nach Rauch, Öl und Fett. Um ein Haar wäre er von einem Fleischerwagen überfahren worden. Er roch den stinkenden Atem der Pferdemäuler und mußte sich's gefallen lassen, daß der Fuhrmann ihn mit Flüchen überschüttete und ein Hausmeister ihm in gerechter Empörung mit seinem Besen drohte. Jascha retirierte auf den Gehsteig und fang sich vor dem offenen Tor zum Vorhof einer Synagoge. Gerade ging ein älterer Jude hinein, den Beutel mit dem Talit, dem Gebetsmantel, unterm Arm. Jascha stürzte ihm nach – hier werden sie nicht suchen!

Die Synagoge war anscheinend noch geschlossen, denn hinter ihren Bogenfenstern schimmerte kein Licht. Jascha ging weiter und kam zu einem Lehrhaus. Im Hof standen Kisten mit herausgerissenen Blättern aus heiligen Büchern. Die Luft war von scharfem Uringestank erfüllt. Jascha trat in das Gebäude, das zugleich Lehr- und Armenhaus zu sein schien. Eine einzelne Erinnerungskerze flackerte neben dem Gebetpult und beleuchtete die auf Bänken liegenden Männer – teils barfuß, teils in zerfetzten alten Schuhen, teils halb nackt, teils mit Lumpen zugedeckt. Der Raum stank nach Talg, Staub und Wachs. Nein, hier werden sie nicht suchen, wiederholte Jascha. Benommen setzte er sich auf eine leere Bank, um seinen schmerzenden Fuß auszuruhen. An seinen Schuhen und Hosen waren Flöckchen von Mist hängengeblieben, die er abgeschüttelt hätte, wäre das nicht eine Entweihung des heiligen Ortes gewesen. Während er auf das Schnarchen der Bettler horchte, vermochte er das, was ihm vergangene Nacht widerfahren war, noch immer nicht zu fassen. Sein Blick wanderte zur Tür, und er glaubte die Schritte der Polizisten, die ihn verhaften wollten, zu hören, ja, sogar die Hufschläge der berittenen Polizei. Dabei wußte er die ganze Zeit, daß er sich alles nur einbildete. Schließlich rief eine eingerostete Stimme: «Auf! Auf! Steht auf, ihr faulen Kadaver!» Es war der Synagogendiener. Eine Elendsgestalt nach der anderen setzte sich auf, erhob sich und rekelte sich gähnend. Der Synagogendiener riß ein Zündholz an, das für einen Augenblick seinen roten Bart aufleuchten ließ, ging zu einem Tisch und entzündete eine Petroleumlampe.

In diesem Augenblick fiel Jascha ein, von welcher Art das Schloß an Zaruskis Stahlschrank war und wie man es öffnen konnte.

9

Langsam schlurften die Obdachlosen hinaus, und die Beter begannen sich zu versammeln. Die Petroleumlampe warf im Licht des frühen Morgen einen bleichen Schein. Der Raum war weder dunkel noch hell, sondern lag gleichsam im Vortags-Zwielicht. Manche der Beter sprachen schon die ersten Gebete, andere gingen auf und ab. Beim Anblick der nebelhaften Gestalten mußte Jascha an die Sage denken, daß die Toten sich in den Synagogen zum Beten versammelten. Die Schatten in diesem Lehrhaus wogten hin und her wie ein Fluß und summten einen unirdischen Singsang. Wer sind diese Männer? Warum stehen sie so zeitig auf? überlegte Jascha. Wann schlafen sie? Ihm war zumute wie einem Menschen, der einen schweren Schlag auf den Kopf bekommen hat, sich jedoch seiner verwirrten Sinne bewußt ist. Obwohl er wach war, schlief irgend etwas in ihm den tiefen Schlaf der Mitternacht. Allmählich kam er zur Ruhe. Er untersuchte seinen linken Fuß: er tat jetzt sehr weh, ab und zu stach es wie mit Messern, dann wieder war es ein ziehender Schmerz, der im großen Zeh anfing und sich über den Knöchel bis zum Knie fortpflanzte. Magda fiel ihm ein. Was sollte er ihr sagen, wenn er nach Hause kam? Er hatte sie in den Jahren ihres Zusammenlebens oft grausam behandelt, aber diesmal würde die Kränkung schwerer sein denn je, das wußte er. Mit diesem verletzten Fuß konnte er keinesfalls bei der Premiere auftreten – aber warum sich jetzt darüber den Kopf zerbrechen? Er starrte ins Leere, und sein Blick fiel auf das Gesims der Heiligen Lade mit dem Täfelchen, auf dem die Zehn Gebote geschrieben standen. Noch gestern abend (oder war es noch immer heute?) hatte er zu Hermann gesagt, er sei ein Zauberkünstler, aber kein Dieb. Und doch war er gleich darauf fortgegangen, um einen Einbruch zu begehen. Benommen und verwirrt mühte er sich vergeblich, seine eigene Handlungsweise zu verstehen. Erstaunt sah er den Männern zu, die Gebetsmantel und Phylakterien anlegten, die Riemen befestigten und ihr Haupt verhüllten – als wäre er ein Goi, der so etwas noch nie gesehen hätte. Die erste Zehnzahl – die für den Gottesdienst vorgeschriebene Anzahl volljähriger Männer – war bereits zum Gebet versammelt. Junge Männer mit Schläfenlocken und Schädelkäppchen setzten sich zum Talmudstudium an die Tische, wiegten den Kopf, gestikulierten und schnitten Grimassen. Lange Zeit war kein Laut zu hören: die Gemeinde sprach das stille Achtzehngebet. Dann intonierte der Vorbeter das laute Achtzehngebet. Jedes einzelne Wort klang Jascha seltsam fremd und doch seltsam vertraut: «Gelobt seist Du, Ewiger, unser Gott und Gott unserer Väter, Gott Abrahams, Gott Isaaks und Gott Jakobs . . . der Du beglückende Wohltaten erweisest und Eigner des Alls bist . . . Du speisest die Lebenden mit Gnade, belebst die Toten in großem Erbarmen, stützest die Fallenden, heilest die Kranken, befreist die Gefesselten und hältst die Treue denen, die im Staube schlafen.»

Jascha übersetzte die hebräischen Worte und dachte über jedes einzelne nach. Ist es wahrhaftig so? fragte er sich. Ist Gott wirklich so gut? Er war zu schwach, um sich zu antworten. Eine Weile saß er mit offenen Augen in einer Art Halbschlaf und hörte gar nichts mehr. Dann raffte er sich wieder auf und hörte den Vorbeter sagen: «Nach Deiner Stadt Jeruschalaim kehre in Erbarmen zurück, wohne in ihr, wie Du gesprochen . . .»

Nun, das sagen sie schon seit zweitausend Jahren, dachte Jascha, aber Jerusalem ist noch immer verwüstet. Und sie werden es fraglos noch weitere zweitausend, nein, zehntausend Jahre lang sagen.

Der rotbärtige Vorbeter trat zu ihm. «Wenn Ihr beten wollt, werde ich Euch Gebetsmantel und Gebetsriemen holen. Es kostet bloß eine Kopeke.»

Obwohl Jascha ablehnen wollte, fuhr er sofort mit der Hand in die Tasche und zog ein Geldstück heraus. Der Vorbeter wollte herausgeben, aber Jascha sagte: «Behaltet es.»

«Deine Kraft erstarke», antwortete der Vorbeter auf hebräisch.

Am liebsten wäre Jascha noch davongelaufen. Seit Gott weiß wie vielen Jahren hatte er keine Gebetsriemen angelegt, und einen Gebetsmantel hatte er noch nie getragen. Aber bevor er nur aufzustehen versucht hatte, war der Vorbeter mit Gebetsmantel und Gebetsriemen wieder da. Auch ein Gebetbuch hatte er mitgebracht.

«Müßt Ihr Kaddisch sagen?»

«Kaddisch?» Richtig, das Gebet für die verstorbenen Eltern. – «Nein.»

Er war zu schwach zum Aufstehen, als hätte man ihn all seiner Kräfte beraubt. Außerdem fürchtete er, daß draußen die Polizei auf ihn warten könnte. Der Talit-Beutel lag neben ihm auf der Bank. Jascha nahm bedächtig den Gebetsmantel heraus und befühlte die Gebetsriemen. Alle schienen ihn anzusehen und abzuwarten, was er tun würde. In seiner Benommenheit hatte er das Gefühl, daß alles davon abhinge, wie er jetzt mit dem Gebetsmantel und den Gebetsriemen zurechtkommen würde. Wenn er sie nicht richtig handhabte, wäre es ein Beweis dafür, daß er sich vor der Polizei versteckte . . . Er versuchte den Gebetsmantel anzulegen und suchte nach der Halsborte oder Kante, die den über dem Kopf zu tragenden Teil kennzeichnet, fand aber nichts dergleichen. Die Schaufäden verwirrten sich in seinen Fingern, einer geriet ihm sogar – wie aus Mutwillen – ins Auge. Scham und Furcht erfüllten ihn, als wäre er ein unreifer Jüngling. Alle lachten ihn aus, die ganze Versammlung kicherte hinter seinem Rücken. Er legte, so gut er konnte, den Gebetsmantel um, aber er rutschte ihm wieder von den Schultern. Er nahm die Gebetsriemen heraus – aber welcher war für den Kopf und welcher für die Hand, und welchen legte man zuerst an? Vielleicht stand im Gebetbuch eine Anweisung? Er schlug es auf, aber die Buchstaben verschwammen vor seinem Blick, feurige Funken kreisten vor seinen Augen, und ihm wurde übel. Nur nicht ohnmächtig werden! ermahnte er sich. Er flehte zu Gott: Vater im Himmel, erbarm Dich meiner! Alles andere, nur das nicht! Es gelang ihm, die Ohnmacht zu überwinden. Er zog sein Taschentuch und spie hinein. Noch immer tanzten die Funken vor seinen Augen, auf und ab wie eine Wippe, grüne und blaue Funken, und in seinen Ohren brauste es wie Glockengeläut. Ein alter Mann trat zu ihm und sagte: «Kommt, ich will Euch helfen. Zieht den Ärmel aus. Nein, nicht den rechten, den linken . . .»

Welches ist meine linke Hand? Jascha zerrte am linken Ärmel, und wieder fiel ihm der Gebetsmantel von den Schultern. Schon hatte sich ein Kreis um ihn gebildet. Wenn Emilia mich so sähe! dachte er plötzlich. Das ist kein Zauberkünstler, das ist ein ungeschickter Bengel, der auf andere angewiesen ist, eine Zielscheibe ihrer Verachtung. Ja, das ist die Strafe Gottes!

Angst, Reue und Demütigung bemächtigten sich seiner. Erst jetzt wurde ihm klar, was er geplant und wie der Himmel seine Pläne durchkreuzt hatte. Ja, das erklärt alles: dort oben hat man es nicht zugelassen! Man will in den himmlischen Sphären nicht, daß ich zum Dieb werde! Es war wie eine Offenbarung. Er ließ mit sich geschehen, was die Männer wollten, als wenn man etwas gebrochen hat und sich von anderen bandagieren läßt. Der alte Mann wand die Riemen um Jaschas Arm und sprach die Benediktionen, die Jascha ihm wie ein Schuljunge nachsprach. Er hieß Jascha den Kopf beugen und legte den richtigen Gebetsriemen darum, dann schlang er die Handriemen so um Jaschas Finger, daß sie das hebräische Wort *Schadaj* – Allmächtiger – bildeten.

«Es muß lange her sein, daß Ihr gebetet habt», bemerkte ein junger Mann.

«Ja, sehr lange.»

«Nun, es ist nie zu spät.»

Und nun betrachteten ihn dieselben Juden, die ihn noch eben mit der Geringschätzung Erwachsener für ein törichtes Kind angesehen hatten, mit gutmütiger Neugier und freundschaftlichem Respekt. Jascha spürte deutlich die Liebe, die sie ihm entgegenbrachten. Das sind Juden wie ich, meine Brüder, sagte er sich. Sie wissen, daß ich ein Sünder bin, doch sie vergeben mir. Wieder überkam ihn die Scham, nicht wegen seiner Ungeschicklichkeit, sondern weil er diese Bruderschaft verraten und besudelt hatte, weil er bereit gewesen war, sie fortzuwerfen. Wie konnte ich nur? Schließlich stamme ich von Generationen gottesfürchtiger Juden ab. Mein Urgroßvater ist als Märtyrer zur Heiligung des Namens umgekommen. Und mein Vater hat mich an sein Sterbebett gerufen und gesagt: «Versprich mir, daß du Jude bleiben wirst.» Und er hat meine Hand genommen und in der seinen gehalten, bis der Todeskampf eintrat. Wie konnte ich das vergessen? Wie?

Der Kreis von Juden hatte sich zerstreut, und Jascha stand allein in Gebetsmantel und Gebetsriemen, das Gebetbuch in der Hand. Obwohl es in seinem linken Fuß zog und riß, fuhr er fort zu beten und sich die hebräischen Worte zu übersetzen: «Gelobt sei, der da sprach, und es ward das All, gelobt sei Er, gelobt, der den Anfang schuf, gelobt, der da spricht und erfüllet, gelobt, der verhängt und ausführt, gelobt, der sich Seiner Geschöpfe erbarmt, gelobt, der guten Lohn bezahlet denen, die Ihn fürchten . . .»

Wie sonderbar – jetzt glaubte er daran: Gott hat die Welt erschaffen. Er hat wirklich Erbarmen mit Seinen Geschöpfen. Er belohnt wirklich jene, die Ihn fürchten. Und während Jascha diese Worte intonierte, dachte er über sein Schicksal nach. Jahrelang hat er den heiligen Ort gemieden. Jetzt mit einemmal, im Lauf weniger Tage, ist er zweimal in ein Bethaus geraten: das erste Mal unterwegs, als das Gewitter ihn überraschte, und das zweite Mal jetzt. Jahrelang hat er mühelos die kompliziertesten Schlösser geknackt, und jetzt ist er an einem einfachen Schloß gescheitert, das jeder gewöhnliche

Geldschrankknacker in einer Minute gesprengt hätte. Hunderte von Malen ist er wer weiß wie hoch heruntergesprungen, ohne sich Schaden zu tun, und diesmal hat er sich beim Sprung von einem niedrigen Balkon den Fuß verletzt. Offenbar wollen die im Himmel nicht, daß er zum Verbrecher wird, daß er Esther verläßt, daß er zum Christentum übertritt. Wer weiß, vielleicht ist das der Fürbitte seiner verstorbenen Eltern zu verdanken. Wieder hob Jascha den Blick zum Gesims der Heiligen Lade. Jedes der Zehn Gebote hat er gebrochen oder zu brechen erwogen! Er ist nahe daran gewesen, den alten Zaruski zu erwürgen! Er hat sich nicht einmal gescheut, Halina zu begehren, das Netz, das sie umgarnen sollte, war schon gesponnen. Wie tief ist er in Frevelhaftigkeit versunken! Aber wie ist es dazu gekommen? Und wann? Jascha war von Natur ein gutherziger Mensch. Im Winter fütterte er die Vögel mit Brotkrumen, und er ging selten an einem Bettler vorüber, ohne ihm ein Almosen zu geben. Schwindler, Bankrotteure und Scharlatane waren ihm immer verhaßt gewesen. Er hatte sich stets seiner Ehrlichkeit und seiner strengen Moral gerühmt.

Da stand er mit gebeugten Knien, entsetzt über das Ausmaß seiner Erniedrigung und – was vielleicht noch schlimmer war – seiner Blindheit. Jahrelang hat er sich gesorgt und gequält, und dabei hat er den eigentlichen Kern des Problems übersehen. Er hat andere in den Schmutz gezogen und nicht gesehen – nicht sehen wollen –, daß er selbst immer tiefer im Sumpf versunken ist. Nur ein Faden hat ihn von dem endgültigen Absturz ins Bodenlose zurückgehalten. Die erbarmungsvollen Mächte haben es nicht dazu kommen lassen, sondern ihn hierher geführt, wo er nun in Gebetsmantel und Gebetsriemen, das Gebetbuch in der Hand, im Kreise ehrlicher Juden steht. Die Augen mit der Hand bedeckend, sang er «Höre, Israel!» Er sprach, jedes Wort bedenkend, die Achtzehn Segenssprüche. Er empfand lange vergessene Kinderfrömmigkeit, einen Glauben, der keiner Beweise bedarf, Gottesfurcht und aufrichtige Reue über seine Vergehen. Was hat er aus den weltlichen Büchern gelernt? Daß die Welt sich selbst erschaffen hat. Daß Sonne, Mond und Erde, Tiere und Menschen aus Nebel entstanden sind. Aber woher ist der Nebel gekommen? Und wie kann ein Nebel den Menschen erschaffen, mit Lunge und Herz, Magen und Gehirn? Da machen sie sich über die Gläubigen lustig, die Gott für den Schöpfer aller Dinge halten, und dabei glauben sie selbst an die Weisheit und Kraft einer unsichtbaren Natur, die sich ihrer eigenen Existenz nicht bewußt ist. Von den Gebetsriemen schien eine Ausstrahlung auszugehen, die bis in Jaschas Gehirn reichte, dort verschlossene Kammern öffnete, dunkle Winkel erhellte und alle Knoten entwirrte. Alle Gebete besagten dasselbe:

Es gibt einen Gott, der sieht und hört, der mit dem Menschen Erbarmen hat, der Seinen Zorn zügelt, der die Sünde vergibt, der den Menschen zu bereuen befiehlt, der die bösen Taten bestraft und die guten belohnt, in dieser und – was wichtiger ist – in der anderen Welt.

Ja, es gab andere Welten, Jascha hatte es immer gefühlt, und jetzt glaubte er sie fast zu sehen.

Ich muß wieder Jude werden! sagte er zu sich. Ein Jude wie all die anderen!

Siebentes Kapitel

1

Als Jascha wieder hinaustrat, lag die Gnoyne im Sonnenschein und war voll von Karren und Pferden, auswärtigen Kaufleuten und Fabrikanten, Verkäufern und Verkäuferinnen, die alle möglichen Waren feilboten. «Geräucherter Hering!» riefen sie, «Frische Beigel!», «Gekochte Eier!», «Kartoffelküchlein!» Durch die Tore rollten Lastwagen, beladen mit Holz und Mehl, mit Kisten, Fässern und anderen, mit Matten, Tüchern oder Säcken zugedeckten Waren. In den Läden wurden Öl und Essig, grüne Seife und Wagenschmiere verkauft. Jascha stand im Tor des Vorhofes und betrachtete das bunte Bild. Die Juden, die noch vor ein paar Minuten so inbrünstig gebetet und gesungen hatten: «Erhoben und geheiligt werde Sein großer Name in der Welt, die Er nach Seinem Willen erschaffen, und Sein Reich erstehe in eurem Leben und in euren Tagen und dem Leben des ganzen Hauses Israel schnell und in naher Zeit. Amen.» – dieselben Juden waren jetzt auseinandergelaufen, jeder in seinen Laden, seine Fabrik, seine Werkstatt. Unter ihnen gab es Herren und Untergebene, Meister und Gesellen. Es wollte Jascha so scheinen, als wäre zwischen Straße und Synagoge ein Widerspruch. Wenn diese die Wahrheit war, mußte jene falsch sein. Zweifellos war es die Stimme des Bösen, die ihm das einflüsterte, aber die Frömmigkeit, die ihn erfüllt hatte, als er in Gebetsmantel und Gebetsriemen im Bethaus stand, begann sich jetzt abzukühlen und zu verflüchtigen. Er hatte sich vorgenommen, heute zu fasten wie am Tag des Gerichts, doch nun forderte der nagende Hunger sein Recht. Der Fuß tat ihm weh, in seinen Schläfen klopfte es. Seine früheren Zweifel an der Religion regten sich wieder. Zu was all die Aufregung? fragte etwas in ihm. Wo ist der Beweis dafür, daß es einen Gott gibt, der unsere Gebete hört? Es gibt wer weiß wie viele Religionen auf der Welt, und jede widerspricht der anderen. Gewiß, du hast Zaruskis Stahlschrank nicht öffnen können und hast dir noch dazu den Fuß verletzt, aber was beweist das? Daß du nervös, erschöpft und verwirrt warst . . . Während des Betens hatte Jascha alle möglichen Entschlüsse gefaßt und strenge Gelübde abgelegt, aber die waren in den wenigen Minuten, die er hier stand, inhaltlos geworden. Konnte er wirklich so leben wie sein Vater? Konnte er tatsächlich seine Zauberei, seine Liebesaffären, seine Zeitungen und Bücher, seine moderne Kleidung aufgeben und Krämer oder Handwerker werden? Die Schwüre, die er im Bethaus getan hatte, klangen jetzt so übertrieben wie die Redensarten, die man einer Frau im Kampf der Leidenschaft zuflüstert. Er hob den Blick zu dem bleichen Himmel und sagte halblaut: Wenn Du willst, daß ich Dir diene, o Gott, offenbare Dich, tu ein Wunder, laß mich Deine Stimme hören, gib mir ein Zeichen!

Gerade da kam Jascha ein Krüppel entgegen, ein kleiner Mann mit schief gewachsenem Kopf, der sich vom Halse losreißen zu wollen schien. Auch seine verkrümmten Hände schienen im Begriff, von den Gelenken abzubrechen, selbst während er Almosen einsammelte. Seine Beine hatten anscheinend nur das Ziel, immer krummer zu werden, und sein Bart sah so aus, als wollte er sich jeden Augenblick losreißen. Die Finger waren verkrümmt – jeder nach einer anderen Richtung – und schienen unsichtbare Früchte von einem unsichtbaren Baum zu pflücken. Der Mann bewegte sich mit grotesken Hopsern, indem er den einen Fuß vorsetzte und den anderen scharrend und schlurfend nachzog. Aus seinem schiefen Mund hing zwischen schiefen Zähnen eine schiefe Zunge. Jascha zog ein Silberstück heraus und versuchte es dem Bettler in die Hand zu drücken, aber es gelang ihm nicht wegen der sonderbaren Verdrehungen des Krüppels. Auch ein Zauberer! dachte er voller Widerwillen. Er hatte es eilig, dem Krüppel das Geldstück zuzuwerfen und sich davonzumachen, aber der hatte anscheinend seine eigene Methode: er drängte sich dicht an Jascha heran und suchte ihn anzufassen wie ein Aussätziger, der darauf besteht, den anderen anzustecken. Die feurigen Funken tanzten wieder vor Jaschas Augen, als hätten sie nur auf ihre Gelegenheit gelauert. Er warf dem Bettler das Geldstück vor die Füße und wollte weglaufen, aber da begannen seine eigenen Füße wie die des Krüppels zu zittern und zu zucken.

Er erspähte eine Garküche und ging hinein. Der Boden war mit Sägespänen bestreut. Obgleich es noch früh am Tage war, saßen die Gäste schon beim Essen: Hühnersuppe mit Nudeln, Schmalzgebakkenes, Wurst, Bries und Möhrengemüse. Beim Geruch des Essens wurde Jascha übel, und er ernahmte sich: Ich darf so früh am Morgen solche Speisen nicht essen. Er wollte schon wieder hinausgehen, als eine dicke Frau ihm den Weg versperrte. «Was lauft Ihr weg, junger Mann? Hier wird Euch niemand beißen; unser Fleisch ist frisch geschächtet und streng koscher zubereitet.»

Was für eine Verbindung kann es zwischen Gott und dem Schächten geben? überlegte sich Jascha. Die Frau zog einen Stuhl heran, und er setzte sich an einen langen Tisch, an dem schon andere Gäste saßen.

«Ein Glas Wodka und ein Eierplätzchen?» schlug sie vor. «Oder gehackte Leber mit Weißbrot? Hühnersuppe mit Nudeln oder Buchweizen?»

«Bringt mir, was Ihr wollt.»

«So? Nun, ich werde Euch bestimmt nicht vergiften.»

Sie holte eine Flasche Wodka und ein Glas und einen Korb Eierplätzchen. Jascha nahm die Flasche, aber seine Hand zitterte so, daß er etwas Wodka aufs Tischtuch verschüttete. Einer seiner Tischgenossen rief ihm etwas zu, halb warnend, halb scherzend. Es waren Juden aus der Provinz in geflickten langen Röcken und ausgeblichenen, ungeknöpften Hemden. Einer hatte einen pechschwarzen Schnurrbart, der ihm bis an die Augen reichte. Ein anderer hatte einen roten Bart – wie der Kehllappen eines Hahns. Ein bißchen weiter unten am Tisch saß ein Jude im kleinen Gebetsmantel mit Schaufäden und Samtkäppchen, der Jascha an den Lehrer erinnerte, bei dem er die Anfangsgründe des Pentateuch gelernt hatte. Vielleicht ist er es überhaupt? dachte Jascha. Nein, er muß inzwischen gestorben sein. Vielleicht ist es sein Sohn? Vorhin im Bethaus war er unter den frommen Juden glücklich gewesen, jetzt fühlte er sich in ihrer Gesellschaft unbehaglich. Spricht man über den Wodka einen Segensspruch? überlegte er. Er bewegte die Lippen. Der erste Schluck zerschnitt ihm den Magen, ihm wurde schwarz vor den Augen, und seine Kehle brannte. Er langte nach einem Eierplätzchen, war aber nicht imstande, ein Stück abzubrechen. Was ist mit mir los? Bin ich krank? Was habe ich denn? Feindseligkeit und Scham erfüllten ihn. Als die Wirtin ihm Leber mit Weißbrot brachte, wußte er, daß er sich die Hände waschen und den Segen sprechen sollte, aber es gab hier keine Gelegenheit zum Waschen. Er biß ein Stück Brot ab, und der Mann im kleinen Gebetsmantel fragte: «Und was ist mit Eurer Handwaschung?»

«Er hat schon», antwortete der Mann mit dem schwarzen Bart spöttisch.

Jascha saß stumm am Tisch, verwundert darüber, wie rasch sich seine Sympathie in Ärger, Stolz und Einsamkeitsbedürfnis verwandelt hatte. Er kümmerte sich nicht mehr um die anderen, die bald über ihre eigenen Angelegenheiten zu reden begannen. Sie sprachen über alles auf einmal: Geschäfte, Chassidismus, fromme Wunder. So viele Wunder, dachte Jascha, und doch so viel Armut, Krankheit und Seuchen. Er aß die Hühnersuppe mit Grütze, die ihm den Magen aufblähte, und verjagte die Fliegen. Sein Fuß schmerzte unverändert.

Was soll ich jetzt tun? fragte er sich. Zum Doktor gehen? Aber was nützt mir ein Doktor? Der kennt nur ein Mittel – einen Gipsverband. Jod kann ich mir selber draufschmieren. Und wenn es nicht besser wird? Mit so einem Fuß kann man schwerlich einen Salto auf dem Seil machen. Je länger Jascha über seine Lage nachdachte, um so ernster erschien sie ihm. Sein Geld ist nahezu aufgebraucht – wie soll er mit dieser Verletzung seinen Lebensunterhalt verdienen? Was soll er Emilia sagen? Sie wird außer sich sein, weil er sich gestern nicht gezeigt hat. Und wie soll er Magda alles erklären, wenn er nach Hause kommt? Sie wird wissen wollen, wo er die Nacht verbracht hat, was kann er antworten? Was ist ein Mann wert, wenn seine ganze Existenz von einem Fuß abhängt – sogar seine Liebe! Das Richtige wäre, sich das Leben zu nehmen.

Er zahlte und ging. Wieder begegnete ihm der Krüppel. Der Mann drehte und wand sich noch genauso, als wollte er mit dem Kopf durch eine unsichtbare Wand. Wird er denn nie müde? dachte Jascha. Wie kann ein barmherziger Gott zulassen, daß ein Mensch solche Qualen leidet? Übermächtige Sehnsucht nach Emilia stieg in Jascha auf. Er mußte sie sehen, mit ihr sprechen. Aber so konnte er nicht zu ihr gehen, so schmutzig und unrasiert und mit bespritzten Hosenaufschlägen. Er hielt eine Droschke an und befahl dem Kutscher, ihn zur Freta, nach Hause, zu fahren. Den Kopf an die Wand des Wagens gelehnt, versuchte er ein wenig zu schlafen. Ich sollte mir vorstellen, daß ich tot wäre und zu meinem eigenen Begräbnis führe, dachte er. Durch die geschlossenen Augenlider sah er das wechselnde Tageslicht, bald rosenrot, bald kühl und schattig. Während er auf den Straßenlärm horchte und die scharfen Gerüchte einatmete, mußte er sich mit beiden Händen festhalten, um nicht vom Sitz zu fallen. Nein, sagte er sich, ich muß mich ändern. Dies ist kein Leben! Nie mehr einen Augenblick Seelenruhe! Ich muß die Zauberei und die Frauen aufgeben. Ein Gott und eine Frau, wie jeder andere . . .

Von Zeit zu Zeit öffnete er die Augen ein wenig, um zu sehen, wo er war. Sie kamen über den Platz mit der Bank, und das gestern so stille, schicksalsträchtige Gebäude wimmelte heute von Soldaten und Zivilisten. Ein gepanzerter Wagen mit Geld fuhr hinein, eskortiert von bewaffneten Wächtern. Als Jascha wieder blinzelte, sah er die neue Synagoge auf der Tlomacka, in der die reformierten Juden, die sogenannten «Deutschen», beteten und die Rabbis nicht jiddisch, sondern polnisch predigten.

Auch sie sind fromme Juden, überlegte Jascha, obwohl sie keine armen Leute in ihren Tempel lassen. Als er das nächste Mal hinausblickte, kamen sie an dem alten polnischen Zeughaus vorüber, das die Russen zum Gefängnis umgebaut hatten und hinter dessen Gittern wohl solche wie Jascha saßen. Als er in der Freta ausgestiegen war und die Treppe hinaufging, fühlte er zum erstenmal, wie schwer er verletzt war. Beim geringsten Anheben des Fußes hatte er stechende Schmerzen in der Fersengegend, so daß er ihn nur nachziehen konnte und sein Gewicht auf den gesunden Fuß legen mußte. Er klopfte an die Tür – denn er hatte keinen Schlüssel bei sich –, aber Magda machte nicht auf. Er klopfte lauter. War sie so wütend? Hatte sie sich etwa umgebracht? Er trommelte mit der Faust an die Tür – nichts. Er legte das Ohr an die Tür und hörte drinnen den Papagei kreischen. Dann fiel ihm der Dietrich ein, der noch in seiner Brusttasche stecken mußte. Trotz des Widerwillens, den er gegen diesen Zeugen seiner Demütigung empfand, öffnete er damit die Tür. Kein Mensch war in der Wohnung. Die Betten waren zwar gemacht, aber ob in der vergangenen Nacht jemand darin geschlafen hatte, war nicht zu entscheiden. Jascha ging in das Zimmer, wo die Tiere untergebracht waren. Bei seinem Erscheinen wurden sie ganz aufgeregt, jedes schien ihm in seiner Sprache etwas sagen zu wollen. Hunger oder Durst konnten sie nicht haben, denn die Käfige waren mit Futter und Wasser versorgt. Die Fenster waren geöffnet, um Luft und Sonne hereinzulassen. «Jascha! Jascha! Jascha!» kreischte der Papagei, dann klappte er den krummen Schnabel zu und sah seinen Herrn gleichsam hoffnungslos quengelig von der Seite her an. Jascha schien es, als wollte der Vogel sagen: «Du schneidest dich nur ins eigene Fleisch. Ich kann mir immer meine paar Körner verdienen.» Der Affe hüpfte auf und ab, und sein runzliges Gesichtchen mit den braunen Augen hatte den ängstlich-bekümmerten Ausdruck des Mannes im Märchen, der durch einen Zauber in ein Tier verwandelt worden ist. Er schien zu fragen: «Hast du noch nicht gelernt, daß alles eitel ist!» Die Krähe versuchte zu sprechen, aber aus ihrer Kehle kam nur ein menschenähnliches Krächzen, als bemühte sie sich, die menschliche Stimme nachzuahmen. Für Jaschas Ohren klang es so, als ob der Vogel ihm scheltend und spottend eine Moralpredigt hielte.

«Was soll aus euch werden?» sagte Jascha zu ihnen. «Zu was hab ich euch hierher geschleppt?» Die Stuten Kara und Schiwa – Staub und Asche – fielen ihm ein. Sie standen im Stall und wurden von Antonie, dem Pförtner, versorgt. Jascha hatte Sehnsucht nach ihnen und außerdem ein schlechtes Gewissen: an einem so schönen Tag hätten sie nicht in dem heißen Stall stehen, sondern auf einer grünen Weide grasen sollen.

Er ging wieder ins Schlafzimmer und legte sich angezogen aufs Bett. Eigentlich hatte er die Schuhe ausziehen und einen kalten Umschlag um seinen Fuß machen wollen, aber er war zu müde dazu. Er schloß die Augen und versank in eine Art Trancezustand.

2

Erst beim Aufwachen merkte er, wie tief er geschlafen hatte. Als er die Augen aufschlug, wußte er weder seinen Namen noch wo er war und was sich ereignet hatte. Er hörte jemanden an die Eingangstür hämmern, kam aber nicht auf den Gedanken, daß er aufmachen müßte. Sein Fuß tat sehr weh, aber auf die Ursache dieses Schmerzes konnte er sich nicht besinnen. Sein Inneres war wie versteinert, er konnte nur, erstaunt über diese Erstarrung, daliegen und auf das Zurückkehren der Erinnerung warten. Es klopfte wieder, und diesmal begriff er, daß er aufmachen mußte, und auch alles andere fiel ihm wieder ein. War das Magda? Aber sie hatte doch einen Schlüssel. Einen Augenblick blieb er noch wie gelähmt liegen, dann brachte er die Kraft auf, sich zu erheben und zur Tür zu gehen. Den linken Fuß konnte er kaum bewegen. Er schien sich entzündet zu haben, denn er fühlte sich heiß an, und der Schuh spannte. Jascha öffnete, und Wolski stand in der Tür. Er trug einen hellfarbigen Anzug, weiße Schuhe und einen Strohhut und sah so aufgeschwemmt und zerknittert aus, als hätte er nicht geschlafen. Seine jüdischen schwarzen Augen musterten Jascha wie mit heimlichem Spott, als wüßte er, was dieser letzte Nacht vorgehabt hatte. Jascha fuhr ihn ungeduldig an:

«Was gibt's denn? Worüber lacht Ihr?»

«Ich lache ja gar nicht. Ich habe ein Telegramm aus Jekaterinoslaw.»

Er zog das Telegramm aus der Tasche, und Jascha bemerkte seine tabakgelben Finger. Er las das Telegramm: es war ein Angebot für zwölf Vorstellungen an einem Theater in Jekaterinoslaw. Der Direktor garantierte eine anständige Gage und bat um sofortige Bestätigung. Jascha und Wolski gingen ins andere Zimmer, wobei Jascha sich bemühte, den linken Fuß nicht nachzuziehen.

«Wo ist denn Magda?»

«Einkaufen.»

«Wieso seid Ihr angezogen?»

«Soll ich vielleicht nackt rumlaufen?»

«Sonst geht Ihr doch nicht so früh am Morgen in Anzug und Schlips. Und wo habt Ihr Euch die Hose zerrissen?»

Jascha schien die Sprache verloren zu haben. «Wo ist sie denn zerrissen?»

«Gleich hier. Außerdem seid Ihr ganz schmutzig. Habt Ihr Euch geprügelt oder was?»

Jascha hatte bisher weder die Löcher an den Knien noch die Kalkflecke an seiner Hose bemerkt. Nach kurzem Zögern sagte er: «Ich bin von Strolchen überfallen worden.»

«Wann? Und wo?»
«Gestern abend, auf der Genscha.»
«Was habt Ihr auf der Genscha gemacht?»
«Jemand besucht.»
«Was für Strolche? Wieso haben sie Euch die Hose zerrissen?»
«Sie wollten mich ausrauben.»
«Um welche Zeit war das?»
«Um ein Uhr früh.»
«Ihr habt mir versprochen, früh zu Bett zu gehen. Statt dessen treibt Ihr Euch bei nachtschlafender Zeit herum und geratet in eine Straßenkeilerei. Wollt Ihr so gut sein, ein paar Schritte zu gehen!»
Jascha warf sich in die Brust.
«Ihr seid weder mein Vater noch mein Vormund.»
«Das nicht. Aber Ihr habt Euren Namen und Euren guten Ruf zu verlieren. Ich habe mich stets so liebevoll um Euch gekümmert, als wäre ich Euer leiblicher Vater. Ihr hinkt ja! Das habe ich schon gesehen, wie Ihr die Tür aufgemacht habt! Rollt bitte das Hosenbein hoch, oder noch besser, zieht die Hose ganz aus. Es nützt Euch gar nichts, mir was vorzumachen.»
«Nun ja, ich habe mich zur Wehr gesetzt.»
«Wahrscheinlich wart Ihr betrunken.»
«Klar, und ich habe auch ein paar Leute umgelegt.»
«Ha! Und das eine Woche vor der Premiere. Jetzt endlich könntet Ihr Euch einen Namen machen. Wenn Ihr in Jekaterinoslaw auftretet, steht Euch ganz Rußland offen. Statt dessen treibt Ihr Euch nachts Gott weiß wo herum. Zieht die Hose höher. Auch die Unterhose.»
Jascha tat wie befohlen. Unterhalb des linken Knies hatte er einen schwarzblauen Bluterguß und Hautabschürfungen. An seiner Unterhose klebte Blut. Wolski betrachtete sich den Schaden mit stummem Vorwurf.
«Was haben sie nur mit Euch gemacht?»
«Mich getreten.»
«Aber an der Hose sind Kalkflecke. Und was ist das da unten? Pferdemist?»
Jascha schwieg.
«Warum habt Ihr nicht was draufgetan? Wenigstens kaltes Wasser?»
Jascha antwortete nicht.
«Wo ist Magda? Sie geht doch sonst um diese Zeit nie aus.»
«Pan Wolski, Ihr seid kein Staatsanwalt, und ich bin bis jetzt noch kein Angeklagter. Was soll dieses Kreuzverhör?»
«Nein, ich bin nicht Euer Vater und auch kein Staatsanwalt, aber

ich bin für Euch verantwortlich. Ich will Euch nicht kränken, aber ich bin es, dem die Leute Vertrauen entgegenbringen, nicht Ihr. Als Ihr zu mir gekommen seid, wart Ihr ein gewöhnlicher Taschenspieler, der sich für ein paar Groschen auf den Märkten sehen ließ. Ich habe Euch aus der Gosse gezogen. Und jetzt, wo wir kurz vor dem Erfolg stehen, geht Ihr hin und betrinkt Euch oder was weiß ich. Schon vorige Woche hättet Ihr mit den Proben anfangen sollen, aber Ihr habt Euch nicht einmal im Theater sehen lassen. In ganz Warschau kleben schon die Plakate, die Euch als den größten Zauberkünstler aller Zeiten ankündigen – und Ihr zerschlagt Euch das Bein und ruft nicht einmal einen Arzt. Ihr habt seit gestern die Kleider nicht vom Leibe bekommen – jawohl, das ist die Wahrheit! Wahrscheinlich seid Ihr irgendwo aus dem Fenster gesprungen», setzte Wolski in verändertem Ton hinzu.

Jascha fröstelte es plötzlich.

«Wieso aus dem Fenster?»

«Sicher aus dem Fenster einer verheirateten Frau, weil der Ehemann unerwartet dazugekommen ist. Wir wissen mit so was Bescheid, ich bin doch kein heuriger Hase mehr. Jetzt zieht Euch aus und geht ins Bett. Ihr könnt keinem was vormachen, höchstens Euch selber. Ich werde einen Arzt holen. Alle Zeitungen sind voll von Eurem Salto auf dem Seil, es ist schon Stadtgespräch – und Ihr geht plötzlich hin und macht so was. Wenn Ihr jetzt versagt, ist alles aus.»

«Es wird bis zur Premiere wieder gut sein.»

«Vielleicht – vielleicht auch nicht. Zieht Euch aus. Da es ein Sprung war, würde ich mir gern das ganze Bein ansehen.»

«Wie spät ist es?»

«Zehn nach elf.»

Jascha wollte noch etwas sagen, aber in diesem Augenblick hörte er die Eingangstür aufschließen. Es war Magda. Sie kam herein, und Jascha riß staunend die Augen auf. Sie trug ihr Sonntagskleid, dazu hohe Knöpfstiefel, und auf dem Kopf hatte sie den mit Blumen und Kirschen garnierten Strohhut vom vorigen Jahr. Sie sah aus wie ein Bauernmädchen, das seinen Dienst in der Stadt antreten will. Sie schien über Nacht magerer, grauer und älter geworden, und ihr Gesicht war mit Wunden und Pusteln übersät. Als sie Wolski sah, wurde sie verlegen und wollte sich wieder zurückziehen. Wolski nahm den Hut ab – das Haar lag wie eine zerknitterte Perücke um seinen Schädel – und nickte ihr zu. Seine schwarzen Augen schossen väterlich besorgt zwischen Jascha und Magda hin und her, während er die Unterlippe vor Verdutztheit hängenließ.

3

«Pani Magda», sagte Wolski nach einem Weilchen in einem Ton, als ließe er sich nur ungern herbei, eine Moralpredigt zu halten. «Wir sind übereingekommen, daß Ihr auf ihn aufpassen werdet. Er ist ein Kind. Künstler sind wie kleine Kinder, manchmal sogar noch schlimmer. Nun seht, was er angestellt hat!»

«Ich bitte Euch, Pan Wolski, hört auf mit diesen Reden!» unterbrach ihn Jascha.

Magda antwortete nicht, sondern betrachtete schweigend die Wunde an Jaschas bloßem Bein.

«Wo bist du so früh am Morgen gewesen?» fragte Jascha. Zu spät wurde ihm klar, daß er damit seine nächtliche Abwesenheit verraten hatte, aber zurücknehmen konnte er es nicht. Magda fuhr hoch, und ihre grünen Augen blitzten so böse wie die einer wütenden Katze.

«Darüber werde ich dir später Rechenschaft geben.»

«Was geht zwischen euch beiden vor?» fragte Wolski im Ton eines älteren Anverwandten, und ohne die Antwort abzuwarten, fuhr er fort: «Na schön, ich werde einen Arzt holen müssen. Macht inzwischen kalte Umschläge. Habt Ihr vielleicht Jod im Haus? Wenn nicht, bringe ich welches aus der Apotheke mit.»

«Pan Wolski, ich will keinen Arzt!» sagte Jascha streng.

«Warum nicht? Ihr habt noch sechs Tage bis zur Premiere. Der Vorverkauf ist schon im Gange. Das halbe Theater ist ausverkauft.»

«Bis zur Premiere bin ich wieder gesund.»

«Dieser Fuß wird von selber nicht so schnell heilen. Warum habt Ihr solche Angst vor einem Doktor?»

«Ich muß heute ausgehen, habe noch etwas zu erledigen. Ich werde später zum Doktor gehen.»

«Wo müßt Ihr denn hin? Mit so einem Fuß könnt Ihr nicht herumlaufen.»

«Er muß zu einer von seinen Huren rennen!» zischte Magda. Ihr Mund zitterte, ihre Augen blickten ins Leere. Es war das erste Mal, daß die schweigsame, schüchterne Magda so etwas gesagt hatte, noch dazu vor einem Fremden. Sie hatte es im bäuerlichen Tonfall hervorgestoßen, nicht laut, und doch wirkte es wie ein schriller Schrei. Wolski verzog das Gesicht, als müßte er eine bittere Pille schlucken.

«Ich will mich nicht in Eure Angelegenheiten einmischen, und selbst wenn ich es wollte, hätte ich nicht das Recht dazu. Aber alles zu seiner Zeit. Wir haben jahrelang auf diesen Tag gewartet. Jetzt habt Ihr die Chance, berühmt zu werden. Wollt Ihr denn eine Stunde vor dem Sieg die Flinte ins Korn werfen?»

«Ich werfe gar nichts ins Korn.»

«Ich bitte Euch. Laßt mich einen Arzt holen.»

«Nein.»

«Nun gut, nein ist nein. Ich bin jetzt an die dreißig Jahre Impresario und habe gesehen, wie diese Artisten Selbstmord begehen. Jahrelang klettern sie den Berg hinauf, aber gerade wenn der Gipfel in Sicht kommt, stürzen sie ab und brechen sich Hals und Beine. Ich weiß nicht, woran das liegt. Vielleicht zieht es sie irgendwie in die Gosse. Was soll ich Kuzarski sagen? Er hat nach Euch gefragt. Im Theater ist eine Verschwörung gegen Euch im Gange. Und was soll ich dem Direktor in Jekaterinoslaw sagen? Ich muß dieses Telegramm beantworten.»

«Ich werde Euch die Antwort morgen sagen.»

«Wann morgen? Glaubt Ihr, daß Ihr morgen mehr wißt als heute? Und was soll die Zankerei zwischen euch beiden? Ihr müßt zusammen arbeiten. Ihr müßt zusammen proben, genau wie in anderen Jahren, dies Jahr vielleicht noch mehr. Es sei denn, Ihr wollt Euren Feinden einen Gefallen tun und Euch die Rache entgehen lassen.»

«Es wird schon alles klappen.»

«Nun gut, wie es bestimmt ist, so wird es sein. Wann soll ich wiederkommen?»

«Morgen.»

«Dann komme ich morgen früh, aber ich beschwöre Euch bei allem, was Euch heilig ist: tut etwas für Euren Fuß. Geht mal einen Schritt – laßt sehen! Ihr hinkt! Mir könnt Ihr nichts vormachen. Ihr habt Euch entweder was verstaucht oder was gebrochen. Macht heiße Bäder. Ich an Eurer Stelle würde nicht bis morgen warten. Vielleicht macht der Arzt einen Gipsverband – und was dann? Der Mob wird das Theater stürmen. Ihr wißt doch, in so ein Sommertheater gehen nicht die feinsten Leute. Da ist es nicht so wie in der Oper, wo der Direktor vor den Vorhang tritt und dem verehrlichen Publikum mitteilt, daß die Primadonna indisponiert ist. Hier wird gleich mit Steinen und faulen Eiern geschmissen.»

«Ich habe Euch doch gesagt, es wird alles klappen.»

«Hoffen wir das Beste. Manchmal bedaure ich es, daß ich nicht Heringsbändiger geworden bin.»

Wolski machte Jascha und Magda seine Verbeugung, ging vor sich hinbrummelnd durch den Flur hinaus und schlug die Tür hinter sich zu.

Das ist nun ein Goi, und er jammert wie ein Jude, dachte Jascha. Es reizte ihn zum Lachen, und er sah Magda aus dem Augenwinkel an. Sie war nachts nicht zu Hause, sagte er sich. Sie ist herumgelaufen. Aber wo ist sie gewesen? Ist sie zu dieser Art Rache fähig? Eifersucht und Ekel mischten sich in ihm. Am liebsten hätte er sie bei den Haaren gepackt, sie über den Fußboden geschleift und geschrien: Wo warst du? Wo? Wo? Aber er beherrschte sich. Er bildete sich ein, daß der Ausschlag in ihrem Gesicht mit jeder Sekunde schlimmer würde. Er entspannte die Faust, senkte den Kopf und starrte sein nacktes Bein an. Dann sagte er mit einem wütenden Blick zu Magda:

«Hol mir kaltes Wasser von der Pumpe.»

«Hol dir's doch selber.»

Und sie brach in Tränen aus. Sie stürzte aus dem Zimmer und schlug die Tür so heftig hinter sich zu, daß die Fensterscheiben klirrten.

Vielleicht lege ich mich noch eine halbe Stunde hin, sagte Jascha sich.

Er ging wieder ins Schlafzimmer und streckte sich aufs Bett. Sein Bein war jetzt so steif, daß er es kaum strecken konnte. Er lag auf dem Rücken und blickte durchs Fenster in den Himmel. Hoch über ihm flog ein Vogel, der von fern so klein wie eine Beere aussah. Was wird aus so einem Geschöpf, wenn es sich den Fuß oder den Flügel verletzt? Da gibt es nur einen Ausweg – den Tod. Ist es beim Menschen nicht genauso? Der Tod ist der Besen, der alles hinwegfegt – alles Böse, Verrückte und Schmutzige. Jascha schloß die Augen. In seinem Fuß klopfte und stach es. Er wollte den Schuh ausziehen, aber das Schuhband hatte sich verknotet. Die Schwellung hatte zugenommen, das Fleisch an den Zehen fühlte sich ganz schwammig und aufgequollen an. Wenn der Fuß nun in Brand übergeht? Wenn er abgenommen werden muß? Nein! Dann lieber tot! Nun ja, meine sieben Glücksjahre habe ich hinter mir. Man darf ihnen nicht trauen! rief er, wobei er nicht wußte, ob er die Frauen oder die Gojim oder eine Verbindung von beiden meinte. Kein Zweifel, auch Emilia hat den Teufel im Leib. Sein Kopf wurde ganz leer, und er lag in dem Zustand warmer Ermattung, der dem Schlaf vorausgeht. Er träumte, es wäre Pessach, nach dem Sederabend, und sein Vater sagte: «Ist das nicht komisch? Ich habe einen Groschen verloren!» «Papa, was sagst du da? Es ist doch Pessach!» «Oh, der Festtagswein hat mich betrunken gemacht.»

Der ganze Traum dauerte nur ein paar Sekunden. Jascha fuhr erschrocken auf, und die Tür öffnete sich, und Magda kam herein und brachte eine Schüssel Wasser und eine Serviette für die kalten Umschläge.

Sie warf ihm einen haßerfüllten Blick zu.

«Magda, ich hab dich lieb», sagte er.

«Abschaum! Hurenbock! Mörder!» Sie brach aufs neue in Tränen aus.

4

Jascha wußte sehr wohl, daß es der schiere Wahnsinn war, aber er mußte zu Emilia gehen. Er war wie ein Hypnotisierter, der die Befehle seines Meisters befolgen muß. Emilia erwartete ihn, und ihre Erwartung zog an ihm wie ein Magnet. Magda war wieder fortgegangen. Jetzt oder nie, dachte er, morgen kann es zu spät sein. Er beschloß, seinen Fuß zu ignorieren, und stand auf; er mußte sich rasieren, baden, sich umziehen. Ich muß alles mit ihr besprechen, sagte er sich, ich kann sie nicht so in der Luft hängen lassen. Als er sich rasieren wollte, fand er sein Rasiermesser nicht. Magda hatte die Angewohnheit, die Dinge zu verstecken. Immer fehlte etwas, wenn sie saubergemacht hatte. Es kam vor, daß er eine Krawatte im Herd oder die Pantoffeln unter einem Kissen fand. Sie ist und bleibt ein Bauernmädchen! dachte Jascha. Während er ein frisches Hemd anzog, fiel ein Manschettenknopf aus dem Ärmel und rollte anscheinend unter den Kleiderschrank, aber Jascha war außerstande, sich zu bücken. Irgendwo mußten andere Manschettenknöpfe sein, aber wo? Auch von Magda versteckt – sogar Geld legte sie an die unwahrscheinlichsten Plätze, wo man es erst nach Monaten wiederfand. Jascha legte sich auf die Erde und suchte unter dem Schrank mit einem Stock nach dem Manschettenknopf. Er fand ihn nicht, sondern bekam nur heftigeres Stechen in seinem Fuß und außerdem Magenschmerzen. Die Teufel sind schon am Werk, murmelte er, ich habe nichts als Pech zu erwarten.

Magda war zurückgekommen und hatte ihr Sonntagskleid ausgezogen. Offenbar hatte sie eingekauft, denn aus ihrem Korb ragten zwei Hühnerbeine.

«Wo willst du hin? Ich wollte gerade Mittagessen machen.»

«Mach es für dich.»

«Schon wieder zu deiner Hure aus Piask?»

«Ich werde gehen, wohin ich will.»

«Zwischen uns ist alles aus. Ich fahre heute nach Hause. Du drekkiger Jude!»

Sie schien über ihre eigenen Worte erschrocken; den Mund aufgerissen und die Hand erhoben, stand sie vor ihm, als wollte sie einen Schlag abwehren. Jascha erbleichte. «Nun gut, das ist das Ende!»

«Ja, das Ende. Du bringst den Teufel in mir heraus!»

Sie warf den Korb an die Erde und brach in ein bäuerliches Jammergeschrei aus, als wäre sie ausgepeitscht worden. Das Huhn lag, den blutigen Hals hochgereckt, inmitten von Zwiebeln, roten Rüben und Kartoffeln. Magda flüchtete in die Küche, und nach einer Weile hörte Jascha würgende Geräusche, als wäre sie am Ersticken oder müßte sich übergeben. Er hatte den Stock, mit dem er den Manschettenknopf gesucht hatte, noch in der Hand und rückte nun aus unerfindlichen Gründen das Huhn zurecht, dessen abgedrehten Hals er mit einer roten Rübe zudeckte. Dann suchte er weiter nach dem Manschettenknopf. Er wäre gern in die Küche gegangen, um nach Magda zu sehen, aber er unterdrückte diese Regung. Es wird nicht lange dauern, und Emilia wird mich ganz genauso beschimpfen, dachte er. Ja, alles fällt zusammen wie ein Kartenhaus.

Irgendwie zog er sich fertig an. Als er durch den Korridor ging, hörte er durch die geschlossene Tür, wie Magda mit einem Strohwisch Töpfe scheuerte. Er humpelte die Treppe hinunter, bei jedem Schritt vor Schmerzen zusammenzuckend. Mit Mühe und Not erreichte er den Barbierladen, aber der Barbier war nicht da. Er rief, stampfte mit dem gesunden Fuß, bummerte an die Wand – niemand zeigte sich. Diese Polen! brummte er. Einfach alles stehen- und liegenlassen und weggehen! Und dann beklagen sie sich noch über ihr zerrissenes Land. So ein Faulpelz – wahrscheinlich sitzt er beim Kartenspiel! Dann werde ich eben unrasiert zu ihr gehen müssen. Mag sie mich ruhig in diesem Zustand sehen! Er wartete auf eine Droschke, aber keine kam. So ist das in diesem Land, brummte er; alle paar Jahre einen Aufstand machen und mit den Ketten rasseln, weiter können sie nichts.

Er schleppte sich bis in die Dluga-Allee, fand einen Barbierladen und ging hinein. Der Barbier schnitt gerade einem Kunden das Haar. «Wenn ein Faß mit Kohl gefüllt ist, kann man nichts mehr reinstopfen», sagte der Barbier. «Kohl läßt sich nicht zusammenpressen wie Flachs. Wenn das Faß voll ist, dann ist es voll. Mit Teig, *prosze pana*, ist es noch schlimmer. Da fällt mir ein, was dieser Frau passiert ist, die einen Kuchen für ihre Mutter backen wollte. Der Teig war schon geknetet, Hefe und alles dran, und im letzten Moment überlegte sie sich, daß sie den Kuchen lieber bei ihrer Mutter in Praga backen wollte, weil ihr eigener Ofen rauchte oder nicht richtig zog oder was weiß ich. Sie packte also den Teig in einen Korb, deckte ein Tuch darüber und stieg in den Omnibus. Im Omnibus war es warm, und der Teig fing an zu gehen und aus dem Korb zu kriechen, als wäre er lebendig. Sie versuchte ihn wieder hineinzustopfen, aber Teig läßt sich eben nicht stopfen. Wenn sie ihn an der einen Seite hineindrückte, quoll er an der anderen wieder heraus. Das Tuch flog herunter, der Korb schwoll und schwoll, und schließlich – peng! – platzte er. Jedenfalls *glaube* ich, daß es so war.»

«Hat denn Kuchenteig solche Kraft?» fragte der Mann auf dem Stuhl.

«*Tak, prosze pana.* Im Omnibus gab es einen richtigen Aufruhr. Ein paar Schlauberger waren darin, und die . . .»

«Da muß sie aber sehr viel Hefe in den Teig getan haben.»

«Es war weniger die Hefe als die Hitze. Es war ein heißer Sommertag, und . . .»

Wie lange wird das noch so weitergehen? dachte Jascha. Im übrigen ist alles erlogen, der Korb würde nie platzen. Aber mein Schuh wird bald platzen, mein Fuß ist schon ganz entzündet. Und warum nimmt dieser Stinker keine Notiz von mir? Bin ich vielleicht jemand, der nur sieht und nicht gesehen wird?

«Muß ich noch lange warten?» fragte er.

«Bis ich fertig bin, *prosze pana*», antwortete der Barbier halb höflich und halb spöttisch. «Schließlich habe ich nur zwei Hände. Ich kann leider nicht mit den Füßen Haare schneiden, und wenn ich's könnte, worauf sollte ich dann stehen? Vielleicht auf dem Kopf? Was meint Ihr, Pan Miechislaw?»

«Ganz richtig», sagte der Kunde, ein kleiner Mann mit großem Kopf, Stiernacken und sprödem blondem Haar, das Jascha an Schweinsborsten erinnerte. Er drehte sich um und musterte Jascha verächtlich aus seinen tiefliegenden wasserblauen Äugelchen. Offenbar hatten er und der Barbier sich gegen Jascha verschworen.

Was tu ich denn Böses? fragte sich Jascha. Oh, sie sind jederzeit bereit, über andere herzufallen, sie warten nur auf eine Gelegenheit. Sonntags rennen sie dann in die Kirche und singen von christlicher Nächstenliebe. Und ich Verräter war schon halb entschlossen, ihren Glauben anzunehmen. Nun, jetzt werde ich mit ihr reden, ohne ein Blatt vor den Mund zu nehmen! Ich denke nicht daran, mich mit ihnen gemein zu machen. Sie haben genug Juden verbrannt und geröstet in Spanien und der ganzen Welt. Diese Gedanken waren etwas ganz Neues bei Jascha, noch nie hatte er so etwas zu denken gewagt. Das Schlimme ist, daß ich zu keinem Entschluß kommen kann, sagte er sich.

Dennoch wartete er, bis der Barbier seinem Kunden nicht nur das Haar geschnitten, sondern auch noch die Schnurrbartspitzen gewachst hatte. Und mit einemmal war der Mann wie verwandelt: er wandte sich zutraulich plaudernd an Jascha:

«Schönes Wetter heute, nicht wahr? Sommer, richtiger Sommer! Ach, ich liebe den Sommer. Was hat man schon vom Winter? Frost und Katarrh! Gewiß, im Sommer ist es manchmal zu heiß, aber das Schwitzen ist nicht weiter gefährlich. Gestern war ich zum Schwimmen an der Weichsel, da ist einer direkt vor meinen Augen ertrunken.»

«In der Badeanstalt?»

«Ja, so ein Angeber, der von der Herrenabteilung in die Damenabteilung schwimmen wollte. Sie hätten ihn sowieso nicht reingelassen, weil die Damen nackt baden. Was hatte das Ganze also für einen Sinn? Lohnt sich's, für einen Spaß sein Leben aufs Spiel zu setzen? Wie sie ihn herausgezogen haben, sah er so aus, als schliefe er. Ich konnte gar nicht glauben, daß er tot ist. Und wozu dieses Opfer? Bloß um Eindruck zu schinden.»

«Ja, die Leute sind verrückt.»

5

Heute muß ich alles entscheiden, sagte Jascha sich, als er in der Droschke saß. Heute ist mein Tag des Gerichts. Er schloß die Augen, um sich auf seine Gedanken zu konzentrieren. Aber er fuhr durch eine Straße nach der anderen, ohne zu einem Entschluß zu kommen. Wieder hörte er, ohne hinzusehen, den Straßenlärm, wieder atmete er die Gerüche der großen Stadt. Kutscher schrien, Peitschen knallten, Kinder kreischten. Aus Höfen und Basaren wehte ein warmer Dunst, es stank nach Mist und gebratenen Zwiebeln, nach Kloaken und Schlachthof. Die Arbeiter rissen die hölzernen Gehsteige auf, hämmerten runde Kopfsteine zu viereckigen zurecht, errichteten Gaslaternen und hoben Gräben für Abflußrohre und Telefonleitungen aus. Die Eingeweide der Stadt wurden neu geordnet. Wenn Jascha hin und wieder die Augen aufschlug, glaubte er, die Droschke müßte im nächsten Augenblick in eine Sandgrube stürzen. Die Erde schien kurz vor dem Untergang zu stehen, die Gebäude schwankten schon; vielleicht drohte Warschau dasselbe Schicksal wie Sodom und Gomorrha. Wie konnte er jetzt etwas entscheiden? Die Droschke rollte über die Gnoyne und an der Synagoge vorüber. Wann bin ich hier gewesen? fragte er sich verwirrt. War es heute? Gestern? Die beiden Tage verschmolzen zu einem. Daß er dort einmal in Gebetsmantel und Gebetsriemen gestanden und in echter Frömmigkeit gebetet hatte – das kam ihm jetzt fern und fremd vor wie ein Traum. Ich muß besessen gewesen sein – aber von was für einer Macht? Wahrscheinlich war ich mit den Nerven völlig am Ende. Die Droschke hielt vor Emilias Haus, und Jascha reichte dem Kutscher statt der üblichen zwanzig Groschen einen Gulden und winkte ab, als der Mann herausgeben wollte. Mag er die zehn Groschen extra behalten, dachte er, er ist sicher ein armer Mann. Jede gute Tat kann mein Konto im Himmel nur verbessern.

Langsam ging er die Stufen hinauf – sein Fuß machte ihm jetzt weniger Beschwerden – und läutete. Jadwiga öffnete die Tür und sagte mit vertraulichem Lächeln: «Die Pani erwartet Euch schon seit gestern.»

«Was gibt es Neues?»

«Ach, nichts. Oder doch, es ist etwas passiert! Pan Jascha erinnert sich vielleicht an das, was ich von dem alten Zaruski und seiner tauben Dienstmagd, meiner Freundin, erzählt habe. Da haben sie gestern eingebrochen.»

Jascha wurde der Mund trocken. «Und haben sie den Schatz gestohlen?»

«Nein, der Dieb hat es mit der Angst gekriegt und ist weggelaufen. Ist vom Balkon gesprungen. Der Nachtwächter hat ihn gesehen. Der Pan soll gar nicht fragen, was sich da drüben tut! Der alte Mann hat einen schrecklichen Skandal gemacht. Es war einfach fürchterlich. Er wollte meine Freundin entlassen. Die Polizei war da. Meine Freundin hat sich die Seele aus dem Leibe geheult. Dreißig Jahre – dreißig Jahre in einer Stellung!»

Sie erzählte das alles mit einem gewissen perversen Vergnügen, als verschaffte das Mißgeschick der Freundin ihr innere Befriedigung. Ihre Augen funkelten so boshaft, wie Jascha es bei ihr gar nicht kannte.

«Ja, an Dieben fehlt es in Warschau nicht.»

«Ach, so ein Vermögen ist eine zu große Versuchung. Wollt Ihr bitte in den Salon gehen. Ich werde Euch der Gnädigen melden.»

Jadwiga wirkte geradezu verjüngt. Sie entfernte sich jetzt fast hüpfend. Jascha ging in den Salon und setzte sich aufs Sofa. Sie dürfen nichts von meinem Fuß merken. Wenn sie doch was merken, werde ich sagen, ich wäre hingefallen. Oder vielleicht sollte ich es lieber gleich selbst erwähnen, dann sieht es weniger verdächtig aus. Jascha hatte erwartet, daß Emilia ihm unverzüglich entgegenfliegen würde, aber sie brauchte heute noch länger als sonst – vermutlich die Strafe für gestern abend. Endlich hörte er Schritte, und Emilia trat ein. Sie trug heute ein leuchtend buntes Kleid, das sie offenbar noch aus früheren Zeiten hatte. Jascha stand auf, ging aber nicht sofort zu ihr.

«Was für ein wunderbares Kleid!»

«Gefällt es Euch?»

«Es ist prachtvoll! Dreht Euch um, damit ich es auch von hinten sehen kann.»

Emilia drehte sich um, und diesen Augenblick benutzte er, um zu ihr zu hinken.

«Schön, eine Pracht!»

Sie wandte sich zu ihm.

«Ich fürchtete schon, es würde Euch nicht gefallen. Warum seid Ihr gestern nicht gekommen? Ich habe letzte Nacht überhaupt nicht geschlafen, nur wegen Euch.»

«Was habt Ihr denn gemacht, wenn nicht geschlafen?»

«Was kann man zur Nachtzeit tun? Ich habe gelesen, ich bin herumgewandert. Wirklich, ich habe mir große Sorgen um Euch gemacht. Ich dachte schon, Ihr wäret . . .» Emilia brach ab.

Wie kann sie gelesen haben? Es war doch kein Licht in ihrem Schlafzimmer! dachte Jascha. Aber er konnte sie nicht gut zur Rede stellen, denn damit hätte er sich verraten. Sie musterte ihn mit einer Miene, in der Neugier, Groll und Liebe miteinander kämpften. Irgendein Gefühl sagte ihm, daß sie es bereute, ihn neulich nacht abgewiesen zu haben, und jetzt bereit war, ihren Fehler zu korrigieren. Sie runzelte die Stirn, als wollte sie seine Gedanken ergründen. Er sah sie prüfend an, und sie erschien ihm gealtert – nicht um Tage, sondern um Jahre, wie manche Menschen, wenn sie eine schwere Krankheit oder einen tiefen Kummer durchgemacht haben.

«Mir ist gestern etwas Schlimmes passiert», sagte er.

Sie erbleichte. «Was?»

«Ich bin bei der Probe gefallen und habe mir den Fuß verletzt.»

«Ich wundere mich manchmal, daß Ihr überhaupt noch am Leben seid», sagte sie vorwurfsvoll. «Ihr leistet Übermenschliches. Mögt Ihr auch mit Talent gesegnet sein, deswegen braucht Ihr es doch nicht zu verschleudern, besonders nicht bei diesen Gagen! Die Leute wissen Euch gar nicht zu schätzen.»

«Ja, ich bin wohl zu freigebig. Aber das liegt in meiner Natur.»

«Nun ja, das ist einerseits ein Segen und andererseits ein Fluch . . . Wart Ihr beim Arzt?»

«Noch nicht.»

«Worauf wartet Ihr? In ein paar Tagen habt Ihr Premiere!»

«Ja, das weiß ich.»

«Setzt Euch. Mein Herz hat mir gesagt, daß etwas passiert ist. Ihr solltet kommen und kamt nicht. Ich konnte nicht schlafen – warum, weiß ich nicht. Ich bin um ein Uhr aufgewacht, und dann habe ich kein Auge mehr zugetan. Ich hatte so ein merkwürdiges Gefühl – als wärst du in Gefahr . . .» Sie ging plötzlich zu dem vertraulichen *Du* über. «Ich habe mir gesagt, daß meine Angst lächerlich ist, daß ich nicht abergläubisch sein darf, aber ich konnte dieses Gefühl nicht loswerden. Wann ist es denn passiert? Um welche Zeit bist du hingefallen!»

«Um es ehrlich zu sagen: es war in der Nacht.»

«Um ein Uhr?»

«Ungefähr.»

«Ich wußte es! Obgleich ich es mir nicht erklären kann. Ich setzte mich im Bett auf und habe ohne jeden Grund für dich gebetet. Halina wachte auch auf und kam zu mir. Dieses Mädchen hat etwas Unerklärliches an sich. Wir sind seltsam stark miteinander verbunden. Wenn ich wach liege, kann sie auch nicht schlafen, obwohl ich mich sehr in acht nehme, um keinen Lärm zu machen. Wobei ist es denn passiert? Bei einem Sprung?»

«Ja, bei einem Sprung.»

«Du mußt sofort zum Arzt, und wenn er sagt, daß du nicht auftreten darfst, mußt du ihm folgen. Mit solchen Sachen ist nicht zu spaßen, besonders in deinem Fall.»

«Das Theater wird pleite machen.»

«Soll es. Gegen Unfälle ist niemand gefeit. Wenn wir doch schon zusammen lebten, damit ich für dich sorgen könnte! Du siehst gar nicht gut aus. Hast du dir das Haar schneiden lassen?»

«Nein.»

«Du siehst so aus, als wäre das Haar geschnitten. Ich weiß, du findest es lächerlich, aber ich habe das seit Tagen vorhergeahnt. Keine Sorge, ich hatte nicht das Gefühl von einer großen Tragödie, aber irgend etwas kam auf mich zu. Ich habe versucht, guten Mutes zu bleiben, aber als ich heute morgen keine Nachricht von dir hatte, war ich einfach verzweifelt. Ich habe sogar daran gedacht, zu deiner Wohnung zu gehen oder Gott weiß was. Wie ist so etwas zu erklären?»

«Man kann nicht alles erklären.»

«Darf ich mir deinen Fuß ansehen?»

«Später, nicht jetzt.»

«Gut, mein Teurer. Aber ich muß etwas Wichtiges mit dir besprechen.»

«Was denn? Sag es mir.»

«Wir müssen endgültige Pläne machen. Vielleicht ist es nicht sehr geschmackvoll, was ich jetzt sagen will, aber wir sind ja beide keine Kinder mehr. Ich bin jetzt auf dem Punkt, wo ich dieses Warten einfach nicht mehr ertragen kann, dieses Gefühl, daß alles in der Luft hängt. Die Situation macht mich ganz krank. Es liegt mir nicht, so verantwortungslos dahinzuleben. Ich muß genau wissen, wo ich stehe. Halina muß wieder in die Schule, sie kann es sich nicht leisten, noch ein Semester zu verlieren. Du machst tausend Versprechungen, aber alles bleibt so, wie es ist. Seitdem du Halina unsere Pläne eröffnet hast, läßt sie mir keine Ruhe mehr. Sie ist ein gescheites Mädchen, aber immerhin noch ein Kind. Ich weiß, ich sollte dich nicht mit diesen Dingen behelligen, wenn du Schmerzen hast, aber du kannst dir nicht vorstellen, was ich in diesen Tagen durchgemacht habe. Zu allem anderen kommt noch diese schreckliche Sehnsucht nach dir. Wenn wir uns verabschiedet haben und ich die Tür schließe, fängt meine Seelenqual an. Ich fühle mich so seltsam unsicher, wie auf einer Eisscholle, die jeden Augenblick bersten könnte, und ich müßte ertrinken. Allmählich glaube ich, daß ich ganz vulgär und schamlos geworden bin.»

Emilias Redefluß versiegte. Zitternd, mit gesenktem Kopf und niedergeschlagenen Augen, stand sie da, wie in tiefer Scham.

«Du meinst – körperlich?» fragte Jascha nach einigem Zögern.

«Alles zusammen.»

«Gut, wir werden alles entscheiden.»

«Das sagst du jedesmal: wir werden alles entscheiden. Was ist denn da so viel zu entscheiden? Wenn wir reisen wollen, muß ich meine Wohnung aufgeben und die Möbel verkaufen. Vielleicht bekomme ich etwas dafür, aber viel sind sie nicht mehr wert. Oder wir könnten alles nach Italien schicken. Das sind die praktischen Dinge, und die müssen wir einfach tun. Mit Reden allein kommen wir nicht weiter. Wir sollten auch unsere Pässe beantragen, denn die Russen machen alles so schwierig. Wir müßten Woche und Tag unserer Abreise genau festsetzen. Dann die finanziellen Angelegenheiten. Ich habe noch nicht mit dir darüber gesprochen, weil mir das Thema äußerst peinlich ist. Wenn ich davon sprechen muß, steigt mir jedesmal das Blut ins Gesicht», (sie errötete tatsächlich) «aber schließlich hängt davon alles andere ab. Wir haben auch darüber gesprochen, daß du – also, du hast mir versprochen, den christlichen Glauben anzunehmen – ich weiß, das ist eine bloße Formalität, dadurch, daß man sich mit Weihwasser besprengen läßt, wird man nicht gläubig. Aber ohne das können wir nicht heiraten. Ich sage dir das alles, weil ich annehme, daß du deine Versprechungen ehrlich gemeint hast. Wenn nicht, wozu dann weiter Komödie spielen? Wir sind keine Kinder mehr.»

Emilia brach ab.

«Du weißt, daß ich jedes Wort ernst gemeint habe.»

«Gar nichts weiß ich. Was weiß ich denn von dir? Zuweilen habe ich sogar das Gefühl, daß ich von mir selbst nichts weiß. Wenn ich früher solche Geschichten hörte, habe ich immer der anderen Frau die Schuld gegeben. Schließlich bist du ja verheiratet, wenn du deiner Frau auch weiß Gott nicht treu bist und dich überhaupt so benimmst, als wärest du frei wie der Vogel in der Luft. Ich sündige auch, aber ich bin meiner Kirche treu. Nach katholischer Auffassung wird ein Mensch, der zu unserem Glauben übertritt, neugeboren, und all seine früheren Bindungen sind null und nichtig. Ich kenne deine Frau nicht und will sie auch nicht kennenlernen. Außerdem ist deine Ehe kinderlos. Eine Ehe ohne Kinder ist nur eine halbe Ehe. Ich bin auch nicht mehr jung, aber ich kann noch Kinder bekommen, und ich würde gern ein Kind von dir haben. Du wirst lachen, aber selbst Halina hat einmal gesagt: ‹Wenn du Onkel Jascha heiratest, möchte ich ein Brüderchen haben.› Ein so begabter Mann wie du darf nicht sterben, ohne einen Erben zu hinterlassen. Masur ist ein gutpolnischer Name.»

Jascha saß auf dem Sofa, Emilia ihm gegenüber auf der Chaiselongue. Er sah sie an, sie sah ihn an. Ihm wurde plötzlich klar, daß er das, was er zu sagen hatte, nicht länger aufschieben durfte, daß er es jetzt, sofort, sagen mußte. Aber noch immer hatte er nicht entschieden, was er sagen, wie er handeln wollte.

«Emilia, ich muß dir etwas sagen», begann er.

«Sprich, ich höre.»

«Emilia, ich habe kein Geld. Mein ganzer Besitz ist das Haus in Lublin, und das kann ich ihr nicht nehmen.»

Emilia dachte ein Weilchen nach.

«Warum hast du das nicht eher gesagt? Aus deinem Benehmen mußte man schließen, daß Geld kein Problem sei.»

«Ich habe immer geglaubt, daß ich es in letzter Minute beschaffen könnte. Wenn ich bei der Premiere Erfolg gehabt hätte, wäre ein Engagement ins Ausland möglich gewesen. Zur Premiere kommen immer ausländische Theaterdirektoren her . . .»

«Entschuldige, bitte, aber wir hatten ganz andere Pläne. Woher willst du wissen, ob du gerade in Italien Beschäftigung findest? Vielleicht bieten sie dir einen Vertrag für Frankreich oder die Vereinigten Staaten an. Es wäre etwas sonderbar, wenn wir verheiratet wären, und du müßtest in einem anderen Land leben als Halina und ich. Sie muß eine Zeitlang in Süditalien bleiben. Ein Winter im Norden, etwa in England, wäre ihr Tod. Im übrigen wolltest du doch ein Jahr Urlaub nehmen und europäische Sprachen lernen. Wenn du in Europa reist, ohne die Sprachen zu kennen, wirst du nicht besser behandelt als hier in Polen. Hast du denn alles vergessen, was wir beschlossen haben? Wir hatten den Plan, in der Nähe von Neapel ein Haus mit Garten zu kaufen. Ich will dir keine Vorwürfe machen, aber wenn man seine Situation verbessern will, muß man sich einen genauen Plan machen und ihn auch befolgen. Dieses Leben von einem Tag auf den anderen, dieses Improvisieren, wie ihr Theaterleute sagt, hat dich nur in Schwierigkeiten gebracht, das hast du selbst zugegeben.»

«Ja, das ist richtig, aber ich muß zusehen, daß ich irgendwie zu Geld komme. Wieviel würde alles zusammen kosten? Ich meine, wieviel brauchen wir allerwenigstens?»

«Das haben wir schon durchgerechnet. Wir würden mindestens fünfzehntausend Rubel brauchen. Wenn es mehr ist – um so besser.»

«Ja, irgendwie muß ich mir diese Summe beschaffen.»

«Aber wie? Soviel ich weiß, regnet es in Warschau keine Rubel. Ich war der Meinung, du hättest das erforderliche Kapital schon beisammen.»

«Nein, ich habe nichts.»

«Nun ja, das wäre das. Glaube nicht, daß meine Gefühle für dich sich deswegen verändert hätten. Aber unsere Pläne können offenbar nicht dieselben bleiben. Ich habe einigen Freunden schon mitgeteilt, daß ich demnächst ins Ausland gehen will. Halina kann nicht ewig zu Hause herumsitzen. Ein Mädchen ihres Alters muß zur Schule gehen. Im übrigen ist ein Zusammenleben von dir und mir hier in Polen unmöglich. Du hast deine Familie und wer weiß was noch. Hier in Warschau kann ich vor Mitleid mit deiner Frau nicht schlafen, während ich in einem anderen Land das Gefühl hätte, daß sie weit weg ist. Einer Frau ihren Mann stehlen und darauf gefaßt sein müssen, daß sie vielleicht weinend zu mir kommt – nein, das wäre zuviel!» Um ihre Weigerung zu betonen, schüttelte sie energisch den Kopf, während ihre Schultern sich schaudernd zusammenzogen.

«Ich werde das Geld schon bekommen.»

«Wie denn? Willst du eine Bank ausrauben?»

Halina trat ins Zimmer.

«Ah, Onkel Jascha!»

Emilia blickte auf.

«Wie oft habe ich dir gesagt, du sollst anklopfen, bevor du hereinkommst? Du bist doch kein dreijähriges Kind mehr.»

«Wenn ich störe, kann ich ja gehen.»

«Du störst gar nicht», sagte Jascha. «Was hast du für ein hübsches Kleid an!»

«Was ist daran hübsch? Ein ausgewaschenes Kleid – aber weiß, und ich liebe Weiß über alles. Unser Haus in Italien sollte ganz weiß sein, auch das Dach – warum eigentlich nicht? Oh, wäre das nicht himmlisch – ein Haus mit einem weißen Dach!»

«Vielleicht soll auch der Kaminkehrer ganz weiß angezogen sein?» fragte Jascha neckend.

«Warum nicht? Es gibt eine Methode, den Ruß weiß zu machen. Ich habe gelesen, wenn ein neuer Papst gewählt ist, steigt aus dem Schornstein des Vatikans weißer Rauch auf, und wenn es weißen Rauch gibt, kann es auch weißen Ruß geben . . .»

«Ja, es wird alles so arrangiert werden, wie du wünschst, aber jetzt geh wieder in dein Zimmer. Wir sind mitten in einer Besprechung!» sagte Emilia.

«Worüber sprecht ihr denn? Guck nicht so bös, Mutter, ich gehe ja schon. Ich habe schrecklichen Durst, aber das ist nicht so wichtig. Nur eines wollte ich noch sagen, Onkel Jascha: Ihr scheint heute schlechter Laune. Wo fehlt's denn?»

«Mir ist ein Schiff mit Sauermilch untergegangen.»

«Was? Was ist das für ein komischer Ausdruck?»

«So sagt man auf jiddisch.»

«Ich würde gern Jiddisch lernen. Ich möchte alle Sprachen können: Chinesisch, Tatarisch, Türkisch. Auch die Tiere haben ihre eigene Sprache, heißt es. Einmal, wie ich über den Grzybow-Platz gegangen bin, da habe ich Juden gesehen mit langen Kaftanen und schwarzen Bärten. Komisch sahen sie aus. Was ist ein Jude?»

«Hast du nicht gehört? Du sollst gehen!» sagte Emilia mit erhobener Stimme.

Halina wandte sich zum Gehen, da klopfte es an die Tür, und Jadwiga stand auf der Schwelle.

«Da ist ein Mann, der die Pani sprechen möchte.»

«Ein Mann? Was für ein Mann? Was will er?»

«Das weiß ich nicht.»

«Warum hast du nicht nach seinem Namen gefragt?»

«Er wollte ihn nicht sagen. Er sieht aus, als wäre er von der Post oder so.»

«Immer diese Belästigungen. Eine Sekunde. Ich werde draußen mit ihm sprechen.» Emilia ging in den Korridor hinaus.

«Wer kann das sein?» fragte Halina. «Ich habe ein Buch aus der Schulbibliothek mitgenommen und verloren. Das heißt, ich habe es nicht direkt verloren, es ist in die Kloake gefallen, und es war mir zu eklig, es herauszuholen. Ich hatte Angst, mit einem so schmutzigen Buch nach Hause zu kommen, denn Mama hätte mich bestimmt schrecklich ausgescholten. Sie kann gut sein, aber auch sehr böse. In letzter Zeit macht sie manchmal sonderbare Sachen. Wenn sie nachts nicht schlafen kann, dann kann ich es auch nicht, und dann krieche ich zu ihr ins Bett, und wir liegen da und unterhalten uns wie zwei arme Seelen. Manchmal setzt sie sich an ein Tischchen, da legt sie die Hände drauf und wartet, daß der Tisch ihr die Zukunft weissagt. O ja, manchmal ist sie schon komisch, aber ich habe sie wahnsinnig lieb. Mitten in der Nacht, da ist sie so gut. Manchmal wünsche ich mir, es wäre immer mitten in der Nacht, und Ihr, Onkel Jascha, wäret bei uns, und wir könnten uns zusammen die Zeit vertreiben. Wollt Ihr mich nicht jetzt hypnotisieren? Ich möchte so schrecklich gern hypnotisiert werden.»

«Zu was hast du das nötig?»

«Ach, einfach so! Das Leben ist so öde!»

6

«Deine Mutter will es nicht, und ich werde nichts tun, was sie verboten hat.»

«Laßt es doch nur so lange dauern, bis sie wiederkommt.»

«Das geht nicht so schnell, und außerdem bist du schon hypnotisiert.»

«Wie meint Ihr das?»

«Ah, du stehst unter dem Zwang, mich liebzuhaben. Du wirst mich immer liebhaben. Du wirst mich nie vergessen.»

«Das ist wahr. Nie! Ich möchte gern Unsinn reden. Darf ich Unsinn reden? Solange Mama draußen ist?»

«Ja, schieß nur los.»

«Warum sind nicht alle Leute so wie Ihr, Onkel Jascha? Alle anderen fühlen sich so erhaben und wichtig. Ich liebe Mama, ich habe sie furchtbar lieb, aber manchmal könnte ich sie hassen. Wenn sie schlechter Laune ist, immer läßt sie's an mir aus. ‹Geh weg! Steh nicht so rum!› Einmal habe ich ganz unabsichtlich einen Blumentopf zerbrochen, da hat sie den ganzen Tag nicht mit mir gesprochen. Letzte Nacht habe ich geträumt, daß ein Omnibus durch unsere Wohnung führe – mit Pferden und Schaffner und all den Leuten. Ich konnte mir das gar nicht erklären und dachte im Traum: Warum fährt der Omnibus bloß durch unsere Wohnung? Wo wollen all die Leute hin? Und wie ist der Omnibus durch die Tür gekommen? Aber er fuhr einfach weiter und hielt ein paarmal an, und ich dachte: Wenn Mama nach Hause kommt und das sieht, wird sie einen schönen Krach machen! Ich mußte lachen, und davon wachte ich auf. Ich muß noch jetzt über diesen lächerlichen Traum lachen. Aber kann ich etwas für meine Träume? Von Euch habe ich auch geträumt, Onkel Jascha, aber das erzähle ich Euch nicht, weil Ihr so gemein seid und mich nicht hypnotisieren wollt.»

«Was hast du denn von mir geträumt?»

«Nein, ich sag's nicht. Meine Träume sind entweder komisch oder schlechthin verrückt. Man könnte denken, ich wäre nicht bei Verstand. Es ist einfach grauenhaft, was für Gedanken mir kommen. Ich möchte sie wegjagen, aber ich kann nicht.»

«Was für Gedanken?»

«Das kann man auch nicht erzählen.»

«Du brauchst mir nichts zu verbergen. Ich habe dich doch lieb.»

«Oh, das sagt Ihr nur so. In Wirklichkeit seid Ihr mein Feind. Vielleicht seid Ihr sogar ein Teufel in Menschengestalt? Vielleicht habt Ihr Hörner und einen Schwanz wie die Baba Jaga?»

«Ja, Hörner habe ich.»

Und Jascha legte zwei Finger an den Kopf.

«Nicht doch, das macht mir Angst. Ich bin nämlich schrecklich feige. Nachts fürchte ich mich entsetzlich – vor Gespenstern und lauter solchen Sachen. Ein Nachbar von uns hatte eine sechsjährige Tochter, Janinka. Hübsch wie ein Engelchen, mit blonden Locken und blauen Augen. Die hat mit einemmal das Scharlachfieber bekommen und ist gestorben. Mama wollte mir's verheimlichen, aber ich habe alles gemerkt. Ich habe sogar durchs Fenster gesehen, wie sie ihren Sarg hinausgetragen haben – ein winzigkleiner Sarg, mit Blumen geschmückt. Oh, der Tod ist etwas Grausiges. Am Tage vergesse ich ihn, aber sobald es dunkel wird, fällt er mir wieder ein.»

Emilia kam wieder herein, blickte von Jascha zu Halina und bemerkte: «Na, *ihr* seid mir ein feines Paar!»

«Wer war es denn?» erkundigte sich Jascha, über seine eigene Kühnheit verwundert.

«Ihr werdet lachen», sagte Emilia, die Jascha vor ihrer Tochter stets mit «Ihr» anredete, «obwohl es gar nichts zum Lachen ist. Wir haben hier ganz in der Nähe einen Bekannten, einen reichen alten Mann namens Zaruski; er hat Geld wie Heu und ist ein gräßlicher alter Geizkragen und Wucherer. Eigentlich kennen wir ihn gar nicht, aber Jadwiga ist mit seinem Dienstmädchen befreundet, daher grüßt er mich seit einiger Zeit. Bei dem ist letzte Nacht eingebrochen worden. Der Dieb muß über den Balkon eingestiegen sein, denn ein Nachtwächter hat ihn dort herunterklettern sehen und ihn verfolgt, aber der Dieb ist entkommen. Den Geldschrank hat er übrigens nicht aufgebracht. Nun hat er anscheinend ein Notizbuch zurückgelassen mit den Adressen anderer Wohnungen, in die er einbrechen wollte, darunter auch meine Adresse. Der Mann, der eben hier war, ist ein Kriminalbeamter, der mich warnen wollte. Ich habe ihm rundheraus gesagt: ‹Bei uns ist nicht viel zu stehlen.› Ist das nicht eine sonderbare Geschichte?»

Jaschas Gaumen wurde trocken.

«Warum sollte er eine Adressenliste hinterlassen?»

«Anscheinend hat er sie verloren.»

«Oh, seid nur recht vorsichtig.»

«Was heißt vorsichtig? Warschau ist eine Diebshöhle geworden. Halina, geh in dein Zimmer!»

Halina stand zögernd auf. «Jaja, ich gehe ja schon. Worüber

wir gesprochen haben, muß ein Geheimnis bleiben!» sagte sie zu Jascha.

«Ja, ein Geheimnis auf ewig.»

«Na ja, dann werde ich gehen. Was bleibt mir übrig, wenn ich hinausgejagt werde? Aber Ihr geht noch nicht, Onkel Jascha?»

«Nein, ich bleibe noch eine Weile.»

«Do widzenia!»

«Do widjenia!»

«Au revoir!»

«Au revoir!»

«Arrivederci!»

«Nun geh doch schon!» fuhr Emilia sie an.

«Ja, ja . . . ich gehe.» Und Halina ging hinaus.

«Was hat sie denn für Geheimnisse mit dir?» fragte Emilia halb scherzend.

«Gewaltige Geheimnisse.»

«Manchmal bedaure ich es, daß ich eine Tochter habe und keinen Sohn. Ein Junge ist nicht so viel zu Hause und mischt sich auch nicht in die Angelegenheiten seiner Mutter. Ich liebe Halina, aber manchmal macht sie mich nervös. Man muß bedenken, daß sie ein Kind ist, keine Erwachsene.»

«Das bedenke ich durchaus, wenn ich mit ihr spreche.»

«Komische Sache, mit diesem Dieb. Als gäbe es keine reicheren Haushalte als meinen! Wo kriegen die Leute ihre Informationen her? Sie merken sich offenbar die gut aussehenden Haustore und sehen dann im Adreßbuch nach. Aber ich habe Angst vor Dieben. Ein Dieb kann auch zum Mörder werden. Die Eingangstür hat ein Vorhängeschloß, aber an der Balkontür haben wir nur eine Sicherheitskette.»

«Du wohnst im zweiten Stock. Das ist zu hoch für Einbrecher.»

«Richtig. Woher weißt du, daß Zaruski im ersten Stock wohnt?»

«Weil ich der Dieb bin», sagte Jascha rauh, über seine eigenen Worte zu Tode erschrocken. Die Kehle wurde ihm eng, ihm wurde schwarz vor den Augen, und wieder sah er feurige Funken tanzen. Hatte ein Dibbuk aus ihm gesprochen? Ein Schauder lief sein Rückgrat entlang, und wieder fühlte er Übelkeit aufsteigen, den Vorboten der Ohnmacht.

Emilia sagte nach einer kleinen Pause: «Keine schlechte Idee. Wenn man zum Fenster hinausklettern kann, müßte man auch zu einem Balkon hinaufklettern können.»

«Das kann ich wirklich.»

«Was sagst du? Ich habe dich nicht verstanden.»

«Ich sagte: ‹Das kann ich wirklich.›»

«So? Warum hast du dann den Geldschrank nicht aufgebrochen? Was man anfängt, sollte man auch zu Ende führen.»

«Manchmal kann man das nicht.»

«Warum sprichst du so leise? Ich verstehe dich nicht.»

«Ich sagte: ‹Manchmal kann man das nicht.›»

«‹Wenn man nicht kann, geht man nicht dran›, sagt ein altes Sprichwort. Komisch, erst vor kurzem habe ich daran gedacht, daß bei dem Alten eingebrochen werden könnte. Jedermann weiß, daß er sein Geld dort aufbewahrt. Früher oder später *muß* es gestohlen werden. Das ist das Schicksal aller Geizhälse. Nun gut, aber die Anhäufung von Reichtum ist an sich eine Leidenschaft.»

«Eine Art Leidenschaft.»

«Was ist da für ein Unterschied? Im absoluten Sinne sind vielleicht alle Leidenschaften entweder komplette Torheit oder höchste Weisheit. Was wissen wir schon?»

«Nein, wir wissen nichts.»

Beide sagten ein Weilchen nichts. Schließlich brach sie das Schweigen.

«Was ist mit dir? Ich muß mir deinen Fuß ansehen.»

«Nicht jetzt, nicht jetzt.»

«Warum nicht jetzt? Sag mir: wobei bist du hingefallen?»

Sie glaubt mir nicht, sie hält alles für Spaß, dachte Jascha. Nun, es ist sowieso alles verloren. Er blickte Emilia an, aber er sah sie wie durch einen Nebel. Es war dunkel im Zimmer; die Fenster gingen nach Norden hinaus und waren überdies mit weinroten Gardinen verhängt. Eine seltsame Gleichgültigkeit überkam Jascha, die Gleichgültigkeit eines Menschen, der im Begriff ist, ein Verbrechen zu begehen oder sein Leben aufs Spiel zu setzen. Er wußte: mit dem, was er jetzt sagen wollte, würde er alles zerstören, aber es war ihm gleichgültig. Als er sich einmal mit dem Messer eine vereiterte Wunde an der Fußsohle aufgeschnitten hatte, hatte er ein ganz ähnliches Gefühl gehabt. Er hörte sich sagen: «Ich habe mir den Fuß verletzt, als ich von Zaruskis Balkon sprang.»

Emilia hob die Brauen. «Also, wirklich, jetzt ist nicht die Zeit für Späße.»

«Es ist die reine Wahrheit.»

7

In dem Schweigen, das diesen Worten folgte, hörte Jascha draußen vor dem Fenster die Vögel zwitschern, und er dachte: So, das Schlimmste ist überstanden. Erst jetzt wurde ihm bewußt, was er letzten Endes wollte: unter die ganze Affäre einen Schlußstrich ziehen, die zu schwere Last abwerfen, sich von allem – wirklich allem – befreien. Er warf einen Blick auf die Tür, als wäre er drauf und dran, ohne ein Abschiedswort zu flüchten. Er schlug die Augen nicht nieder, sondern sah Emilia ins Gesicht – nicht stolz, sondern furchtsam wie einer, der sich den Luxus der Furcht nicht leisten kann. In Emilias Blick wiederum lag kein Zorn, sondern eher eine mit Geringschätzung gemischte Neugier angesichts der Vergeblichkeit aller Mühe, die sie sich gegeben hatte. Fast hätte man meinen können, sie müßte sich beherrschen, um nicht loszulachen.

«Wirklich, ich kann nicht glauben . . .»

«Doch, es ist so. Ich war gestern nacht vor Eurem Haus. Ich wollte Euch sogar rufen.»

«Und statt dessen seid Ihr zu Zaruski gegangen?»

«Ich wollte Halina und Jadwiga nicht wecken.»

«Ich hoffe, Ihr macht Euch nur einen Spaß mit mir. Ihr wißt ja, wie leichtgläubig ich bin, wie leicht man mich anführen kann.»

«Nein, es ist kein Spaß. Jadwiga hat von ihm erzählt, und da dachte ich, das wäre vielleicht eine Lösung für unser Problem. Aber dann habe ich es mit der Angst bekommen. Anscheinend bin ich für so etwas nicht gemacht.»

Emilias Augen hatten jetzt einen ernsten Ausdruck.

«Also seid Ihr gekommen, um mir zu beichten?»

«Ihr habt mich gefragt.»

«Was habe ich gefragt? – Aber es ist ja gleich, alles gleich. Wenn dies nicht eines von Euren Spielchen ist, kann ich Euch nur bedauern. Das heißt, uns beide. Wenn es ein Spaß sein soll, habe ich nur Verachtung für Euch.»

«Ich bin nicht gekommen, um Spielchen zu spielen.»

«Wer kann sagen, wozu Ihr gekommen seid? Ihr seid offenbar kein normaler Mensch.»

«Nein.»

«Ich habe gerade von einer Frau gelesen, die sich von einem Verrückten verführen ließ.»

«Diese Frau seid Ihr.»

Emilias Augen wurden schmal. «Das ist mein Los. Stephan – er ruhe in Frieden – war auch so ein Psychopath. Von einem anderen Typ. Diese Sorte Mann scheint mich anzuziehen.»

«Ihr habt Euch nichts vorzuwerfen. Ihr seid die edelste Frau, die ich je gekannt habe.»

«Wen kennt Ihr schon? Ihr stammt aus dem Abschaum, und Ihr seid Abschaum. Verzeiht meine harten Worte, aber ich konstatiere nur eine Tatsache. Ich allein bin an allem schuld. Ich habe alles gewußt, denn Ihr habt ja tatsächlich nichts verheimlicht, aber es ist wie das Verhängnis im griechischen Drama – nein, es hat einen anderen Namen: der Mensch sieht alles, was ihm widerfahren wird, und muß dennoch sein Schicksal erfüllen. Er sieht die Grube und fällt doch hinein.»

«Ihr seid noch nicht in der Grube.»

«Ich könnte nicht tiefer darin sein. Hättet Ihr nur einen Funken Männlichkeit in Euch, Ihr hättet mir diesen Schlag ins Gesicht erspart. Warum seid Ihr nicht einfach gegangen und nie wiedergekommen? Ich hätte Euch nicht zurückholen lassen. Dann hätte ich wenigstens die Erinnerung gehabt.»

«Es tut mir leid.»

«Es braucht Euch nicht leid zu tun. Ihr habt mir erzählt, daß Ihr verheiratet seid. Ihr habt sogar zugegeben, daß Magda Eure Geliebte ist. Ihr habt mir auch gesagt, daß Ihr Atheist seid oder wie Ihr es ausgedrückt habt. Wenn ich das alles hinnehmen konnte, warum sollte ich dann einen Dieb fürchten? Das Amüsante ist nur, daß Ihr Euch als untüchtiger Dieb erwiesen habt.» Emilia lachte leise vor sich hin.

«Ich könnte mich immer noch als guter Dieb erweisen.»

«Vielen Dank für das Versprechen. Ich weiß einfach nicht, was ich Halina sagen soll.» Emilia schlug einen anderen Ton an. «Hoffentlich seid Ihr Euch darüber klar, daß Ihr fortgehen müßt und nie wiederkommen dürft. Auch schreiben dürft Ihr mir nicht. Für mich seid Ihr tot. Ich bin auch tot. Aber auch die Toten haben ihr Milieu.»

«Ja, ich werde gehen. Seid versichert, daß ich nie . . .» Und Jascha machte eine Bewegung, als wollte er aufstehen.

«Einen Augenblick! Ihr könnt ja nicht einmal aufstehen. Habt Ihr den Knöchel verstaucht oder gebrochen?»

«Irgend etwas.»

«Was es auch ist, Ihr werdet in dieser Saison nicht mehr auftreten. Möglicherweise werdet Ihr fürs Leben verkrüppelt bleiben. Ihr müßt eine Art Pakt mit Gott haben, da Er Euch so prompt bestraft hat.»

«Ich bin nur ein Stümper.»

Emilia beugte den Kopf und schlug die Hände vors Gesicht. In tiefes Nachdenken versunken, knetete sie ihre Stirn mit den Fingerspitzen. Als sie die Hände wieder vom Gesicht nahm, sah Jascha zu seinem Erstaunen ein verwandeltes Gesicht vor sich. Binnen weniger Sekunden war Emilia gleichsam eine andere geworden. Sie sah so aus, als wäre sie gerade aus einem kurzen, tiefen Schlaf aufgewacht. Unter ihren Augen hatten sich Säcke gebildet, ihre Frisur war zerzaust, auf ihrer Stirn zeigten sich Falten und in ihrem Haar weiße Strähnen. Wie im Märchen hatte sie den Zauber ewiger Jugend abgeworfen, selbst ihre Stimme klang jetzt matt und leblos. Sie sah ihn verwirrt an.

«Warum habt Ihr die Adressenliste zurückgelassen? Und warum ausgerechnet meine Adresse? Ist es denkbar, daß . . .» Emilia sprach nicht weiter.

«Ich habe keine Adressen zurückgelassen.»

«Der Kriminalbeamte hat sich die Geschichte doch nicht ausgedacht.»

«Ich weiß es nicht. Ich schwöre bei Gott: ich weiß es nicht.»

«Schwört nicht bei Gott. Ganz bestimmt habt Ihr so eine Liste, und die ist Euch aus der Tasche gefallen. Sehr anständig von Euch, daß Ihr mich nicht ausgeschlossen habt.» Sie lächelte das müde Lächeln, das der Anblick eines unabwendbaren tragischen Geschehens zuweilen hervorruft.

«Wirklich, es ist mir ein Rätsel! Ich beginne an meinem eigenen Verstand zu zweifeln.»

«Ja, Ihr seid ein kranker Mensch.»

In diesem Augenblick kam ihm die Erinnerung an alles Geschehene zurück. Er hatte aus seinem Notizbuch einige Blätter herausgerissen und sie zu einem Kegel zusammengedreht, mit dem er in dem Schlüsselloch gebohrt hatte. Diese Blätter hatte er anscheinend liegenlassen, und sie enthielten Emilias Adresse – und wer weiß, was für andere Adressen noch! Mit diesen Blättern hatte er den besten Steckbrief über sich selbst hinterlassen: sehr möglich, daß Wolskis Adresse darauf stand, außerdem die Adressen von Impresarios, Schauspielern und Theaterdirektoren oder von Firmen, bei denen er Requisiten kaufte. Sogar seine eigene Adresse stand vielleicht darauf, denn mitunter amüsierte er sich damit, seine Straße und Hausnummer, mit allerlei Anhängseln, Schwänzchen und Schnörkeln ausgeschmückt, aufzuschreiben. Er empfand keine Furcht, irgend etwas in ihm mußte sogar lachen: sein allererstes Verbrechen, und er hatte sich selbst angezeigt, ein Stümper, der ohne Beute nach Hause kam, aber genug Spuren für die Polizei hinterließ. Polizei und Gerichtshöfe verfuhren unbarmherzig mit solchen Pfuschern. Was hatte Emilia noch gesagt von demjenigen, der die Grube sieht und doch hineinfällt? Er schämte sich seiner Ungeschicklichkeit. Das heißt also, daß ich auch nicht nach Hause kann. Sie werden meine Adresse in Lublin bald genug erfahren. Und dazu dieser Fuß . . .

«Nun», sagte er, «ich will Euch nicht länger belästigen. Zwischen uns ist alles aus.» Und er erhob sich, um zu gehen.

Emilia erhob sich ebenfalls.

«Wo geht Ihr hin? Ihr habt schließlich niemand ermordet!»

«Verzeiht mir, wenn Ihr könnt.»

Jascha hinkte zur Tür. Sie machte eine Bewegung, als wollte sie ihm in den Weg treten.

«Versprecht mir, daß Ihr zum Arzt geht.»

«Ja, danke.»

Sie schien ihm noch etwas sagen zu wollen, aber er zog sich hastig in den Flur zurück, riß Hut und Mantel an sich und verließ die Wohnung.

Emilia rief ihm etwas nach, aber er schlug die Tür zu und rannte, ohne sich um den verletzten Fuß zu kümmern, die Treppe hinunter.

Achtes Kapitel

1

Jascha blieb eine Weile am Gartentor stehen. Erwartete ihn vielleicht draußen ein Polizist? Plötzlich fiel ihm der Dietrich ein. Aber nein, der mußte in dem anderen Anzug stecken, den er gestern angehabt hatte. Allerdings, wenn sie bei ihm Haussuchung gemacht hatten, mußten sie auch den Dietrich gefunden haben. Nun, darauf kommt es jetzt nicht mehr an. Mögen sie mich einsperren! Die morgigen Zeitungen werden sowieso voll sein von mir. Was wird Esther sagen, wenn sie's erfährt? Die Bande in Piask wird sich ins Fäustchen lachen, wird eine feine Ironie darin sehen. Und was werden all die anderen sagen: Hermann, Sewtel und Magda – von Bolek ganz zu schweigen? Und Wolski und das Publikum in der Alhambra? Jedenfalls werde ich zuerst ins Gefängnislazarett kommen, dachte er, während er den Druck des Schuhes um den anschwellenden Fuß herum fühlte. Und nun habe ich auch Emilia verloren, sagte er sich und ging durch das Tor, aber kein Polizist wartete. Vielleicht lauerte einer auf der anderen Straßenseite? Jascha dachte daran, in den Sächsischen Garten zu gehen, tat es dann aber nicht, weil Emilia ihn hätte sehen können, wenn sie durchs Fenster spähte. Er ging auf die Graniczna zu, gelangte wieder auf die Gnoyne und sah im Schaufenster eines Uhrmachers, daß es erst zehn Minuten vor vier war. Gott im Himmel, wie lang war dieser Tag! Er erschien ihm wie ein Jahr! Er fühlte, daß er sich setzen mußte. Warum nicht wieder in das Lehrhaus gehen? Während er in den Vorhof der Synagoge einbog, fragte er sich verwundert: Was ist denn mit mir? Mit einemmal bin ich ein richtiger Synagogenjude geworden. In der Synagoge wurde der Nachmittagsgottesdienst gehalten. Ein litauischer Jude intonierte die Achtzehn Segenssprüche. Jascha lächelte über die kurzen Gewänder und steifen Hüte der Betenden. Er selbst stammte von polnischen Chassidim ab, und in Lublin sah man selten einen litauischen Juden, aber hier in Warschau gab es viele. Sie kleideten sich anders, sprachen anders, beteten anders. Obgleich es ein heißer Tag war, entströmte der Synagoge eine Kühle, die auch die Sonne nicht vertreiben konnte. Er hörte den Vorbeter singen: «Nach Deiner Stadt Jeruschalaim kehre in Erbarmen zurück, wohne in ihr, wie Du gesprochen.»

So? Sie wünschen sich also auch, nach Jerusalem zurückzukehren? Jascha hatte die litauischen Juden von früher Kindheit an als

Halbjuden, als eine fremde Sekte betrachtet. Er konnte ihr Jiddisch kaum verstehen. Er sah glattrasierte Gesichter unter den Betern und dachte: Zu was sich den Bart scheren und dann beten? Vielleicht schneiden sie ihn mit einer Schere – das wäre keine so große Sünde. Aber solange man an Gott und die Thora glaubt – zu was dann Kompromisse? Wenn es einen Gott gibt und Sein Gesetz die Wahrheit ist, muß man ihm Tag und Nacht dienen. Wie lange bleibt man in dieser verrotteten Welt am Leben?

Jascha ging weiter zum Lehrhaus, in dem jetzt alle Tische von studierenden Männern besetzt waren. Der Sonnenschein fiel in schrägen, staubigen Streifen durch die Fenster. Jünglinge mit langen Schläfenlocken wiegten sich schreiend und deklamierend, gestikulierend und einander anstoßend über ihren Talmudbänden. Einer schnitt Grimassen, als hätte er Bauchschmerzen, ein anderer wackelte mit dem Daumen, ein dritter zwirbelte die Fransen seines Gebetsmantels. Die Kragen ihrer schmierigen Hemden standen offen, manche hatten trotz ihrer Jugend zahnlose Münder. Man sah die verschiedensten Bart- und Haartrachten: hier einen in einzelnen Büscheln wachsenden schwarzen Bart, ein Büschel hier, ein Büschel da, dort einen feuerroten Bart, und dazu trug der kleine Bursche den Schädel kahlrasiert bis auf zwei gelbe Schläfenlocken, die wie lange Zöpfe von seinem Kopf herabhingen. Diesen Mann hörte Jascha schreien: Sie flehten um Weizen, und Er gewährte Gerste.

Kann das Gottes Wille sein? fragte Jascha sich. All dies Gerede um Weizen und Gerste? Bei dem, was sie hier lernen, dreht sich alles ums Geschäft. Und ein Argument der Antisemiten fiel ihm ein: Aus dem Talmud lernt der Jude nur, wie man andere beschwindelt.

Dieser Bursche mit dem roten Bart hat wahrscheinlich irgendwo einen kleinen Laden, dachte Jascha, und wenn er noch keinen hat, so wird er ihn eines Tages haben. Jascha fand eine leere Bank in der Nähe der Bücherregale. Es tat gut, zu sitzen, und er schloß die Augen und horchte auf die Thoraworte. Schrille Jünglingsstimmen mischten sich mit dem heiseren Krächzen der Alten – schreiend und brummend, psalmodierend und einzelne Wörter hervorhebend. Jascha mußte an etwas denken, was Wolski einmal bei einem Glas Wodka zu ihm gesagt hatte: er, Wolski, sei kein Antisemit, aber die polnischen Juden hätten mitten in Europa ein Stück Bagdad geschaffen. Mit ihnen verglichen seien selbst die Chinesen und Araber zivilisierte Völker, hatte Wolski gemeint. Gewiß, aber auf der anderen Seite waren es gerade diese Juden im kurzen Rock und mit geschorenem Bart, die Polen russifizieren wollten oder zur Revolution aufriefen. Oft genug taten sie beides zugleich – die Ausbeutung und die Aufwiegelung der Arbeiterklasse. Das waren alles Radikale, Freimaurer, Atheisten, Internationalisten, die alles an sich reißen, beherrschen und beschmutzen wollten.

Stille senkte sich über Jascha, und wie er da saß, hätte man ihn für einen dieser bartlosen Juden halten können. Doch sie waren ihm fremder als die frommen Juden, an die er von Kind auf gewöhnt war. Selbst Esther führte ein jüdisches Haus mit koscherer Küche. Vielleicht, dachte er, hat diese Rasse einen stark asiatischen Zug, wie die aufgeklärten Juden behaupten, aber sie hat doch wenigstens einen Glauben, eine geistige Heimat, eine Geschichte, eine Hoffnung. Neben ihren Gesetzen, die das Geschäftsleben regeln, hat sie ja ihre chassidische Literatur, und sie studiert ihre Kabbala und ihre Gebetbücher. Was haben die assimilierten Juden dagegen? Nichts Eigenes. Am einen Ort sprechen sie polnisch, am anderen russisch, wieder an einem anderen deutsch oder französisch. Sie sitzen im Café Lurs, im Café Semodeni oder im Café Straßburger herum, sie trinken Kaffee und rauchen Zigaretten, sie lesen massenhaft Zeitungen und Zeitschriften und erzählen Witze, die jenes Gelächter hervorrufen, das Jascha immer Unbehagen verursacht. Sie treiben ihre Kaffeehauspolitik, planen ewig Revolutionen und Streiks, und die Opfer ihrer Machenschaften sind stets ihre eigenen Brüder, die armen Juden. Was ihre Frauen angeht, so brüsten sie sich mit ihren Diamanten und Straußenfedern und erregen den Neid der Gojim.

Sonderbar, aber sobald Jascha sich in einem Bethaus befand, begann er eine seelische Bestandsaufnahme zu machen. Zwar hat er sich seinen frommen Glaubensbrüdern entfremdet, aber er ist auch nicht zu den Assimilierten übergegangen. Er hat alles verloren: Emilia, seine Karriere, seine Gesundheit, sein Zuhause. Wie hatte Emilia gesagt? «Du mußt eine Art Pakt mit Gott haben, da er dich so prompt bestraft.» Ja, der Himmel hält ein scharfes Auge auf ihn – möglicherweise weil er nie aufgehört hat zu glauben. Aber was wollen sie von ihm? Heute morgen hat er es gewußt: er muß auf dem Pfade der Rechtschaffenheit bleiben wie sein Vater und seine Vorväter vor ihm. Jetzt fühlt er sich wieder von Zweifeln zerrissen: zu was braucht Gott diese Kaftane, diese Schläfenlocken, diese Schädelkäppchen, diese Gebetsmäntel? Wie viele Generationen noch werden sie sich über den Talmud ereifern? Wie viele Beschränkungen noch werden die Juden sich auferlegen? Wie lange werden sie, die schon zweitausend Jahre gewartet haben, noch auf den Messias warten? Auf der einen Seite Gott, auf der anderen die von Menschen erdachten Dogmen – das sind zwei verschiedene Dinge. Aber kann man Gott ohne Dogmen dienen? Wie ist er, Jascha, in seine jetzige verzweifelte Lage geraten? Sicherlich hätte er sich nicht in all diese Liebesgeschichten und sonstigen Eskapaden verstrickt, wenn er einen kleinen Gebetsmantel mit Schaufäden angelegt und dreimal täglich gebetet hätte. Eine Religion ist wie eine Armee – um mit ihr operieren zu können, bedarf es der Disziplin. Ein abstrakter Glaube führt unausweichlich zur Sünde. Das Bethaus ist eine Kaserne, in der Gottes Soldaten gemustert werden.

Jascha hielt es hier nicht länger. Er glühte und fröstelte gleichzeitig – offenbar hatte er Fieber. Er beschloß nach Hause zu gehen. Mögen sie mich verhaften, wenn sie wollen! dachte er. Er hatte sich damit abgefunden, den Becher bis zur letzten bitteren Neige zu leeren.

Bevor er das Lehrhaus verließ, nahm er auf gut Glück ein Buch aus dem Bücherregal; er schlug es in der Mitte auf, um es zu befragen, wie sein Vater es stets getan hatte, wenn er in Bezug auf seine Handlungsweise eines Rates bedurft hatte. Jascha sah, daß er das Buch «Ewige Pfade» des berühmten Prager Kabbalisten, Rabbi Judah Löw, gegriffen hatte. Auf der rechten Seite stand ein Vers aus dem Alten Testament: «Er schließet seine Augen, auf daß er das Böse nicht sehe», und dazu die talmudische Auslegung: «Solch ein Mann ist der, welcher nicht nach den Frauen sieht, während sie stehen und sich waschen.» Mühsam übersetzte Jascha die hebräischen Worte, und er begriff, was sie ihm sagen wollten – daß Disziplin eine Notwendigkeit sei. Wenn ein Mann nicht nach den Frauen sieht, gelüstet es ihn nicht, und wenn es ihn nicht gelüstet, wird er nicht sündigen. Aber wenn man die Disziplin mißachtet und doch hinsieht, endet man schließlich bei der Verletzung des Siebenten Gebots. Jascha hatte beim ersten Aufschlagen des Buches einen Text gefunden, der in den Kern seines lebenswichtigsten Problems traf.

Er stellte das Buch zurück, zog es aber gleich darauf noch einmal heraus und küßte es. Dieses Buch wenigstens verlangte etwas von ihm, zeigte ihm eine Richtlinie für sein Handeln, wenn auch eine schwierige. Die rein weltlichen Schriften stellten keine Forderungen an den Leser, ihren Verfassern war es gleichgültig, ob er, Jascha, tötete oder stahl, Unzucht trieb oder sich und andere zerstörte. Er kannte diese Literaten aus Theatern und Cafés: sie waren eifrig damit beschäftigt, den Damen die Hand zu küssen, ringsum Komplimente auszustreuen und unentwegt über Verleger und Kritiker zu schimpfen.

Er hielt eine Droschke an und befahl dem Kutscher, ihn zur Freta zu fahren. Magda würde ihm eine Szene machen, aber in Gedanken memorierte er die Worte, die er ihr sagen wollte: Teure Magda, ich bin tot. Nimm alles, was ich besitze – meine goldene Uhr, meinen Diamantring, meine paar Rubel – und fahr nach Hause. Wenn du kannst, vergib mir.

2

In der Droschke wurde Jascha von einer noch nie erlebten Angst ergriffen. Er fürchtete sich, wußte aber nicht, wovor. Trotz der sommerlichen Hitze zitterte er am ganzen Körper vor Kälte. Seine Finger waren weiß und verschrumpelt wie die eines Todkranken oder einer Leiche. Er hatte das Gefühl, daß sein Herz von einer Riesenfaust zusammengepreßt würde, und er fragte sich: Was ist mir? Ist mein letztes Stündlein gekommen? Habe ich Angst vor der Verhaftung? Ist es die Sehnsucht nach Emilia? Das Zittern wollte nicht aufhören, ein Krampf ergriff ihn, so daß er kaum Luft bekam. Sein Zustand war so verzweifelt, daß er sich selber Trost zusprach: Noch ist nicht alles verloren. Ich kann auch mit einem Bein leben. Und vielleicht finde ich irgendeine Lösung. Selbst wenn ich verhaftet werde, wie lange werden sie mich einsperren? Schließlich ist es nur versuchter Einbruch – ich habe ja nichts gestohlen. Er lehnte sich in die Polster zurück. Am liebsten hätte er den Kragen hochgeschlagen, aber er genierte sich, das an einem so heißen Tag zu tun. Doch die Hände steckte er unter das Jackett, um sie zu wärmen. Was ist das nur? Kann es Brand sein? fragte er sich. Er wollte den Schuh aufschnüren, aber als er sich vorbeugte, wäre er fast vom Sitz gefallen. Der Kutscher schien gemerkt zu haben, daß mit seinem Fahrgast etwas nicht stimmte, denn er wandte sich immer wieder zu ihm um. Auch die Fußgänger starrten ihn an, manche blieben sogar stehen und sahen der Droschke nach. «Ist Euch nicht wohl?» fragte der Kutscher ängstlich. «Soll ich halten?»

«Nein, fahrt weiter.»

«Soll ich Euch nicht zu einer Apotheke bringen?»

«Nein, danke.»

Die Droschke mußte immer wieder halten, weil ihr riesige Möbelwagen oder mit Holz und Mehlsäcken beladene Fuhrwerke den Weg versperrten. Unter dem Stampfen der stämmigen Zugpferde sprühte das Kopfsteinpflaster Funken. Sie kamen an einem Pferd vorüber, das mitten auf der Straße zusammengebrochen war. Zum drittenmal an diesem Tage passierte Jascha das Bankhaus in der Rimarska. Diesmal gönnte er dem Gebäude keinen Blick: sein Interesse für Banken und Geld war erloschen. Jetzt empfand er nicht nur Grauen, sondern auch Ekel vor sich selbst, so stark, daß ihm körperlich übel wurde. Vielleicht ist Esther etwas zugestoßen? dachte er plötzlich. Ein Traum fiel ihm ein, den er gehabt hatte, aber gerade als er Gestalt annehmen wollte, löste er sich spurlos auf. Was kann es gewesen sein? Ein wildes Tier? Ein Vers aus dem Alten Testament? Ein Leichnam? Zu manchen Zeiten wurde er Nacht für Nacht von Träumen gequält. Er träumte von Begräbnissen und Ungeheuern, von Hexen und Aussätzigen und wachte in Schweiß gebadet auf. Aber in den letzten Wochen hatte er wenig geträumt. Er war erschöpft eingeschlafen und mehr als einmal in der Lage aufgewacht, in der er eingeschlafen war. Trotzdem wußte er natürlich, daß keine Nacht traumlos vergeht. Im Schlaf führte er ein anderes Leben, ein zweites Dasein. Hin und wieder erinnerte er sich an einen Traum vom Fliegen oder ähnlichen widernatürlichen Kunststücken, meist alberne Kindereien, die auf einem kindischen Mißverständnis oder vielleicht sogar auf einem wörtlichen oder grammatischen Irrtum beruhten. Solche Träume können so phantastisch und absurd sein, daß das Gehirn sie im wachen Zustand einfach nicht behalten kann. Im selben Augenblick, in dem man sich erinnert, hat man sie auch schon wieder vergessen.

Sobald Jascha aus der Droschke gestiegen war, wurde er ruhig. Sich am Geländer festhaltend, ging er langsam die Treppe hinauf. Er hatte weder Hausschlüssel noch Dietrich bei sich. Wenn Magda nicht zu Hause war, mußte er im Flur warten. Aber der Pförtner Antonie hatte einen Schlüssel. Jascha lauschte an der Tür: drinnen war alles still. Er begann zu klopfen, aber kaum hatte er die Klinke berührt, als die Tür auch schon aufsprang. Er trat ins Vorderzimmer, und da bot sich ihm ein grausiger Anblick: Magda baumelte erhängt an der Decke, zu ihren Füßen lag ein umgeworfener Stuhl. Er zweifelte keinen Augenblick daran, daß sie tot war. Er stieß keinen Schrei aus, er beeilte sich nicht, sie abzuschneiden, er stand nur da und starrte sie an. Sie war nur mit einem Unterrock bekleidet, und ihre nackten Füße waren bläulich verfärbt. Ihr Gesicht konnte er nicht sehen, nur ihren Nacken mit dem Haarknoten. Wie eine übergroße Puppe sah sie aus. Er wollte sich in Bewegung setzen, wollte hingehen und sie abschneiden, aber er blieb hilflos stehen und dachte: Wo finde ich ein Messer? Er hätte um Hilfe rufen sollen, aber er schämte sich, den Nachbarn ins Gesicht zu sehen. Schließlich riß er die Tür auf und schrie: «Hilfe!»

Er hatte nicht sehr laut geschrien, niemand rührte sich. Lauter zu schreien vermochte er nicht, und fast hätte er wie ein verängstigtes Kind Reißaus genommen. Dann aber riß er die Tür einer Nachbarwohnung auf und rief mit halberstickter Stimme: «Helft mir! Etwas Furchtbares ist geschehen!»

Die Wohnung wimmelte von barfüßigen, halbnackten Kindern. An der Küchentür stand die Wohnungsinhaberin, eine dicke, flachsblonde Goiete, die ihm, eine halbgeschälte Zwiebel in der Hand, ihr verschwitztes Gesicht zuwandte. «Was gibt es?» fragte sie.

«Kommt! Ich brauche Hilfe! Magda . . .» Er konnte nicht weitersprechen.

Die Frau folgte ihm in seine Wohnung, stimmte sofort ein großes Jammergeschrei an und packte ihn bei den Schultern. «Schneidet sie ab! Schneidet sie ab!» befahl sie.

Er wollte gehorchen, aber die Frau klammerte sich an ihn und schrie ihm die Ohren voll. In den Händen hielt sie die Zwiebel und das Küchenmesser, mit dem sie Jascha um ein Haar das Ohr abgeschnitten hätte. Bald kamen andere Hausbewohner dazu. Jascha stand unbeweglich dabei und sah zu, wie einer von ihnen an dem Strick hantierte, Magda aufhob, die Schlinge lockerte und über ihren Kopf streifte. Jetzt machten sie Wiederbelebungsversuche: sie bewegten Magdas Arme wie Pumpenschwengel, zogen an ihrem Haar, besprengten sie mit Wasser. Immer mehr Leute drängten herein. Der Pförtner und seine Frau waren schon da. Jemand lief, um einen Polizisten zu holen. Jascha konnte Magdas Gesicht nicht sehen, nur den schlaffen Körper, der in der Kraftlosigkeit des Todes alles mit sich machen ließ. Eine Frau kniff die Tote in die Wangen, dann bekreuzigte sie sich. Zwei alte Hexen warfen sich einander in die Arme und schienen eine stumme Verschwörung anzuzetteln. Erst da fiel es Jascha auf, daß aus dem anderen Zimmer kein Laut zu hören war. Er ging hinüber: alle drei Tiere waren tot, Magda hatte sie wohl erwürgt. Der Affe lag mit offenen Augen am Boden. Die Krähe in ihrem Käfig wirkte wie ausgestopft. Der Papagei lag auf der Seite, an seinem Schnabel klebte ein Tropfen geronnenes Blut. Warum hatte sie das getan? Ach ja, natürlich, damit die Tiere kein Geschrei erhoben. Jascha zupfte einen der Umstehenden am Ärmel und deutete auf die toten Tiere. Der Polizist war schon eingetroffen. Er zog sein Notizbuch, ging mit Jascha in die Küche und schrieb alles auf, was Jascha berichtete.

Inzwischen waren ein Arzt, ein Kriminalbeamter und ein zweiter Polizist gekommen. Jascha erwartete jeden Augenblick, verhaftet zu werden. Er hätte sich gern abführen lassen, aber die Beamten taten nichts dergleichen, sondern ermahnten ihn nur, bevor sie gingen, die Leiche nicht anzurühren. Auch die anderen Männer – ein Schuster und ein Böttcher – gingen wieder an ihre Arbeit. Nur die dicke Frau von nebenan, die Zwiebeln geschält hatte, und ein weißhaariges altes Weib mit vielen Warzen im Gesicht blieben zurück. Sie legten die Leiche auf das eine Bett, dann wandte die Dicke sich zu Jascha: «Ihr wißt doch, daß sie ausgelegt werden muß. Sie war katholisch.»

«Bitte, tut alles Notwendige.»

«Wir müssen die Gemeinde benachrichtigen. Die Russen werden eine Autopsie verlangen.»

Dann endlich ließen sie Jascha allein. Er wollte ins Schlafzimmer zu Magda gehen, aber er konnte nicht – die alte Kinderfurcht vor den Toten. Er riß die Fenster auf und ließ die Wohnungstür weit offen stehen, um Verbindung zu Hof und Straße zu haben. Er wäre gern noch einmal zu den Tieren gegangen, wagte es aber nicht, weil ihr Schweigen ebenso beängstigend war. Die Stille des Todes, noch trächtig von den Schreien der Erwürgten, hing über der ganzen Wohnung, nur im Korridor raunte es noch von wispernden Stimmen. Jascha stand mitten im Zimmer und blickte durchs Fenster in den blaßblauen Himmel, in den ein Vogel aufstieg. Da drang Musik an seine Ohren: unten im Hof stand ein Drehorgelmann und leierte eine alte polnische Moritat von einer Schönen, der ihr Schatz durchgegangen war. Während die Kinder sich um den Musikanten sammelten, empfand Jascha eine seltsame Dankbarkeit gegen den alten Leiermann. Mit seinem Lied hatte er die Stille des Todes gebannt. Solange er spielte, konnte Jascha der Toten ins Antlitz sehen.

Bevor er ans Bett trat, blieb er einen Augenblick auf der Schwelle stehen. Die Frauen hatten Magdas Gesicht mit einem Tuch bedeckt. Nach kurzem Zögern ging er hinüber, aber als er das Tuch lüftete, fand er nicht Magdas Gesicht, sondern ein Bildnis, das ihm in all seinen Zügen – Nase, Mund und alles übrige – so fremd war, als wäre es ein Kunstgebilde aus Wachs oder Paraffin oder sonst einer leblosen Substanz. Nur in den hohen Backenknochen fand er eine gewisse Ähnlichkeit. Die Ohren waren weiß wie Gebein, die Augenlider faltig, als wären die Augäpfel darunter schon eingesunken. Am Hals hatte der Strick eine bläulich-braune Druckstelle hinterlassen. Ihren verstummten Lippen schien ein Schrei zu entsteigen, den kein Sterblicher lange ertragen konnte, als riefe der verschwollene, rissige Mund: Seht, was ihr aus mir gemacht habt! Seht! Seht! Jascha wollte das Tuch wieder über ihr Gesicht decken, aber seine Hände waren wie gelähmt. Diese Magda hier mußte doch dieselbe sein wie jene, die sich noch heute früh mit ihm gezankt und ihm später Wasser von der Pumpe gebracht hatte; aber während man jene besänftigen und um Verzeihung bitten konnte, war dieser schlaffe Körper auf dem Bett hier schon in die Ewigkeit entrückt und jenseits von Gut und Böse. Diese Magda hatte den Abgrund überschritten, über den keine Brücke führt. Jascha berührte ihre Stirn: Sie fühlte sich temperaturlos an – weder warm noch kalt. Er hob eines ihrer Augenlider: die Pupille glich der eines lebendigen Menschen, nur daß sie ins Nichts starrte – wirklich ins Nichts, nicht einmal in sich selbst.

3

Der Leichenwagen kam, um Magda abzuholen. Ein Riesenkerl in blauem Schurz und einer Wachstuchmütze, unter der sein blonder Haarschopf hervorquoll, hob sie mit einer Hand wie ein Hühnchen auf, warf sie auf die Bahre und deckte einen groben Sack über sie. Er rief Jascha etwas zu und händigte ihm ein Schriftstück aus. Er schien über irgend etwas verärgert zu sein, und dasselbe galt von seinem Begleiter, einem kleinen Mann mit krausem Schnurrbart, der im übrigen stark nach Whisky stank. Der Geruch erweckte in Jascha, der sich vor Angst und Schmerzen kaum noch zu lassen wußte, Sehnsucht nach einem Schnaps. Er hörte die beiden Männer die Treppe hinuntergehen und die Nachbarn im Hausflur tuscheln. Im allgemeinen versteckten die Verwandten die Leiche vor den Beamten, um eine Autopsie zu umgehen. Jascha sagte sich, daß er sich hätte um einen Priester kümmern müssen, aber alles ist so schnell gegangen, er hat nur dabeigestanden und nichts getan. Die Nachbarn reden bestimmt über ihn und können sein seltsames Benehmen gar nicht begreifen. Er hat nicht einmal Magdas Leiche zum Leichenwagen begleitet – aus kindischer Scham. Er hätte die Wohnung längst verlassen, wenn er sich nicht vor der Begegnung mit den Leuten fürchtete; nun wartete er darauf, daß die Neugierigen sich zerstreuten. Mittlerweile war es in der Wohnung fast dunkel geworden. Er stand vor der Tür, starrte auf die Klinke und fühlte sich ringsum von unheimlichen Mächten eingekreist. Hinter ihm raschelte und schnaubte die Stille, er traute sich nicht, den Kopf zu wenden, denn hinter ihm lauerte eine finstere Gestalt, ein namenloses Ungeheuer, das nur darauf wartete, ihn anzuspringen und seine Zähne und Klauen in sein Fleisch zu schlagen. Diese Erscheinung war von Kind auf der Gegenstand seiner Alpträume gewesen, und obwohl sie, wie er sich selbst immer wieder versicherte, natürlich eine Ausgeburt seiner Phantasie war, konnte er ihre Existenz nicht leugnen. Jascha verhielt den Atem: dieses Grauen war nicht lange zu ertragen.

Im Flur war es still geworden: Jascha warf sich auf die Tür, versuchte sie aufzureißen, aber sie gab nicht nach. Wollen sie mich nicht hinauslassen? fragte er sich, wie versteinert vor Entsetzen. Er zerrte noch einmal an der Klinke, und da sprang die Tür auf wie von einem Windstoß aufgeweht. Etwas Dunkles sprang davon – eine Katze, die er um ein Haar zertreten hätte. Schweißtriefend schlug er die Tür hinter sich zu und schoß die Treppe hinunter wie ein Verfolgter. Im Hof sah er den Pförtner stehen; er wartete, bis der Mann sich in seine Loge zurückzog. Jaschas Herz schlug nicht mehr, es flatterte nur noch, seine Kopfhaut zog sich prickelnd zusammen, und kalte Schauer krochen sein Rückgrat hinunter. Er empfand nicht mehr jenes maßlose Grauen wie vorhin in der Wohnung, aber er wußte: er würde nie zurückkehren.

Als der Pförtner seine Tür hinter sich geschlossen hatte, schlüpfte Jascha mit einem Satz durch das Tor. Der dumpfe Schmerz in seinem Fuß machte sich wieder bemerkbar. Er hielt sich dicht an den Hauswänden, um nicht gesehen zu werden oder doch wenigstens nicht zu merken, daß andere ihm nachsahen. Er bog in die Franziskanerstraße ein, hastig wie ein Junge, der die Cheder-Schule schwänzt. Die Ereignisse der letzten vierundzwanzig Stunden schienen ihn wieder zum Kind gemacht zu haben, zum verängstigten, schuldbewußten Schulbuben, gequält von unaussprechlichen Ängsten und Verwirrungen, die kein Fremder verstehen kann. Zugleich aber besaß er die Nüchternheit des Erwachsenen – des Menschen, der träumt und dabei weiß, daß er träumt.

Sich betrinken? Ist hier in der Nähe eine Schenke? Auf der Freta gibt es mehrere, aber da ist er zu bekannt. Die Franziskanerstraße wiederum ist nur von Juden bewohnt, da gibt es nichts zu trinken. Er erinnerte sich an eine Kneipe irgendwo in der Bugai, aber wie sollte er dorthin kommen, ohne die Freta zu passieren? Er ging zur Nowiniarska und kam auf eine Straße mit dem Namen Bolesc – das heißt auf polnisch Schmerz. So sollten alle Straßen heißen, sagte Jascha sich. Das ganze Leben ist eine einzige große Qual. Er war an der Bugai vorbeigegangen und kehrte wieder um. Obwohl es noch nicht dunkel war, standen die Straßenmädchen schon unter den Laternen und vor den Toren, aber keine winkte ihm. Sehe ich so abstoßend aus, daß selbst ihnen nichts an mir liegt? überlegte er. Ein großer Arbeiter in kariertem Jackett, blauer Mütze und Halbschuhen kam ihm entgegen. Sein schmales, eingefallenes Gesicht war teilweise weggefressen, und dort, wo die Nase hätte sein müssen, trug er ein schwarzes Pflaster an einer Schnur. Eine höchstens fünfzehnjährige Prostituierte – so klein, daß sie dem Mann kaum bis zur Hüfte reichte – sprach diesen Arbeiter an, und sie gingen zusammen fort. Jascha sah, daß dem Mann die Beine zitterten, und er dachte: Wovor fürchtet er sich? Vielleicht vor Syphilis?

Jascha erreichte die Bugai, fand aber die gesuchte Schenke nicht. War sie vielleicht geschlossen? Er wollte einen Vorübergehenden fragen, aber er genierte sich. Was ist nur mit mir? fragte er sich. Warum benehme ich mich wie ein Ziegenbock im Kohlbeet – als hätte ich was verbrochen? Die ganze Zeit, während er nach der bewußten Schenke suchte, hatte er das Gefühl, sie müsse irgendwo ganz nah sein, entschlüpfe ihm aber immer wieder. Gerade weil er so ängstlich bestrebt war, nicht gesehen zu werden, glotzten alle Leute ihn an. Kann mich hier jemand kennen? überlegte er. Können welche von diesen Leuten in der Alhambra gewesen sein? Nein, unmöglich. Sie tuschelten über ihn, lachten ihm ins Gesicht. Ein kleiner Hund knurrte ihn an und schnappte nach seiner Hose. Es war ihm peinlich, ein so kleines Tier wegzujagen, aber der Hund schäumte vor Wut und bellte so laut, daß er gar nicht mehr so klein erschien. Ja, der Teufel, der seinen Rachedurst an Jascha ausließ, schien noch nicht befriedigt zu sein, sondern häufte ein Mißgeschick aufs andere. Dann plötzlich sah Jascha die Schenke – er stand direkt davor. Und plötzlich fingen alle Umstehenden an zu lachen, als hätten sie alle bei dem Streich die Hand im Spiel.

Dieses Lokal erschien ihm jetzt gar nicht mehr besonders einladend; er wäre lieber in ein anderes gegangen, aber konnte er jetzt einfach umkehren und weggehen? Nein, das käme einer Niederlage gleich. Er ging die drei Stufen hinauf, öffnete die Tür, und ein heißer Brodem schlug ihm entgegen – Wodka- und Biergestank, vermischt mit einem anderen, ölig-modrigen Geruch. Jemand spielte die Ziehharmonika, und alles tanzte und klatschte in die Hände, schlurfte und torkelte durcheinander. Augenscheinlich waren die Leute hier wie eine große Familie. Jaschas Augen trübten sich, und ein Weilchen sah er gar nichts. Er suchte nach einem Tisch, konnte aber keinen finden, nicht einmal eine Bank. Er kam sich wie blind vor und fürchtete jeden Augenblick, über irgend etwas – einen Stock oder einen Strick – zu fallen. Irgendwie fand er die Theke, aber die Trinkenden standen wie eine Mauer darum herum, und der Schankkellner war ohnehin gerade am anderen Ende der Theke. Jascha steckte die Hände auf der Suche nach einem Taschentuch in die Hosentaschen, fand aber keines. Er konnte sich weder vor- noch rückwärts bewegen, als säße er in einer Falle. Der Schweiß rann in dicken Tropfen von seiner Stirn. Seine Sehnsucht nach einem Schnaps hatte sich im Handumdrehen in Ekel verwandelt. Die Übelkeit kam wieder, und auch die feurigen Funken tanzten wieder vor seinen Augen – zwei große Funken, fast von der Größe glühender Kohlen.

«Was wünscht der Herr?» fragte jemand hinter der Theke.

«Ich?» fragte Jascha zurück.

«Ja, wer denn sonst?»

«Ich möchte ein Glas Tee», sagte Jascha, über seine Worte bestürzt. Es war, als hätte er sich selber ein Bein gestellt, sich selber lächerlich machen wollen. Der andere zögerte.

«Dies ist keine Teestube.»

«Dann einen Wodka.»

«Glas oder Flasche?»

«Flasche.»

«Ganzen oder halben Liter?»
«Halben.»
«Vierzig oder sechzig Prozent?»
«Sechzig.»
Überraschenderweise lachte niemand.
«Was zu essen?»
«Warum nicht?»
«Ein Salzbrötchen?»
«Ja, das genügt.»
«Setzt Euch; ich bring's an den Tisch.»
«Wo gibt's was zum Sitzen?»
«Na, wo meint Ihr wohl?»

Da endlich erspähte Jascha einen Tisch. Es war wie die Hypnose-Nummern, von denen er in Zeitschriften gelesen, die er aber selbst noch kein einziges Mal vorgeführt hatte.

4

Er setzte sich an den Tisch, und nun erst merkte er, wie müde er war. Der Schuh an seinem linken Fuß drückte unerträglich; er langte unter den Tisch, um ihn aufzuschnüren, und dabei fiel ihm eine Stelle aus dem Pentateuch ein: «Siehe, ich muß doch sterben; was soll mir denn die Erstgeburt?»

Plötzlich wichen Angst, Furcht und Verlegenheit von ihm. Es kümmerte ihn nicht mehr, ob er angestarrt oder verspottet wurde. Der Schnürsenkel hatte sich verknotet; er zerrte mit aller Gewalt daran, so daß er riß. Er zog den Schuh aus, und aus der Socke dampfte eine ungesunde Hitze. Ja, es geht in Brand über, in Brand . . . Bald werde ich bei ihr sein! Er befühlte seinen Fuß, der aufzuquellen schien wie der Kuchenteig, von dem der Barbier morgens erzählt hatte. Wann mögen sie hier zumachen? überlegte Jascha. Sicher spät. Er hatte nur einen Wunsch: sitzen dürfen und sich ausruhen. Er schloß die Augen und verkroch sich ganz in die Düsternis seines Daseins. Wo ist Magda jetzt? Was machen sie mit ihr? Ob die Leiche schon seziert ist? Studenten im Anatomiekurs. Plötzlich sank er in sich zusammen, wie erdrückt von der Last dieses Grauens. Was würde ihre Mutter sagen? Und ihr Bruder? So viel Strafe auf einen Schlag!

Jemand brachte ihm eine Flasche Wodka und ein Glas, dazu einen Korb mit Salzbrötchen. Jascha goß sich ein halbes Glas Wodka ein und schüttete es rasch hinunter, als wäre es Medizin. Der Alkohol brannte ihm in Nase, Hals und Augen. Vielleicht sollte ich meinen Fuß damit einreiben, dachte er, Alkohol soll gegen so etwas helfen. Er goß etwas Wodka in die Handfläche, bückte sich und massierte seinen Knöchel. Nun, es wird ohnehin zu spät sein. Dann trank er noch ein Gläschen, und der Alkohol stieg ihm zu Kopf, aber besser wurde ihm davon nicht. Er stellte sich Magdas vom Körper abgetrennten Kopf vor, ihren aufgeschlitzten Leib. Und erst vor ein paar Stunden hatte sie vom Markt ein Huhn zum Abendessen mitgebracht. Warum hat sie das getan? schrie etwas in ihm. Warum? Er hatte sie auch früher schon betrogen. Sie hatte um all seine Geheimnisse gewußt. Sie war stets nachsichtig gegen ihn gewesen. War es zu glauben, daß er gestern um diese Zeit noch kerngesund war, daß er den Salto auf dem Seil geplant hatte, daß Magda und Emilia ihm noch gehört hatten? Ja, er war vom Unglück geschlagen wie Hiob. Ein falscher Schritt, und alles war verloren . . . alles . . .

Jetzt gab es nur noch eines zu tun – es war Zeit, zu ergründen, was jenseits des Vorhangs liegt. Aber wie? Sich in die Weichsel stürzen? Das wäre zu furchtbar für Esther. Nein, er konnte sie nicht einfach so im Stich lassen. Mindestens mußte er eine neue Heirat für sie arrangieren . . . Ein fast ununterdrückbarer Brechreiz stieg in ihm auf. Ja, das Leben hatte ihn verworfen, er war ein Kind des Todes.

Er hielt die Flasche in der Hand, aber trinken konnte er nichts mehr. Blind, die Lider geschlossen, saß er da. Die Ziehharmonika spielte ununterbrochen die alte polnische Mazurka. Der Lärm in der Schenke schwoll an. Wenngleich Jascha zum Sterben entschlossen war, brauchte er einen Platz zum Übernachten. Da war etwas, was er noch zu Ende denken mußte. Aber wohin konnte er mit dem kranken Fuß gehen? Wenn es nur Tag wäre! Um diese Zeit war alles geschlossen. Ein Hotel? Aber welches? Und wie konnte er mit dem kranken Fuß in ein Hotel gehen? In dieser Gegend gab es wahrscheinlich keine Droschke. Er wollte seinen Schuh wieder anziehen, fand ihn aber nicht. Er suchte mit den Zehen – der Schuh blieb verschwunden. Hatte ihn jemand gestohlen? Er blickte auf: ringsum lauter gerötete Gesichter mit wilden Augen, fuchtelnde Hände und schwächlich um sich schlagende Arme, torkelnde Körper, die einander umarmten und abküßten. Die Kellner in schmierigen Schürzen kamen und gingen, brachten Speisen und Wodka. Der Musikant saß zusammengekauert am sägespänebestreuten Boden, sein schwarzes Haar und sein dünner Schnurrbart hingen fast bis auf das Instrument herunter, während er mit verzückter Miene und fest zusammengekniffenen Augen zum Tanz aufspielte. Die Schenke schien noch einen zweiten Raum zu haben, denn man hörte Klavierspiel. Die Leute, die sich um die Petroleumlampe drängten, sahen aus wie ein Lampenschirm. Jascha gegenüber saß ein großer Mann mit pokkennarbigem Gesicht, einem langen Schnurrbart, einer kurzen, pikkeligen Nase und einer Narbe auf der Stirn. Er sah Jascha an und schnitt dabei Grimassen, verdrehte verzückt seine wässerigen Schielaugen – die Ekstase eines nahezu Wahnsinnigen.

Jascha fühlte irgendwo seinen Schuh und bückte sich, um ihn anzuziehen – aber er paßte nicht mehr. Das erinnerte ihn an die Geschichte von Nero, die er in der Cheder-Schule gelernt hatte: als Nero die Nachricht vom Tode seines Vaters erhalten hatte, merkte er plötzlich, daß seine Schuhe ihm zu klein geworden waren; denn es steht geschrieben: «Eine gute Nachricht macht die Knochen fett.» Wie weit weg war das alles jetzt: der Lehrer Reb Mosche Godle, die anderen Kinder, der Talmudband mit der Geschichte von der Zerstörung des Tempels, die vor dem neunten Tag des Aw, des Monats August, studiert wird . . . Nun, ich kann hier nicht sitzen, bis sie zumachen! Ich muß mir ein Nachtquartier suchen.

Er zwängte seinen Fuß in den Schuh, den er aber nicht zuschnürte; dann versuchte er, die Aufmerksamkeit des Kellners zu erregen, indem er mit dem Glas an die Flasche klopfte. Der Riese ihm gegenüber lachte – er entblößte dabei eine Reihe schadhafter Zähne –, als hätten er und Jascha sich zu einem kolossalen Ulk verschworen. Von was lebt so ein Mann? fragte Jascha sich. Ist er betrunken oder verrückt? Hat er irgendeinen Menschen auf der Welt? Arbeitet er? Vielleicht ist ihm das, was ich jetzt durchmache, schon passiert. Speichel troff aus dem Mund des Riesen; er lachte so unbändig, daß ihm die Augen tränten. Seine Züge trugen noch den Stempel der Primitivität, er befand sich noch in jenem Urwald, aus dem die Menschheit hervorgegangen war. Und doch war er Vater oder Gatte, Bruder oder Sohn. Solche Menschen sterben lachend, sagte Jascha sich. Und dann endlich kam der Kellner. Jascha bezahlte und stand auf. Er konnte kaum auftreten, jeder Schritt war eine Qual.

Obwohl es sehr spät war, herrschte in der Bugai noch reges Leben. Frauen saßen auf den Eingangsstufen, auf Schemeln oder Kisten. Mehrere Schuhmacher hatten ihre Werkbank hinausgeschafft und hämmerten bei Kerzenlicht. Selbst die Kinder waren noch wach. Ein schwefliger Wind wehte von der Weichsel her, und aus den Kloaken stiegen faulige Dünste auf. Der Himmel über den Dächern glühte, als reflektierte er ein fernes Feuer. Jascha sah sich nach einer Droschke um, aber bald wurde ihm klar, daß es keinen Zweck hatte, zu warten, wenn er nicht die ganze Nacht hier stehen wollte. Er ging die Celna hinunter, dann durch die Swietojanska zum Schloßplatz. Er mußte alle paar Schritte stehen bleiben, überwältigt von Hitze und Übelkeit. An jedem Tor, an jedem Laternenpfahl standen

Grüppchen von Prostituierten. Überall torkelten Betrunkene, als suchten sie jemanden, gegen den sie sich fallen lassen könnten. In einer offenen Tür unter einem Balkon saß eine Frau mit zerzaustem Haar, in deren Augen die Freude des Wahnsinns brannte, in den Armen einen Korb voller Lumpen. Jascha senkte den Kopf, er rülpste und spürte eine unbekannte Bitterkeit in Gaumen, Kehle und Nasenlöchern. Ja, ich weiß, die Welt ist so. In jedem zweiten oder dritten Haus liegt eine Leiche. Wer weiß wie viele Menschen treiben sich auf der Straße herum, schlafen auf Bänken oder im Schmutz der Weichselufer. Die große Stadt ist umgeben von Friedhöfen und Gefängnissen, Krankenhäusern und Irrenanstalten. In jeder Straße und Gasse lauert Mord, Raub und Verbrechen, und wohin man blickt, sieht man einen Polizisten.

Jascha bemerkte eine Droschke; er winkte, aber der Kutscher fuhr weiter, nachdem er ihn kurz gemustert hatte. Mit der nächsten Droschke ging es genauso. Für was mögen die mich halten? dachte Jascha. Die dritte Droschke hielt tatsächlich, wenn auch etwas zögernd, und er stieg ein.

«Fahrt mich zu einem Hotel!»

«Zu welchem?»

«Ganz gleich. Zu irgendeinem.»

«Wie wär's mit dem Krakowski?»

«Gut – zum Krakowski.»

Der Kutscher knallte mit der Peitsche, und die Droschke rollte davon, durch die Podwal- und die Mead-Straße in die Senatorska. Der Theaterplatz war noch belebt, viele wartende Kutschen standen vor der Oper – vielleicht war eine Gala-Vorstellung. Man hörte Männer johlen und Frauen lachen, und Jascha mußte denken: keiner von ihnen allen weiß, daß ein Mädchen namens Magda sich erhängt hat oder daß ein Zauberkünstler aus Lublin in diesem Augenblick von Schmerzen gefoltert wird. Lachen und Lustbarkeit werden weitergehen, bis auch diese Menschen zu Staub werden. Ist es möglich, daß ich, Jascha, einmal jede wache Stunde darauf verwandt habe, mir Unterhaltungen für dieses Gesindel auszudenken? Was hoffte ich damit zu gewinnen? Den spärlichen Beifall dieser Larven, die auf Gräbern tanzen? Bin ich dafür zum Dieb und Mörder geworden?

Die Droschke hielt vor dem Hotel Krakowski, und in diesem Augenblick wurde Jascha sich bewußt, daß er sich die Fahrt hätte sparen können: er hatte keine Ausweispapiere bei sich.

5

Jascha entlohnte den Kutscher und befahl ihm, zu warten. Er bemühte sich, den Empfangschef zu überreden, ihm auch ohne Ausweispapiere ein Zimmer zu geben, aber das zwergenhafte Individuum hinter dem Empfangsschalter blieb hart.

«Es geht nicht. Streng verboten.»

«Aber wenn nun jemand seine Papiere verliert? Muß er dann auf der Straße verrecken?»

Der Mann zuckte die Achseln. «Ich habe meine Vorschriften.»

Ein eigenes Urteil, das kennen sie nicht – zitierte eine Stimme in Jascha. Es war ein Ausspruch seines Vaters über die russische Gesetzgebung.

Als Jascha wieder aus dem Hotel trat, fuhr die Droschke gerade mit einem Fahrgast davon, der einen höheren Preis geboten hatte.

Jascha setzte sich auf die Türstufe eines Nachbarhauses. Das war nun die zweite Nacht, die er herumvagabundierte. Das Verhängnis schreitet schnell, dachte er, morgen nacht schlafe ich vielleicht schon in meinem Grabe. Auch hier gab es Straßenmädchen, zum Beispiel die schwarzgekleidete Frau mit den langen Ohrringen auf der anderen Straßenseite. Man hätte sie fast für eine Hausfrau mittleren Alters halten können, aber der Blick, den sie ihm zuwarf, war eindeutig. Offenbar gehörte sie zu den unregistrierten Dirnen, die sich in Hinterhöfen oder Haustoren anbieten. Sie sah ihn unverwandt mit flehentlich bittendem Ausdruck an, als wollte sie ihn hypnotisieren, als wollte sie sagen: Wir sitzen doch beide im selben Boot – warum tun wir uns nicht zusammen? Im gelben Licht der Straßenlaterne konnte Jascha ihr Gesicht überdeutlich erkennen: die Augenfältchen und die Furchen auf ihrer Stirn, die Wimperntusche um ihre großen, dunklen Augen und das Rouge, das sie sich auf die Backenknochen geschmiert hatte. Er hatte nicht einmal Kraft für Mitgefühl – er empfand nur ein großes Erstaunen. So also gehen die Mächte mit dem Menschen um, dachte er; sie spielen mit ihm, dann werfen sie ihn fort, auf den Müll. Aber warum gerade ihn? Und warum diese Frau? Ist sie denn weniger wert als die verwöhnten Damen in den Opernlogen, die durch ihre Lorgnetten auf das Publikum im Parkett hinabsehen? Ist alles Zufall? Wenn dem so ist, dann ist der Zufall Gott. Aber was ist Zufall? Ist das Weltall ein Zufall? Und wenn nicht das ganze Weltall, dann vielleicht ein Teil desselben?

Während er so saß, sah er die Bilanz seines Lebens immer klarer vor sich. Schon diese Saison wird er nicht mehr auftreten. Magda ist tot, und Emilia hat er verloren. Morgen werden die Warschauer wissen, daß er ein Dieb ist. Fort? Wohin? Und was soll er anfangen in einem fremden Land, dessen Sprache er nicht kann? Und wie lange kann er überhaupt noch weitermachen? Das Alter rückt näher. Wenn er sich's auch nicht eingestehen will: er ist voll von verstecktem Siechtum, irgendwo lauert schon die letzte Krankheit, der Tod. Keiner seiner Angehörigen hat lange gelebt, weder Vater und Mutter noch die Großeltern. Plötzlich fiel ihm ein, daß er für die Gräber seiner Eltern nicht einmal einen Grabstein bestellt hatte. Er hatte es immer wieder aufgeschoben, bis es zu spät war oder ihm zu spät erschien. Außerdem hatte er effektiv keine Zeit dafür gehabt. Jeden Augenblick seines Lebens hatte er seiner Kunst oder den Frauen gewidmet. Ein verrücktes Leben! Er, der Hypnotiseur, war selbst hypnotisiert gewesen. Aber konnte das der Sinn seines Lebens sein? Konnte er auf die Welt geschickt worden sein, damit er sich und andere ruinierte? Er wollte beten, aber die Scham war zu groß. Durfte so einer wie er beten? Durften seine unreinen Lippen Gottes Namen aussprechen? Gab es für so einen wie ihn noch eine Umkehr? Und wenn es eine Umkehr gab – auf was wartete er dann noch? Auf seine Sterbestunde? Gott im Himmel, rette meine Seele, murmelte er. Ihm war sehr beklommen und kalt, trotz der heißen Sommernacht. Mit gebeugtem Kopf, als hinge eine Last an seinem Hals, murmelte und murmelte er vor sich hin, ohne sich darüber Rechenschaft geben zu können, was er murmelte: ein Gebet oder schon das Sündenbekenntnis des Sterbenden.

Er sah eine Droschke kommen und winkte dem Kutscher. Die Droschke hielt, und er stieg ein. Die Frau gegenüber sah ihm vorwurfsvoll nach, ihr Blick schien zu sagen: Willst du mich nun auch verlassen? Der Kutscher wandte den Kopf, aber Jascha fiel keine Adresse ein. Eigentlich wollte er in ein Krankenhaus, aber er hörte sich sagen: «Zur Nizka.»

«Welche Nummer.»

«Ich habe die Nummer vergessen, ich werd es Euch zeigen.»

«Schon gut.»

Natürlich war es Wahnsinn, die gelbliche Frau und ihren Bruder – den Zuhälter aus Buenos Aires – zu dieser Nachtzeit zu besuchen, aber Jascha hatte keine andere Wahl. Wolski hatte Frau und Kinder, er konnte keinesfalls in diesem Zustand bei ihm hereinplatzen. Außerdem schuldete er ihm Geld. Vielleicht sollte er Emilia wecken? Nein; selbst Sewtel würde nicht erfreut sein, ihn zu sehen. Sollte er einen Zug nach Lublin nehmen? Nein, auch das ging nicht, er mußte ja für Magdas Begräbnis sorgen. Er konnte nicht einfach die Leiche liegenlassen und sich aus dem Staube machen. Außerdem wußte die Polizei bestimmt, daß er der Einbrecher in Zaruskis Wohnung war. Besser hier in Warschau verhaftet werden als in Lublin, dann blieb

Esther wenigstens dieses Schauspiel erspart. Und in Piask wartete Bolek auf ihn, der schon vor Jahren geschworen hatte, Jascha eines Tages umzubringen. Das beste wäre, außer Landes zu gehen. Vielleicht nach Argentinien. Aber solange sein Fuß in diesem Zustand war . . .

Die Droschke fuhr durch die Tlomacka und die Leschno, dann weiter zur Eisenstraße. Dort bog sie in die Smotscha ein. Jascha saß wie im Fieberfrost zusammengekrümmt da, ohne zu schlafen. Die Ungehörigkeit seines Besuches bei Sewtel zu dieser Stunde machte ihm zu schaffen und die Scham darüber, ihr und ihren Gastfreunden seine Situation erklären zu müssen; der Kummer um Magda und die Angst, seinen Fuß zu verlieren, traten davor in den Hintergrund. Er zog einen Kamm aus der Tasche und fuhr sich durchs Haar. Er rückte den Schlips zurecht. Der Gedanke an seine trostlose finanzielle Lage erschreckte ihn. Das Begräbnis würde mehrere hundert Rubel kosten, und er war praktisch mittellos. Er könnte seine Pferde verkaufen, aber die Polizei war hinter ihm her und würde ihn festnehmen, sowie er die Wohnung in der Freta betrat. Das Klügste wäre, sich der Polizei zu stellen. Im Gefängnis hätte er alles, was er braucht, Nachtquartier und ärztliche Hilfe. Ja, das ist die einzige Lösung, sagte er sich. Aber wie fängt man das an? Sollte er einen Polizisten anhalten? Sollte er sich zur Polizeiwache fahren lassen? Die anderen Straßen waren voll von Hütern des Gesetzes gewesen, hier war kein einziger zu sehen. Die Straße war menschenleer, alle Haustore waren versperrt, alle Fenster geschlossen. Er erwog einen Augenblick, sich zur nächsten Polizeistation fahren zu lassen, aber er genierte sich, es dem Kutscher zu sagen. Er würde mich für verrückt halten, sagte er sich. Schon mein Hinken hat ihn mißtrauisch gemacht. Trotz seiner übermächtigen Angst vermochte Jascha seinen Stolz, seine Eitelkeit nicht zu überwinden. Die beste Lösung ist der Tod! Ich werde ein Ende machen. Vielleicht sogar noch heute nacht!

Nach diesem Entschluß wurde er plötzlich ruhiger, als hätte er überhaupt zu denken aufgehört. Die Droschke bog in die Nizka ein und fuhr in östlicher Richtung auf die Weichsel zu weiter, aber Jascha fand das Haus nicht wieder. Er glaubte bestimmt zu wissen, daß es einen Bretterzaun mit einem Tor gehabt hatte, aber solch ein Hof war nirgends zu sehen. Der Kutscher brachte sein Gefährt zum Stehen.

«Vielleicht ist es näher bei der Okopowa?»

«Ja, vielleicht.»

«Ich kann hier nicht wenden.»

«Wißt Ihr was? Ich werde aussteigen und es selber suchen», sagte

Jascha, obwohl er wußte, daß er damit eine Dummheit machte: jeder Schritt bedeutete eine Anstrengung.

«Wenn Ihr wollt.»

Er bezahlte und stieg aus. Das Knie seines verletzten Beines war eingeschlafen. Erst als die Droschke abfuhr, merkte Jascha, wie dunkel es hier war. Die wenigen verrußten Straßenlaternen waren in großen Abständen aufgestellt. Die Straße war ungepflastert und bestand nur aus Höckern und Löchern – finster und unwegsam wie eine Dorfstraße. Jascha sah sich um, konnte aber nichts erkennen. Vielleicht war es gar nicht die Nizka? Er durchsuchte seine Taschen nach Streichhölzern, obwohl er wußte, daß er keine hatte. Er hinkte ein Stück auf die Okopowa zu. Eine Verrücktheit, hierher zu fahren! Allem ein Ende machen? Ja, aber wie? Man konnte sich nicht mitten auf der Straße aufhängen oder vergiften. Zur Weichsel gehen? Das waren mehrere Werst. Vom Friedhof her wehte ein kühler Wind. Plötzlich mußte er lachen. War je ein Mensch in einem solchen Dilemma gewesen? Er humpelte bis zur Okopowa, aber das gesuchte Haus war verschwunden. Er hob den Blick und sah über sich den dicht ausgestirnten, schwarzen Himmel, der sich nur für seine himmlischen Angelegenheiten zu interessieren schien. Wem lag schon etwas an einem Zauberkünstler auf dieser Erde, der in eine Falle gestolpert war? Jascha hinkte zum Friedhof. Diese Leben hier waren erledigt, ihre Rechnungen beglichen. Wenn er ein offenes Tor und ein offenes Grab fände – warum nicht sich hineinlegen und sich selbst ein echt jüdisches Begräbnis bereiten?

Was blieb ihm anderes übrig?

6

Dennoch kehrte er um und ging zurück, den Weg, den er gekommen. An den Schmerz in seinem Fuß hatte er sich gewöhnt. Mag es stechen, mag es brennen, mag es vereitern! Er kam an die Smotscha, ging weiter, und plötzlich sah er das Haus. Da war es ja – der Zaun, der Eingang; das Tor öffnete sich bei der ersten Berührung, und da war auch die Treppe, die zur Wohnung von Hermanns Schwester führte. Durchs Fenster schimmerte Lampenlicht, sie schienen noch wach zu sein. Das Schicksal will also noch nicht, daß ich sterbe! Er schämte sich, so vernachlässigt und hinkend und noch dazu ungebeten zu ihnen zu kommen, sagte sich aber zur Ermutigung: So etwas kommt eben vor. Sie werden mich nicht gleich hinauswerfen. Und schlimmstenfalls wird Sewtel mit mir kommen, denn sie liebt mich.

Der Lampenschimmer in der Dunkelheit gab ihm Hoffnung: sie würden etwas für seinen Fuß tun, vielleicht war er zu retten. Er erwog, Sewtel zu rufen, um sie nicht so unvorbereitet zu überfallen, verwarf es aber wieder. Er hinkte zur Treppe und stieg hinauf, wobei er, um sich anzukündigen, möglichst viel Lärm machte. Sogar die Begrüßungsworte hatte er schon vorbereitet: Ein unerwarteter Besuch, nicht wahr? Mir ist nämlich etwas sehr Seltsames passiert. Aber die Hausbewohner waren anscheinend zu vertieft in ihre jeweilige Tätigkeit, um auf die Vorgänge außerhalb des Hauses zu achten. Nun, man übersteht alles, tröstete Jascha sich. Was war noch in diesen Ring vom Goldschmied eingraviert? «Auch das wird vorübergehen.» Er klopfte leicht an die Tür, aber niemand öffnete. Wahrscheinlich waren sie im anderen Zimmer. Er klopfte lauter, aber nichts regte sich. Beschämt und gedemütigt stand er da, bereit, auch das letzte bißchen Stolz aufzugeben. Laß dir dies als Buße für deine Sünden dienen, sprach die Stimme in seinem Innern. Er klopfte noch dreimal sehr laut, ohne Erfolg. Er wartete und lauschte: Ob sie schon schlafen? Er drückte auf die Klinke, und die Tür ging auf. Die Küchenlampe brannte. Auf der eisernen Bettstelle lag Sewtel, neben ihr Hermann. Beide schliefen, Hermann mit tiefem sonorem Schnarchen. Jaschas innere Stimmen verstummten. Er konnte nur stehen und glotzen, bis er zur Seite trat, um nicht gesehen zu werden, falls einer der beiden die Augen aufschlagen sollte. Nun überkam ihn eine Scham, wie er sie nie gefühlt – nicht für das Paar auf dem Bett, sondern für sich selbst –, die Demütigung des Menschen, der einsehen muß, daß er trotz all seiner Klugheit und Erfahrung ein Narr geblieben ist.

Er wußte später nicht, wie lange er dort gestanden hatte – eine Minute? viele Minuten? Sewtel hatte das Gesicht zur Wand gekehrt, die eine Brust war entblößt, das Haar zerzaust: sie wirkte wie zermalmt von der enormen Körperfülle des neben ihr liegenden Hermann, der eine Art Unterhemd von ausländischem Schnitt anhatte. Das Bemerkenswerteste an alldem war vielleicht, daß die klapperige Bettstelle dieses ganze Gewicht aushielt. Eine Leblosigkeit lag über den beiden Gesichtern, so daß man, hätte Hermann nicht geschnarcht, leicht hätte meinen können, hier wäre ein Mord geschehen. Wie zwei abgenutzte, verbrauchte Marionetten lagen sie unter der Decke. Wo ist die Schwester? fragte Jascha sich. Und warum haben sie die Lampe brennen lassen? Er wunderte sich, und noch während er das tat, wunderte es ihn, daß er sich wunderte. Trauer, Leere und ein Gefühl der Machtlosigkeit erfüllten ihn, nicht unähnlich dem Gefühl ein paar Stunden früher, als er die tote Magda entdeckt hatte. Zweimal an einem Tag hatten sich ihm Dinge enthüllt, die besser verborgen bleiben. Er hatte dem Tod und der Wollust ins Gesicht gesehen: es war einunddasselbe Antlitz. Und noch während er da stand und auf die Schlafenden starrte, wußte er, daß er so etwas wie eine Verwandlung durchmachte, daß er nie wieder der Jascha sein würde, der er gewesen war. Die letzten vierundzwanzig Stunden waren mit keinem anderen Tag seines Lebens zu vergleichen, denn sie faßten sein ganzes bisheriges Dasein zusammen, und indem sie es zusammenfaßten, setzten sie ein Siegel darauf. Er hatte Gottes Finger gesehen. Das Ende des Weges war erreicht.

Epilog

1

Drei Jahre waren vergangen. Im Vorderzimmer waren Esther und zwei Näherinnen dabei, unter Schwatzen und Lachen die letzte Hand an ein Hochzeitskleid zu legen. Das Kleid war so voluminös und hatte eine so lange Schleppe, daß es den ganzen Arbeitstisch einnahm. Esther und die Mädchen schwirrten geschäftig herum wie Zwerge beim Schmieden einer Riesenrüstung. Ein Mädchen heftete, das andere nähte Bänder an, während Esther das Bügeleisen schwang und, immer wieder mit dem Finger die Hitze des Eisens kontrollierend und von Zeit zu Zeit die zu bügelnde Stelle aus einem Krug mit Wasser besprengend, die Fältchen zwischen den Volants ausbügelte. Obwohl sie sonst auch bei großer Hitze nicht leicht schwitzte, standen jetzt Schweißperlen auf ihrer Stirn, denn was konnte es Schlimmeres geben als ein Brandloch in einem Hochzeitskleid? Ein brauner Fleck, und alle Arbeit wäre umsonst gewesen! Trotzdem funkelten Esthers schwarze Augen übermütig: ihre kleine Hand mit dem zarten Handgelenk verstand das Eisen fest und energisch zu führen. Ein Kleid versengen – das konnte ihr nicht passieren!

Dann und wann warf sie einen Blick durchs Fenster in den Hof, wo nun seit über einem Jahr das kleine Backsteinhaus stand – oder das Gefängnis, wie Esther es in Gedanken nannte. Sie hatte sich noch immer nicht daran gewöhnt, und zuweilen vergaß sie überhaupt, was vorgefallen war, so daß sie sich vorübergehend einbildete, da draußen wäre eine Laube zum Laubhüttenfest errichtet worden. Im allgemeinen hielt sie diesen Fenstervorhang geschlossen, heute hatte sie ihn aufgezogen, weil sie das Tageslicht brauchte. Esther war in den letzten drei Jahren gealtert. Die Haut unter ihren Augen war faltig geworden, und ihr Gesicht neigte zur Fülle und hatte die rötliche Farbe einer überreifen Frucht. Sie hatte den Kopf wie immer mit einem Tuch bedeckt, aber das Haar, das darunter zum Vorschein kam, war nun eher grau als schwarz. Nur ihre Augen waren jugendlich und glänzend wie schwarze Kirschen geblieben. Seit drei Jahren lag ihr das Herz schwer in der Brust, heute nicht weniger schwer als sonst, und trotzdem brachte sie es fertig, mit ihren Gehilfinnen zu scherzen und mit ihnen die üblichen Schneiderinnenwitze über Braut und Bräutigam zu tauschen. Die Mädchen sahen einander vielsagend an: sie waren sich wohl bewußt, daß sie in einer sehr ungewöhnlichen Werkstatt arbeiteten. Denn wie hätte man auch nur für einen Augenblick das türlose Häuschen mit dem kleinen Fenster da draußen vergessen können, in dem Jascha der Zauberer saß – oder Jascha der Büßer, wie man ihn jetzt nannte.

Das Bekanntwerden von Jaschas Absicht hatte damals die Stadt in große Aufregung versetzt. Der Rabbi, Reb Lejbele Ejger, hatte Jascha zu sich gerufen und ihn von seinem Vorhaben abzubringen versucht. Gewiß, in Litauen hatte ein Einsiedler sich einmauern lassen, aber fromme Juden lehnten dergleichen ab. Die Welt ist dafür geschaffen, daß Adams Söhne nach freiem Willen mit ihr schalten und immer wieder die Wahl zwischen Gut und Böse treffen. Zu was sich in Stein einschließen? Der Sinn des Lebens ist Freiheit und das Vermeiden krummer Wege. Ein Mensch, dem man den freien Willen nimmt, gleicht einem Leichnam. Aber Jascha war nicht so leicht zu überzeugen. In den anderthalb Jahren seiner Buße hatte er viel gelernt. Er hatte sich einen Lehrer genommen, der ihn in den heiligen Büchern – der Mischnah, den Agadas des Talmud, dem Midrasch und sogar dem Sohar – unterrichtet hatte, so daß er jetzt dem Rabbi eine Anzahl von Vorbildern entgegenhalten konnte – Heilige, die freiwillig auf ihre Freiheit verzichtet hatten aus Furcht vor der eigenen Widerstandslosigkeit gegen die Versuchung. Hat nicht ein frommer Mann sich die Augen ausgestochen, auf daß er seine römische Geliebte nicht mehr sähe? Hat nicht ein Jude in Schebreschin ewiges Schweigen geschworen aus Angst, ihm könnte ein verleumderisches Wort entschlüpfen? Hat nicht ein Musikant aus Kowle sich dreißig Jahre lang blind gestellt, um keines anderen Mannes Weib ansehen zu müssen? Harte Gesetze sind lediglich Schranken für den Menschen, auf daß er nicht in die Sünde stolpere. Die jungen Männer, die damals Jaschas Debatten mit dem Rabbi mit angehört hatten, diskutierten noch heute darüber. Es war kaum zu glauben, daß dieser Scharlatan, dieser Wüstling in anderthalb Jahren so tief in die Thora eingedrungen war. Der Rabbi hatte mit ihm wie mit einem Ebenbürtigen disputiert. Als Jascha in seinem Entschluß fest geblieben war, hatte der Rabbi ihm schließlich segnend die Hand auf den Kopf gelegt und gesprochen:

«Deine Taten sind zum Ruhme des Himmels bestimmt. Möge der Allmächtige dir beistehen!»

Und er hatte Jascha einen kupfernen Leuchter geschenkt, damit er sich nachts oder an trüben Tagen eine Kerze anzünden könne.

In den Schenken von Piask und Lublin waren viele Wetten darüber abgeschlossen worden, wie lange Jascha es lebendig in seinem Grabe aushalten werde. Manche hatten eine Woche geschätzt, andere einen Monat. Die Stadtbehörden hatten darüber debattiert, ob Jaschas Unternehmen nicht gegen die Gesetze verstoße. Selbst die Regierung war auf dem Laufenden gehalten worden. Inzwischen waren die Maurer ans Werk gegangen. Jascha hatte sich nicht aus seinem Sessel gerührt, während Hunderte von Neugierigen in Esthers Haus geströmt und die Kinder auf Bäume und Dächer geklettert waren, um zu sehen, wie man einen Menschen lebendig einmauerte. Fromme jüdische Männer waren vor Jascha hingetreten, um mit ihm über seine Motive zu sprechen, und ebenso fromme jüdische Matronen hatten versucht, ihm sein Vorhaben auszureden. Auch Esther hatte geweint und gefleht, bis sie heiser war. Dann war sie, begleitet von einer Gruppe Frauen, zum Friedhof gegangen, um Gräber auszumessen und danach zu berechnen, welche Länge an Kerzen sie als wohltätige Spende stiften müsse, um die Geister der Heiligen dazu zu bewegen, ihren Mann in letzter Minute zur Aufgabe seines Planes zu zwingen. Er durfte sie nicht zur verlassenen Frau machen, denn das würde sie sein, auch wenn er in ihrer nächsten Nähe blieb. Doch weder die weisen Ermahnungen noch Klagen und Warnungen hatten irgend etwas gefruchtet. Die Mauern des kleinen Hauses waren von Stunde zu Stunde in die Höhe gewachsen, ein Raum von vier Quadratellen, denn mehr hatte Jascha sich nicht erlaubt. Er hatte sich einen Bart und Schläfenlocken wachsen lassen und trug einen langen Männerrock, einen weiten Gebetsmantel und ein Samtkäppchen. Ein Buch in der Hand, hatte er im Haus gesessen und Gebete gemurmelt, während die Maurerarbeit ihren Fortgang nahm. Nicht einmal Raum für ein Bett war in dem Häuschen, dessen ganze Einrichtung aus einem Strohsack, einem Stuhl und einem kleinen Tischchen bestand; dazu kam ein Mantel zum Zudecken, der kupferne Leuchter, den der Rabbi Jascha geschenkt hatte, ein Wasserkrug, einige fromme Bücher und eine Schaufel zum Vergraben von Exkrementen. Je höher die Mauern emporwuchsen, desto lauter waren die Klagen geworden, so daß Jascha die Frauen angeschrien hatte: «Was klagt ihr denn? Ich bin noch nicht tot.»

«Wenn du's nur wärst!» hatte Esther verbittert zurückgerufen.

So groß und erregt war die Menge geworden, daß die berittene Polizei sie hatte auseinandertreiben müssen. Um dem Aufruhr ein Ende zu machen, hatte der Stadt-Natschalnik den Arbeitern befohlen, Tag und Nacht zu arbeiten, und sie hatten den Bau in achtundvierzig Stunden geschafft – ein Häuschen mit einem Schindeldach und einem Fenster, dessen Laden von innen geschlossen werden konnten. Die Neugierigen waren immer weiter gekommen, bis der Herbstregen einsetzte, dann waren es weniger geworden. Die Laden des kleinen Fensters blieben von morgens bis abends geschlossen. Esther hatte den Zaun repariert, um Fremde vom Grundstück fernzuhalten. Bald zeigte sich's, daß diejenigen, die behauptet hatten, Jascha werde höchstens eine Woche oder einen Monat in seinem Gefängnis aushalten, die Wette verloren hatten. Ein Winter, ein Sommer und noch ein Winter vergingen, doch Jascha der Zauberer – jetzt Reb Jakob der Büßer – saß noch immer in seiner selbstgewählten Haft. Zweimal täglich brachte Esther ihm etwas zu essen: Brot mit Grütze, Pellkartoffeln, kaltes Wasser. Zweimal täglich unterbrach er seine Meditationen, um sich ihr zu Gefallen ein paar Minuten lang mit ihr zu unterhalten.

2

Draußen war es sonnig und heiß, aber in Jaschas Zelle herrschte kühles Dunkel trotz der Sonnenstreifen und des warmen Lufthauchs, die durch die Fensterladen hereinfilterten. Dann und wann öffnete Jascha die Laden, dann flog ein Schmetterling oder eine Hummel herein, und die Geräusche der Welt drangen an sein Ohr: Vogelgezwitscher, das Muhen einer Kuh, Kindergeschrei. Jascha saß an seinem Tischchen und las in den Zwei Gesetzestafeln, und der Mittag war so hell, daß er keine Kerze brauchte. Letzten Winter, da hätte er an manchen Tagen am liebsten die Mauern niedergerissen, um der klammen Kälte zu entfliehen. Er hatte einen rasselnden Husten und peinvolle Gliederschmerzen bekommen und zu häufig Wasser lassen müssen. Nachts hatte er angekleidet unter dem Mantel und der Decke gelegen, die Esther ihm durchs Fenster hereingeworfen hatte, und er war doch nicht warm geworden wegen der beißenden Kälte, die vom Erdboden aufstieg und bis ins innerste Mark drang. Oft hatte er sich so gefühlt, als läge er schon im Grabe, und manchmal hatte er sich den Tod gewünscht. Nun war es wieder Sommer geworden. Zur Rechten seiner Klause stand ein Apfelbaum, dessen Blätter er rauschen hörte. Eine Schwalbe hatte darin ihr Nest und flog nun von früh bis spät hin und her, um ihren Jungen Grashalme und Würmer zu bringen. Jascha steckte den Kopf durchs Fenster und konnte Felder und blauen Himmel, das Dach der Synagoge und einen Kirchturm sehen. Er hätte nur ein paar Backsteine herauszubrechen brauchen, um sich ganz durchs Fenster zu zwängen. Aber seltsam: der Gedanke, daß er sich in jedem beliebigen Augenblick den Weg in die Freiheit erkämpfen konnte, erstickte sein Fluchtbedürfnis. Er wußte nur zu gut, daß jenseits der Mauern Unrast, Begierde, die Angst vor dem kommenden Tag lauerten.

Solange er hier saß, konnten die schwerwiegenden Vergehen ihm nichts anhaben. Selbst seine Sorgen waren andere als diejenigen der

Außenwelt, als wäre er wieder ein Fötus im Mutterleib, als ginge wieder das Licht, von dem der Talmud spricht, von seinem Kopfe aus, während ein Engel ihn die Thora lehrte. Er war frei von allen Bedürfnissen. Seine Nahrung kostete nur ein paar Groschen am Tag. Er brauchte weder Kleidung noch Wein oder Geld. Wenn er daran dachte, was er damals in Warschau oder auf seinen Reisen durch die Provinz ausgegeben hatte, mußte er lachen. In jener Zeit hatte er nie genug gehabt, wieviel er auch verdiente. Eine ganze Menagerie von Tieren hatte er sich gehalten, Schränke voll Kleider hatte er nötig gehabt. Er hatte sich ständig in neue Ausgaben gestürzt, bei Wolski Schulden gemacht und außerdem noch bei Wucherern in Warschau und Lublin gegen Zinsen Darlehen aufgenommen. Unaufhörlich hatte er Schuldscheine unterschrieben, Indossanten gesucht, Geschenke gekauft und überall Schulden gemacht. Um seinen Leidenschaften frönen zu können, hatte er sich in ein Netz verstrickt, das sich immer enger um ihn zusammenzog. Sein Ruhm als Seiltänzer hatte ihm nicht genügt, er hatte auf immer gewagtere Kunststücke gesonnen – die eines Tages zu seinem Ruin führen mußten. Er war zum Dieb geworden – viel fehlte nicht, und er säße heute im Gefängnis. Hier in der Abgeschiedenheit war alles Äußerliche von ihm abgefallen wie die Hülsen, die von den Kabbalisten böse Geister genannt werden. Er hatte das üble Netz wie mit einem Messer durchschnitten, hatte auf einen Streich all seine Rechnungen beglichen. Esther konnte ihren Lebensunterhalt selbst verdienen. Nachdem all seine Schulden bezahlt waren, hatte er seinen Besitz verteilt: Elsbieta und ihrem Sohn Bolek hinterließ er Pferde und Wagen, Wolski die Möbel aus der Wohnung in der Freta wie auch seine Requisiten, Kostüme und sonstigen persönlichen Habseligkeiten. Nun besaß Jascha nur noch das Hemd, das er am Leibe hatte. Ja, aber reichte das aus, um ihn von seinen Sünden reinzuwaschen? Konnte er das Böse, das er getan hatte, einfach dadurch wieder gutmachen, daß er seine Last verringerte?

Nur hier, in der Stille seiner Klause, konnte Jascha – oder Jakob – über das Ausmaß seiner Verworfenheit nachdenken, über die vielen Seelen, die er der Folter, dem Wahnsinn, dem Tode überantwortet hatte. Er war kein Straßenräuber, der in den Wäldern seinem schändlichen Gewerbe nachgeht, und dennoch hatte er gemordet. Was macht es für das Opfer für einen Unterschied, wie es getötet wird? Er könnte sich vielleicht vor einem irdischen Richter (der selbst dem Bösen unterworfen ist) reinwaschen, aber der Schöpfer läßt sich weder kaufen noch betrügen. Er, Jascha, hatte nicht arglos, sondern absichtlich zerstört – das schrie Magda ihm aus ihrem Grabe zu. Und das war nicht der einzige Frevel, dessen er sich schuldig gemacht hatte, das erkannte er jetzt. Und wenn er hundert Jahre in dieser Zelle bliebe, er könnte seine Greueltaten nicht wieder gutmachen. Man kann nur wieder rein werden, wenn man die Vergebung vom Opfer selbst erbittet und erlangt. Und wenn man einem Menschen einen halben Groschen schuldet, und dieser Mensch lebt am anderen Ende der Welt, man muß ihn ausfindig machen und die Rechnung begleichen. So steht es in den heiligen Büchern geschrieben. Und Jascha fiel täglich eine neue böse Tat ein, für die er verantwortlich war. Er hatte jedes Gesetz der Thora übertreten, fast jedes der Zehn Gebote verletzt und sich dabei noch für einen aufrechten Mann gehalten, der andere anklagen darf. Wie konnten die kleinen Unbequemlichkeiten, die er jetzt erduldete, jene Qualen aufwiegen, die er verursacht hatte? Er war noch am Leben und erfreute sich mehr oder weniger guter Gesundheit. Selbst sein Fuß war geheilt – er war kein Krüppel geworden. Er wußte, daß die eigentliche Strafe ihn erst in der anderen Welt treffen würde; dort mußte es eine Abrechnung geben für jede Tat, jedes Wort, jeden Gedanken. Dem Menschen blieb nur ein Trost: daß Gott gnädig und barmherzig ist und daß bei der letzten Abrechnung das Gute über das Böse triumphieren muß. Aber was ist böse? Nachdem Jascha drei Jahre lang mit seinen Lehrern die Literatur der Kabbala studiert hatte, wußte er, daß das Böse nur eine Selbstherabsetzung Gottes ist, auf daß Er die Welt erschaffen, Schöpfer genannt werden und gegen Seine Geschöpfe Gnade walten lassen könne. Wie ein König seine Untertanen, so braucht ein Schöpfer seine Geschöpfe, ein Wohltäter seine Bedürftigen. Soweit ist der Herr der Welt von Seinen Kindern abhängig. Aber diese dürfen sich nicht damit begnügen, sich von Seiner gnädigen Hand führen zu lassen, sondern müssen lernen, von selbst, aus eigenem freiem Willen auf dem rechten Pfade zu bleiben. Das erwarten die himmlischen Welten von ihnen, das ist das Sehnsuchtsziel der Engel und Seraphim: daß die Söhne Adams in Gerechtigkeit leben, in Demut beten, in Barmherzigkeit schenken. Denn jede gute Tat ist eine Verbesserung des Weltalls, wie auch jedes Wort der Thora Kränze für die göttliche Gnadengegenwart flicht. Umgekehrt findet auch das unbedeutendste Vergehen Widerhall in den höchsten Ätherwelten, und der Tag der Erlösung wird hinausgeschoben.

Selbst hier in seiner Klause wurde Jascha zuzeiten schwach im Glauben. Beim Lesen der heiligen Bücher kamen ihm nörgelnde Gedanken: Wie kann ich wissen, ob dies hier die Wahrheit ist? Vielleicht gibt es gar keinen Gott? Die Thora könnte von Menschen ausgedacht sein. Quäle ich mich vielleicht ganz unnütz? Ganz deutlich vernahm er die Stimme des Bösen Triebes, der ihn an vergangene

Freuden erinnerte und ihn dazu bringen wollte, sein ausschweifendes Leben wieder aufzunehmen. Jascha mußte ihn jedesmal auf andere Weise überlisten. Wenn sein Gegner ihn gar zu hart bedrängte, gab er scheinbar seine Zustimmung zur Rückkehr in die Welt, schob aber den Zeitpunkt der Befreiung auf. Ein andermal fand er folgende Widerlegung: Nehmen wir um des Disputes willen einmal an, o Satan, es gäbe keinen Gott, aber die in Seinem Namen gesprochenen Worte wären dennoch richtig. Wenn das Schicksal eines Menschen vom Unglück eines anderen abhängt, dann gibt es für niemanden Glück. Wenn es keinen Gott gibt, muß der Mensch sich wie Gott benehmen. Einmal richtete Jascha an Satan die Frage: Wer hat denn die Welt erschaffen? Wo komme ich her? Und du? Wer läßt den Schnee fallen, den Wind wehen, meine Lunge Luft holen, mein Gehirn denken? Wo ist die Erde hergekommen, woher die Sonne, Mond und Sterne? Diese Welt mit ihrer ewigen Weisheit muß von irgendeiner Hand erschaffen sein. Da wir Gottes Weisheit wahrnehmen – warum können wir dann nicht glauben, daß sich hinter dieser Weisheit die Gnade des Schöpfers verbirgt?

Ganze Tage und Nächte vergingen über solchen Disputen, die Jascha an den Rand des Wahnsinns trieben. Dann und wann zog Belial sich zurück, Jaschas Glaube erstarkte wieder, und er war tatsächlich imstande, Gott zu sehen, Seine Hand zu spüren. Dann begann er die Notwendigkeit der Güte zu verstehen, dann schmeckte er die Süßigkeit des Gebets, die köstliche Würze der Thora. Täglich wurde ihm klarer, daß die heiligen Bücher, die er studierte, zu Tugend und ewigem Leben führten, daß sie den Weg zum Sinn der Schöpfung wiesen, während das, was hinter ihm lag, schlechthin böse war – Mißachtung, Diebstahl und Mord. Einen Mittelweg gab es nicht. Ein einziger Schritt vom Wege zu Gott, und man stürzte in den tiefsten Abgrund.

3

Die heiligen Bücher ermahnten Jascha, keinen Augenblick von seiner Wachsamkeit abzulassen. Der Satan gibt niemals Ruhe und probiert es mit einer Versuchung nach der anderen. Selbst am Sterbebett erscheint Samael, um den Sterbenden zum Götzendienst zu gewinnen. Jascha konnte das bestätigen, denn neuerdings suchte Esther ihn fast stündlich heim. Sie klopfte an den Fensterladen, um ihn mit Klagen und all ihren Sorgen zu bestürmen, oder sie weckte ihn nachts aus dem Schlaf und versuchte ihn zu küssen. Es gab keine Weiberlist, die zur Sünde führt und der Gelehrsamkeit spottet, die sie nicht angewandt hätte. Und als wäre das nicht Prüfung genug, begannen Männer und Frauen ihn aufzusuchen wie einen Wunderrabbi, ihn um Rat zu bitten, seine Fürsprache zu erflehen. Jascha bat sie inständig, ihn in Frieden zu lassen, da er kein Rabbi, nicht einmal der Sohn eines Rabbi sei, sondern nur ein gewöhnlicher und noch dazu sündiger Mensch – aber es nützte nichts. Die Frauen stahlen sich in den Hof, bearbeiteten den Fensterladen mit den Fäusten, versuchten ihn sogar mit Gewalt abzureißen – und wenn sie mit Jammern und Kreischen nichts erreichten, gingen sie zu Verwünschungen über. Esther beklagte sich, daß sie ihre Arbeit störten, und Jascha bekam es mit der Angst: er hatte alles vorausgesehen, nur dieses nicht. Er war selbst des Rates bedürftig: Tat er nach dem Gesetz recht daran, die Leute abzuweisen und ihnen Kummer zu bereiten? War das an sich nicht schon ein Zeichen von Hochmut? Aber durfte so einer wie er wie ein Rabbi ihre Bitten anhören? Kein Weg schien der richtige zu sein. Nach gründlichem Überlegen und vielen sorgenvollen Nächten beschloß Jascha, an den Rabbi von Lublin zu schreiben. Er verfaßte den Brief auf jiddisch, schilderte ausführlich den herrschenden Zustand und versprach, sich der Entscheidung des Rabbis zu beugen. Der Rabbi ließ nicht lange auf Antwort warten. In seinem ebenfalls auf jiddisch geschriebenen Brief befahl er Jascha, die Besucher täglich zwei Stunden zu empfangen, aber kein Bußgeld anzunehmen. «Wen die Juden um eine Audienz bitten, der ist ein Rabbi», hieß es in dem Brief.

So hielt Jascha nun täglich von zwei bis vier Uhr nachmittags Sprechstunde ab. Damit alles seine Ordnung hatte, gab Esther Papptäfelchen mit Nummern aus wie bei einem vielbeschäftigten Arzt. Aber das nützte nicht viel. Wer zu Hause einen Kranken oder kürzlich ein großes Unglück erlitten hatte, verlangte zuerst vorgelassen zu werden. Andere versuchten Esther mit Geld und Geschenken zu bestechen. Binnen kurzem redete die ganze Stadt von den Wundern, die Jascha der Büßer vollbracht hatte. Er brauchte es nur zu wünschen, so hieß es, und der Kranke wurde gesund; einen Rekruten sollte er direkt aus den Händen der Russen befreit, einem Stummen die Sprache und einem Blinden die Sehkraft wiedergegeben haben. Von den Frauen wurde Jascha jetzt «Heiliger Zaddik» (das heißt: der Gerechte) oder «Heiliger Rabbi» angeredet. Obwohl er sich's verbat, warfen sie ihm Banknoten und Geldstücke in seine Zelle, die er dann unter die Armen verteilen ließ. Junge Chassidim, die Jaschas Konkurrenz für ihren eigenen Rabbi fürchteten, verhöhnten ihn und verfaßten ein Pamphlet, in dem sie all seine früheren Sünden aufzählten. Ein Exemplar davon wurde Esther zugeschickt.

Nein, der Versuchungen war kein Ende. Jascha hatte sich von der

Welt zurückgezogen, aber durch das winzige Fensterchen in seiner Mauer, das Luft und Licht einlassen sollte, drangen üble Reden, Verleumdung, Zorn und falsche Schmeichelei zu ihm. Jascha wurde jetzt klar, warum die Heiligen des Altertums die Verbannung gewählt, nie zweimal am selben Ort geschlafen und sich blind, taub und stumm gestellt hatten. Man konnte Gott nicht dienen, wenn man unter den Menschen lebte, auch wenn man durch Steinmauern von ihnen getrennt war. Er erwog, mit dem Bündel auf dem Rücken und dem Stab in der Hand ins Unbekannte zu wandern, aber das wäre ein unerträglicher Schmerz für Esther. Vielleicht – wer weiß? – würde der Kummer sie sogar krank machen – mit ihrer Gesundheit ging es in letzter Zeit auffallend bergab. Das Alter rückte unaufhaltsam näher. Magda – Friede ihrer Seele! – hatte ihm gezeigt, was alles geschehen konnte.

Nein, Seelenfrieden war in dieser Welt nicht zu finden. Es gibt kein Morgen ohne Sorgen, wie die Philosophen sagen. Aber noch mächtiger als die äußeren Versuchungen waren diejenigen, die der Mensch in seinem Hirn und Herzen trug. Keine Stunde, in der nicht irgendeine Leidenschaft Jascha zusetzte. Kaum vergaß er sich einen Augenblick, so drängte es auch schon auf ihn ein: leere Phantastereien, Tagträume, abstoßende Begierden. Emilias Gestalt trat ihm aus dem Dunkel entgegen – lächelnd, wispernd, ihm zuzwinkernd – und wollte sich nicht vertreiben lassen. Neue Tricks für seine Vorstellungen fielen ihm ein, neue Witze, mit denen er die Zuschauer unterhalten, neue Illusionsakte und Zauberkunststücke, mit denen er sie verblüffen könnte. Er tanzte wieder auf dem Seil, vollführte Saltos in schwindelnder Höhe, flog unter dem Jubel der Menge über die Dächer großer Städte hinweg. Er verjagte diese Phantasien, so gewissenhaft er konnte, aber sie kamen immer wieder wie hartnäckige Fliegen. Er hatte Hunger auf Fleisch, Wein, Wodka und wurde von der Sehnsucht nach Warschau verzehrt – nach Droschken und Omnibussen, nach Cafés und Konditoreien. Trotz ständiger Erkältungen, rheumatischer Beschwerden und brennender Magenschmerzen waren seine Begierden nicht geringer geworden, und da er keine Frau zur Verfügung hatte, dachte er daran, auf Onans Art zu sündigen.

Er hatte nur zwei Waffen gegen diese äußeren und inneren Angriffe: die Thora und das Gebet. Er studierte Tag und Nacht, lernte viele Kapitel auswendig und sagte sie her, wenn er auf seinem Strohsack lag. «Gesegnet sei der Mann, der nicht im Rat der Gottlosen wandelt.» «Ewiger, wie zahlreich sind meine Bedränger, viele erheben sich gegen mich. Viele sprechen von meiner Seele: ‹Er findet kein Heil in Gott, Selah.›» Er wiederholte diese Stellen so oft, daß seine Lippen anschwollen. In Gedanken verglich er den bösen Trieb mit einem Hund, der nicht nur bellt, sondern auch unaufhörlich beißt. Man muß sich das Tier beständig mit einem Stock vom Leibe halten, man muß ihm die Verwundeten Gliedmaßen aus den Zähnen reißen, man muß die Wunden salben und verbinden. Außerdem wimmelt das Vieh von Flöhen, die dauernde Wachsamkeit erfordern. Und das alles bis zum letzten Atemzuge!

Jascha wäre sicherlich daran zugrunde gegangen, hätte es nicht hin und wieder eine Atempause gegeben. Der Hund von Ägypten biß nicht immer so wütend um sich, sondern zog sich auch dann und wann zu einem Schläfchen zurück. Aber man mußte auf der Hut sein, denn jeden Augenblick konnte er mit neuer Kraft und Unverschämtheit wiederkehren.

4

Alle kamen mit ihren Sorgen zu ihm, einer nach dem anderen. Sie schrien vor Jascha, dem Zauberkünstler, als wäre er Gott: «Meine Frau ist krank. Mein Sohn muß zum Militär. Mein Konkurrent bietet für einen Bauernhof mehr, als ich zahlen kann. Meine Tochter ist verrückt geworden . . .» Ein vertrocknetes Männchen hatte ein apfelgroßes Gewächs auf der Stirn. Ein Mädchen hatte seit einer Woche ununterbrochen den Schluckauf; nachts, wenn der Mond schien, klang es wie Hundegebell. Offenbar war ein Dibbuk in sie gefahren, denn sie sang mit der Stimme eines Vorbeters Choräle und Gebete, sprach dann und wann polnisch und russisch, obwohl sie diese Sprachen gar nicht konnte, und begehrte einen Priester aufzusuchen und sich taufen zu lassen.

Jascha betete für alle, wies aber jedesmal darauf hin, daß er kein Rabbi sei, sondern nur ein gewöhnlicher Jude und zudem ein Sünder. Die Bittsteller antworteten darauf nur mit einer Wiederholung ihrer Gesuche. Eine verlassene Frau – ihr Mann war seit über sechs Jahren verschollen, und sie hatte bereits ganz Polen nach ihm abgesucht – schrie so laut, daß Jascha sich die Ohren verstopfen mußte, und warf sich gegen das Häuschen, als wäre sie entschlossen, es aus schierer Verbitterung zu zertrümmern. Ihr Atem stank nach Zwiebeln und fauligen Zähnen. Die hinter ihr Stehenden verlangten, sie solle ihre Beschwerden kürzer fassen, aber sie drohte ihnen mit den Fäusten, schrie und jammerte weiter und beschimpfte Jascha: «Du Abschaum, du Hurenbock, du Mörder!» bis man sie schließlich fortschleppte.

Ein schwermütiger junger Mann vertraute Jascha an, daß er im Kampf mit Dämonen liege. Sie verknoteten seine Schaufäden, verfilzten seinen Bart, verschütteten sein Nägelwasser und streuten Hände voll Salz und Pfeffer, vermischt mit Würmern und Ziegenmist, in sein Essen. Jedesmal, wenn er seine Notdurft verrichten wollte, wurde er von einer Teufelin daran gehindert. Der junge Mann wies Briefe von Rabbis und anderen zuverlässigen Zeugen vor, die seine Aussage bestätigten. Auch gelehrte Herren suchten Jascha auf und diskutierten mit ihm über Religion und stellten ihm die unwahrscheinlichsten Fragen. Junge Tagediebe kamen, um ihn zu verspotten, ihn mit unbekannten Talmudzitaten oder chaldäischen Wörtern aufs Glatteis zu führen und als Ungläubigen zu entlarven. Jascha hatte seine Sprechstunde eigentlich auf zwei Stunden täglich begrenzen wollen; tatsächlich stand er von Tagesanbruch bis zum Dunkelwerden an seinem Fenster. Abends hatte er so müde Beine, daß er auf seinen Strohsack sank und die Abendgebete sitzend sprach.

Eines Tages kam auch der Musikant Schmuel, Jaschas ehemaliger Zechkumpan. Er klagte über Schmerzen in der linken Hand, so schlimme Schmerzen, daß er nicht mehr fiedeln konnte. Sobald er das Instrument anhob, begann die Hand zu schmerzen. Die Finger dieser Hand waren steif und blutleer, die Fingerspitzen gelb und schrumpelig. Schmuel wollte nach Amerika auswandern. Er brachte Grüße von den Dieben aus Piask. Elsbieta war gestorben. Bolek saß im Gefängnis von Janow, Chaim-Lejb im Armenhaus. Blind Mechl war nun auch auf seinem guten Auge erblindet. Berisch Wisoker war nach Warschau gezogen.

«Erinnerst du dich an die Kleine Malka?» fragte Schmuel.

«Ja, was macht sie?»

«Ihr Mann lebt auch nicht mehr», erzählte Schmuel. «Sie haben ihn im Gefängnis totgeprügelt.»

«Und wo ist sie?»

«Sie hat einen Schuhmacher aus Zakelkow geheiratet. Kaum drei Monate hat sie gewartet.»

«Ja, ja,»

«Vielleicht besinnst du dich auf Sewtel? Die mit Lejbusch Lekech verheiratet war?» fragte Schmuel listig.

Jascha errötete. «Ja, ich besinne mich.»

«Die ist jetzt Puffmutter in Buenos Aires. Hat einen gewissen Hermann geheiratet. Er hat wegen ihr seine Frau sitzenlassen. Sie haben da drüben eines der größten Bordelle.»

Jascha schwieg einen Augenblick. «Woher weißt du das?»

«Hermann kommt regelmäßig nach Warschau und holt ganze

Schiffsladungen von Weibern. Ich kenne einen Musikanten, der steht ganz gut mit Hermanns Schwester. Sie wohnt in der Nizka und leitet das ganze Geschäft.»

«Ja, ja.»

«Und du? Stimmt es, daß du ein Rabbi bist?»

«Nein, das stimmt nicht.»

«Alle reden von dir. Sie sagen, du könntest die Toten wieder lebendig machen.»

«Das kann nur Gott.»

«Erst Gott, dann du . . .»

«Red keinen Unsinn.»

«Ich möchte, daß du für mich ein Gebet sprichst.»

«Möge der Allmächtige dir helfen.»

«Jaschale, ich sehe dich und erkenne dich nicht. Ich kann nicht glauben, daß du es wirklich bist.»

«Wir werden älter.»

Zu was hast du das getan? Zu was?»

«Ich konnte nicht mehr atmen.»

«Na, und geht es da drin leichter? Ich denke an dich . . . Tag und Nacht denke ich an dich.»

Schmuel war gegen Abend gekommen, und Esther war eigens hinausgegangen, um ihn anzumelden. Es war ein warmer Sommerabend. Der Mond schien, der Himmel war mit Sternen besät. Die Frösche quakten, dann und wann krächzte eine Krähe, die Heimchen zirpten. Die alten Kameraden sahen einander an, jeder von seiner Seite des Fensters aus. Jaschas Bart war fast weiß geworden, und seine Augen hatten goldene Pünktchen bekommen. Zwei zerzauste Schläfenlocken hingen unter seinem Käppchen hervor. Auch Schmuels Backenbart zeigte graue Fäden, und sein Gesicht war eingefallen. Er sagte in tieftraurigem Ton: «Eines steht fest: mir ist alles zum Ekel. Ich spiele hier, ich spiele da. Noch einen Hochzeitsmarsch, noch einen Gutenmorgentanz. Die Hochzeitsnarren wiederholen ewig die alten, blöden Witze. Manchmal würde ich am liebsten mittendrin weglaufen . . .»

«Wohin?»

«Weiß nicht. Vielleicht nach Amerika. Jeden Tag stirbt einer. Wenn ich morgens die Augen aufschlage, frage ich: ‹Jentel, wer ist heute gestorben?› Ihre Freundinnen bringen ihr immer in aller Frühe die neuesten Nachrichten. Und wenn ich höre, wer nun wieder gestorben ist, tut mir das Herz weh.»

«Ja, und in Amerika – sterben die Leute da nicht?»

«Da kenne ich nicht so viele.»

«Nur der Leib stirbt. Die Seele lebt weiter. Der Leib ist wie ein

Kleid. Und ein schmutzig oder fadenscheinig gewordenes Kleid wird beiseite geworfen.»

«Ich will dich nicht ärgern, wie man so sagt, aber bist du schon mal im Himmel gewesen, und hast du die Seelen gesehen?»

«Alles lebt, solange Gott lebt. Der Tod kann nicht aus dem Leben hervorgehen.»

«Aber trotzdem, man hat doch Angst.»

«Ohne Angst wäre der Mensch weniger wert als ein Tier.»

«Das ist er sowieso.»

«Er könnte mehr wert sein. Es liegt an ihm.»

«Wie denn? Was sollen wir tun?»

«Niemand ein Leid antun. Niemand verleumden. Nicht einmal Böses denken.»

«Und was soll das nützen?»

«Wenn jeder sich so verhielte, könnte schon diese Welt ein Paradies sein.»

«Dazu wird es nie kommen.»

«Jeder von uns muß tun, was in seiner Macht steht.»

«Wird dann der Messias kommen?»

«Nur dann wird er kommen.»

5

Gleich nach dem Laubhüttenfest setzte der Herbstregen ein. Ein kalter Wind wehte, die abgefallenen Äpfel verfaulten, die Blätter verdorrten, und das grüne Gras wurde gelb. Die Vögel begrüßten den Tagesanbruch mit einem kurzen Zwitschern, dann verstummten sie für den Rest des Tages. Jascha der Büßer hatte eine schwere Erkältung. Seine Nase war so verstopft, daß er keine Luft bekam, stechende Kopf- und Ohrenschmerzen quälten ihn. Er war heiser geworden, und nachts hörte Esther ihn husten. Dann hielt es sie nicht länger im Bett; sie ging in Morgenrock und Pantoffeln hinaus und flehte ihn zum soundsovielten Male an, sein selbstgewähltes Gefängnis aufzugeben; aber Jascha antwortete nur: «Ein wildes Tier gehört in einen Käfig.»

«Du wirst dich noch umbringen.»

«Besser mich als andere.»

Esther ging wieder zu Bett und Jascha auf seinen Strohsack. Er zog sich nicht aus und wickelte sich fest in seine Decke. Er fror jetzt nicht mehr, und doch wollte der Schlaf nicht kommen. Der Regen plätscherte auf das Schindeldach, und in der Erde raschelte es, als wären dort Maulwürfe am Werk oder als drehte ein Toter sich im

Grabe um. Er, Jascha, hatte Magda und ihre Mutter getötet; er hatte Bolek ins Gefängnis gebracht und Sewtel zu dem gemacht, was sie jetzt war. Auch Emilia lebte wohl nicht mehr. Oft hatte sie gesagt, daß Jascha ihre letzte Hoffnung sei, und so hatte sie wohl selbst ihrem Leben ein Ende gemacht. Und Halina – wo mochte sie jetzt sein? Täglich und stündlich dachte er an diese beiden. Er rief in Gedanken die Seelen der Toten an und bat sie um ein Zeichen. «Wo bist du, Magda?» murmelte er im Dunkeln. «Was ist aus deiner gemarterten Seele geworden?» Ob sie weiß, daß ich mich nach ihr sehne und Buße tue? Oder ist es so, wie im Prediger geschrieben steht: «Die Toten aber wissen nichts.» Wenn dem so ist, dann ist alles vergeblich gewesen. Einen Augenblick bildete er sich ein, ein Gesicht, eine Gestalt in der Finsternis zu sehen, aber bald löste es sich wieder in Dunkel auf. Gott schwieg, und auch die Engel schwiegen und die Toten. Selbst die Dämonen sprachen nicht. Die Kanäle des Glaubens waren verstopft wie seine Nase. Er hörte ein kratzendes Geräusch – es war nur eine Feldmaus.

Die Augen fielen ihm zu, und er schlummerte ein. In seinen Träumen kamen die Toten zu ihm, aber sie offenbarten ihm nichts, sie redeten nur Unsinn und ergingen sich in verrückten Possen. Als er erschrocken aus dem Schlafe fuhr, versuchte er sich auf seine Träume zu besinnen, aber schon während des Versuchs verflüchtigten sie sich. Eines war sicher: sie waren nicht erinnernswert, diese widersinnigen, zusammenhanglosen Träume – nicht mehr als das Geplapper eines Kindes oder das Gefasel eines Verrückten.

Um die bösen Gedanken zu vertreiben, intonierte Jascha den Talmudtraktat über dic Segenssprüche: «Von wann an liest man das ‹Höre Israel› am Abend? Von der Stunde an, da die Priester eintreten, von ihrer Hebe zu essen . . .» Während er vom ersten zum zweiten Absatz überging, begab seine Phantasie sich auf neue Wege: Emilia war noch am Leben. Sie hatte in Lublin ein Landgut erworben und einen Tunnel graben lassen, der ihr Boudoir mit seiner Klause verband. Durch diesen Gang kam sie zu ihm, sie gab sich ihm hin und eilte kurz vor Morgengrauen zurück. Jascha zitterte. Nur einen Augenblick der Entspannung hatte er sich gegönnt, und schon hatten die Phantasiegebilde sich gleich Mäusen oder Kobolden zu ihm durchgegraben. Sie hatten sich in seiner Seele eingenistet und warteten nur darauf, ihn beschmutzen zu können. Aber wozu gab es sie? Welchen Zweck hatten sie in der Biologie des Menschen? Hastig wandte er sich dem zweiten Absatz zu: «Von wann an liest man das ‹Höre Israel› am Morgen? Sobald man zwischen Purpurblau und Weiß unterscheiden kann; Rabbi Elieser sagt, ‹zwischen Purpurblau und Lauchgrün›.» Jascha hätte gern weitergesprochen, aber ihm fehlte die Kraft. Er fuhr sich mit der Hand über den ausgemergelten Rumpf, den verwachsenen Bart, die belegte Zunge, die meist schon locker gewordenen Zähne. Wird es so weitergehen bis zum Ende? überlegte er. Werde ich nie zur Ruhe kommen? Wenn dem so ist – laß das Ende kommen!

Er wollte sich auf die andere Seite wälzen, fürchtete aber, die Dekken und Lumpen, die ihm als Zudecke dienten, in Unordnung zu bringen. Ringsum lauerte der Frost, jederzeit bereit, ihn zu überfallen. Er hatte schon wieder den Drang, Wasser zu lassen, aber er beherrschte sich. Wie kam es, daß sich in ihm so viel Urin sammelte? Er nahm seine Kraft zusammen und begann den dritten Absatz zu murmeln: «Die Schule Schammajs sagt, am Abend lese man das ‹Höre Israel› angelehnt, und am Morgen stehe man, denn es heißt ‹wenn du auf dem Wege gehst›. Wieso aber heißt es demnach: ‹wenn du dich niederlegst und wenn du aufstehst›?» Jascha schlief ein und träumte, er müsse Wasser lassen und ginge zum Aborthäuschen, aber da stände Emilia und sagte trotz seiner Verlegenheit: «Tu, was du tun mußt.»

Gegen Morgen ging der Regen in Schnee über – den ersten Schnee dieses Winters. Im Osten ballten sich Wolken zusammen, aber der Sonnenaufgang färbte den Himmel rosa und gelb, und einen Wolkenrand ließ die Glut der Morgensonne in feurigen Zacken aufflammen. Jascha stand auf und schüttelte mit der nächtlichen Müdigkeit auch seine nächtlichen Zweifel ab. Er hatte einmal einen Artikel über Schneeflocken gelesen, den konnte er jetzt nachprüfen. Jede Flocke, die auf das Fensterbrett fiel, war ein sechsstrahliges Sternchen, ein vollkommenes Gebilde, regelmäßig gemustert mit Strahlen und Zacken, geformt von jener unsichtbaren Hand, die allgegenwärtig ist – in der Erde und in den Wolken, im Gold so gut wie im Unflat, im fernsten Stern ebenso wie im Herzen des Menschen. Wie soll man diese Kraft nennen, wenn nicht Gott? fragte Jascha sich. Und was macht es für einen Unterschied, wenn man sie Natur nennt? Eine Stelle aus den Psalmen fiel ihm ein: «Der das Ohr gepflanzt hat, sollte der nicht hören? Der das Auge gemacht hat, sollte der nicht sehen?» Er hatte nach einem Zeichen gesucht, und doch gab Gott ihm jede Minute, jede Sekunde Zeichen seiner Gegenwart – um ihn herum und in seinem Innern.

Esther war schon aufgestanden und bereitete sein Frühstück; aus dem Schornstein des Haupthauses stieg Rauch auf. Obwohl es noch immer schneite, sangen die Vögel heute länger als sonst. Diese heiligen Geschöpfe, die nichts weiter besaßen als ihr Federkleid und hin und wieder ein Brotkrümchen, ließen aus ihren Unterschlupfplätzen ihr fröhliches Gezwitscher hören.

Jetzt hab ich aber lange genug getrödelt! sagte Jascha; er legte Jakke und Hemd ab und begann sich mit Wasser aus dem Krug zu waschen. Er nahm eine Handvoll Schnee vom Fensterbrett und rieb sich damit den Körper ab. Er atmete tief und hustete allen Schleim heraus. Die Verstopfung seiner Nase löste sich wie durch ein Wunder. Noch einmal ließ er die kühle Morgenluft in seine Lunge einströmen. Sein Hals hatte sich gebessert, so daß er mit klangvoller Stimme das Morgengebet sprechen konnte. «Ich danke Dir.» «Gelobt seist Du, Ewiger, der da heilt alles Fleisch und wunderbar wirkt.» «Mein Gott! Die Seele, die Du mir rein gegeben, Du hast sie geschaffen, Du hast sie gebildet, Du hast sie mir eingehaucht, und Du hütest sie mir, Du wirst sie einst von mir nehmen und sie mir wiedergeben in der zukünftigen Welt.» Dann legte er Gebetsmantel und Gebetsriemen an. Gott sei Dank, daß er, Jascha, nicht wirklich in ein Gefängnis gesperrt ist! Hier in seiner Zelle kann er laut beten und die Thora studieren. Nur wenige Schritte von ihm entfernt lebt sein treues Weib. Würdige Juden, die Enkel von Märtyrern und Heiligen, suchen seinen Rat und Segen, als wäre er ein Rabbi. Trotz seines sündhaften Lebens hat Gott in seiner Barmherzigkeit es nicht zugelassen, daß er in Sünde verkommt. Er muß Buße tun, das Schicksal hat es so bestimmt. Kann es größere Wohltat geben? Was kann ein Mörder mehr verlangen? Welches Urteil hätte ein irdisches Gericht über ihn gesprochen?

Nach dem «Höre Israel» sprach er die Achtzehn Segenssprüche. Als er zu den Worten kam «Und treu bist Du, die Toten wieder zu beleben», gab er das Nachdenken auf. Ja, ein Gott, der Schneeflokken machen, aus Samen einen menschlichen Körper formen, den Lauf der Sonne, des Mondes, der Kometen, Planeten und Sternbilder lenken kann, der vermag auch die Toten wieder zu erwecken. Nur Toren können das leugnen. Gott ist allmächtig. Von einer Generation zur anderen wird diese Allmacht immer offenkundiger. Dinge, die einst bei Gott unmöglich erschienen, werden jetzt von Menschen bewerkstelligt. Alle Ketzerei beruht auf der Annahme, daß der Mensch weise und Gott ein Dummkopf wäre, der Mensch gut und Gott böse, der Mensch ein lebendiges, der Schöpfer aber ein totes Ding. Sobald man sich diese frevelhaften Gedanken aus dem Kopf schlägt, springen die Tore der Wahrheit auf. Jascha wiegte sich, schlug sich die Brust, beugte den Kopf. Als er die Augen öffnete, sah er Esther am Fenster stehen. Ihre Augen lächelten. Sie trug eine Kasserolle, aus der ein Dampfwölkchen aufstieg. Da er die Achtzehn Segenssprüche schon gesprochen hatte, nickte er und begrüßte sie. All seine bitteren Gedanken waren verflogen. Er war wieder von Liebe erfüllt, und Esther schien ihm das am Gesicht anzusehen. Nun ja, zu was hat der Mensch seine Augen? Wenn er will, kann er alles sehen.

Mit dem Frühstück brachte Esther einen Brief. Der Umschlag war zerknittert und trug zwar Jaschas Namen und Wohnort, aber weder Straße noch Hausnummer.

Jascha legte die Gebetsriemen ab und wusch sich die Hände. Esther hatte ihm Reis mit heißer Milch gebracht. Er setzte sich an den Tisch und schob den Brief beiseite, denn er wollte ihn erst nach dem Frühstück öffnen. Diese halbe Stunde gehörte Esther. Während er aß, stand sie draußen, sah ihm zu und erzählte ihm allerlei. Er fürchtete, sie würde nun dasselbe alte Lied anstimmen: daß er seine Gesundheit ruiniere, daß er sich umbringe, daß er ihr Leben verpfuscht habe – aber nein, heute morgen blieben die üblichen Klagen aus.

Statt dessen lächelte sie ihm mütterlich zu und erzählte ihm von ihren neuesten Aufträgen, von der Werkstatt und den Näherinnen, von ihrer Absicht, zum Pessachfest das Haus frisch tünchen zu lassen. Er wollte den Reis nicht aufessen, aber Esther bestand darauf und schwor, sie werde sich nicht von der Stelle rühren, bis der letzte Löffelvoll verschwunden sei. Er fühlte neue Kraft in seinen Körper einströmen. Die Milch, die er trank, stammte von seiner eigenen Kuh, der Reis war irgendwo in China gewachsen. Tausende von Händen hatten sich gemüht, bis die Speisen mundbereit vor ihm standen. Jedes Reiskorn enthielt die verborgenen Kräfte von Himmel und Erde.

Nachdem er den Reis gegessen und den Kaffee mit Zichorie getrunken hatte, riß er den Briefumschlag auf. Er warf einen Blick auf die Unterschrift, und seine Augen verschleierten sich vor Freude und Schmerz zugleich: der Brief war von Emilia. Also war sie doch noch am Leben! Aber bevor er sich in den Brief vertiefte, schickte er ein Dankgebet zu Gott. Dann wischte er sich mit dem Taschentuch die Augen und las:

Mein teurer Pan Jascha (oder muß ich Euch jetzt Rabbi Jakob anreden?), als ich heute früh den *Courier Poranny* aufschlug, sah ich Euren Namen – zum erstenmal seit mehr als drei Jahren. Ich war so überrascht, daß ich zunächst nicht weiterlesen konnte. Mein erster Gedanke war, daß Ihr wieder aufträtet – hier oder im Ausland –, aber dann verschlang ich den ganzen Artikel, und da wurde alles in mir traurig und still. Ich erinnere mich noch gut an unsere Gespräche über Religion; Eure Ansichten darüber betrachtete ich als Deismus, einen Gottesglauben ohne Dogma oder Offenbarungen. Nachdem Ihr uns so plötzlich auf so ungewöhnliche Weise verlassen hattet, habe ich oft gedacht, Euer Schicksal sei ein Beweis dafür, wie wenig Hilfe der Mensch in einer seelischen Krise von einem Glauben ohne Disziplin hat. Ihr seid fortgegangen, ohne eine Spur zu hinterlassen – seid so spurlos versunken wie ein Stein im Wasser. Schon oft habe ich in Gedanken an Euch geschrieben. In der Hoffnung, daß dieser Brief Euch erreicht, möchte ich Euch vor allen Dingen sagen, daß ich alle Schuld auf mich nehme. Erst nachdem Ihr gegangen wart, merkte ich, wie schlecht ich mich benommen hatte. Ich wußte ja, daß Ihr eine Frau habt. Ich habe Euch in diese Affäre hineingetrieben, also bin ich moralisch dafür verantwortlich. Ich wollte Euch das schon lange sagen, aber ich glaubte wirklich, Ihr wäret nach Amerika gegangen oder Gott weiß wohin.

In der heutigen Zeitung wird beschrieben, wie Ihr Euch habt in Stein einmauern lassen, wie fromm Ihr geworden seid, wie die jüdischen Männer und Frauen vor Eurem Fenster auf Euren Segen warten. Der Artikel hat einen unauslöschlichen Eindruck auf mich gemacht. Ich konnte vor Tränen nicht weiterlesen. Ich habe oft über Euch geweint, aber heute waren es Freudentränen. Zwölf Stunden sind vergangen, während ich hier sitze und diesen Brief schreibe, und ich weine schon wieder – erstens weil Ihr ein so strenges Gewissen bewiesen habt und zweitens weil Ihr für *meine* Sünden büßt. Ich habe selbst ernstlich erwogen, in ein Kloster zu gehen, aber ich mußte an Halina denken. Ich konnte ihr das Vorgefallene nicht verheimlichen. Es war ein schwerer Schlag für sie, denn sie hat Euch auf ihre Weise geliebt und außerordentlich bewundert. Nacht für Nacht haben wir zusammen im Bett gelegen und geweint. Halina wurde sogar schwerkrank, und ich mußte sie in ein Sanatorium in Zakopane in der Hohen Tatra schicken. Ich hätte das nie geschafft (Ihr erinnert Euch sicher an meine finanziellen Verhältnisse), wäre uns nicht ein Engel in Menschengestalt zu Hilfe gekommen, Professor Marjan Rydzewski, ein Freund meines lieben verstorbenen Mannes. Was er für uns getan hat, läßt sich in einem Brief nicht erzählen.

Das Schicksal hat es gewollt, daß gerade damals seine Frau die Augen schloß (sie hatte jahrelang unter Asthma gelitten), und als der gute Mann mich später fragte, ob ich seine Frau werden wolle, konnte ich nicht nein sagen. Ihr wart nicht mehr in Warschau, Halina war im Sanatorium – ich stand allein auf Gottes Welt. Aber ich habe ihm die ganze Wahrheit gesagt, ohne etwas auszulassen. Er ist schon ein alter Mann und pensioniert, aber noch sehr tätig; er liest und schreibt den ganzen Tag und ist unbeschreiblich gut zu mir und Halina. Mehr kann ich hier nicht sagen. Halina wurde in Zakopane wieder gesund, und als sie zurückkam, habe ich sie kaum wiedererkannt, so groß und blühend ist sie geworden. Sie ist nun schon achtzehn Jahre alt, und ich hoffe zuversichtlich, daß sie mehr Glück haben wird als ihre Mutter. Professor Rydzewski läßt sich all ihre

Launen gefallen und ist überhaupt so gütig zu ihr wie ein richtiger Vater. Diese junge Generation kommt mir recht egoistisch vor, von Einschränkungen weiß sie nichts, jeder Herzenswunsch muß erfüllt werden.

Nun, genug von mir. Es fällt mir nicht leicht, an Euch zu schreiben. So wie der Journalist Euch beschreibt, mit einem langen Bart und Schläfenlocken, kann ich mir Euch gar nicht vorstellen. Vielleicht dürft Ihr nicht einmal meinen Brief lesen? Dann verzeiht mir, bitte. Ich habe all diese Jahre an Euch gedacht, kein Tag vergeht ohne den Gedanken an Euch. Aus irgendeinem rätselhaften Grund schlafe ich schlecht, und das menschliche Gehirn ist so ein launisches Organ. In meinen Phantasien sah ich Euch in Amerika, in einem großen Theater oder Zirkus, umgeben von Luxus und schönen Frauen. Aber die Wirklichkeit ist voller Überraschungen. Es steht mir nicht zu, Euch über Recht und Unrecht zu belehren, aber es will mir doch scheinen, daß Ihr Euch eine zu schwere Strafe auferlegt habt. Trotz Eurer ungewöhnlichen Kraft seid Ihr ein zarter Mensch, und Ihr dürft Eure Gesundheit nicht aufs Spiel setzen. Ihr habt ja tatsächlich kein Verbrechen begangen. Eure gute, sanfte Natur war stets zu spüren. Die wenigen Monate, die ich Euch gekannt habe, waren die glücklichste Zeit meines Lebens.

Dieser Brief ist schon zu lang geworden. So seid Ihr denn wieder einmal das Warschauer Tagesgespräch, aber diesmal mit uneingeschränkter Bewunderung. Wir haben jetzt Telefon, und mehrere Bekannte, die von unserer Freundschaft wußten, haben mich angerufen. Professor Rydzewski hat mir selbst vorgeschlagen, Euch zu schreiben, und sendet Euch unbekannterweise seine besten Wünsche. Halina ist überglücklich, da sie nun weiß, daß Ihr am Leben seid. Sie wird Euch bald schreiben – einen langen Brief, sagt sie. Gott behüte Euch!

Stets die Eure
Emilia

102/19